Double imposture

W0296773

J'AI LU

JILL MARIE LANDIS

L'héritage de Jade	*J'ai lu* 3449/**6**
La sudiste criminelle	*J'ai lu* 4088/**4**
La danseuse de saloon	*J'ai lu* 4215/**3**
La maîtresse audacieuse	*J'ai lu* 4451/**4**
Double imposture	*J'ai lu* 4760/**5**

Jill Marie Landis

Double imposture

Traduit de l'américain
par Anne Benjamin

Éditions J'ai lu

Titre original :

DAY DREAMER

A Jove Book, published by arrangement with the author.
All rights reserved. The Berkley Publishing Group, N.Y.

Copyright © 1996 by Jill Marie Landis
Pour la traduction française :
© Éditions J'ai lu, 1998

1

La Nouvelle-Orléans, 1816

C'était la fin de l'après-midi. Céline Winters se faufilait parmi la foule d'acheteurs pressés contre les étals du marché couvert. Elle s'arrêta et palpa délicatement l'une des dernières tomates de la saison, la trouva trop molle à son goût et la reposa discrètement sur le tas.

— Rien pour aujourd'hui, Céline ?

Le vieux Marcel, un marchand de légumes édenté qui lui faisait penser à un gnome, lui décocha un clin d'œil tout en rectifiant machinalement la pile de tomates.

— Non merci, Marcel. Je n'ai besoin de rien, répondit-elle en indiquant le panier à son bras.

Elle en inspecta malgré tout le contenu pour plus de sûreté. Du riz, des haricots verts et des patates douces. Une bouteille de bière pour Persa et du poisson pour toutes les deux.

— Un chou, peut-être ? insista Marcel.

Céline allait refuser, puis elle changea d'avis. Le chou se conserverait un moment.

— Pourquoi pas, après tout, acquiesça-t-elle en inclinant la tête et, pendant que Marcel saisissait un chou bien pommé de ses mains déformées, elle jeta un regard circulaire autour d'elle.

Le puissant arôme de café qui montait d'un étal voisin lui donna envie de s'attarder mais elle se mettrait en retard pour la préparation du dîner et sa bienfaitrice risquait de s'inquiéter.

— Comment va la vieille diseuse de bonne aventure ces temps-ci ? s'enquit Marcel en enveloppant le chou dans une feuille de papier et en le glissant dans son cabas. Je ne la vois pratiquement plus jamais.

— Ses hanches la font souffrir un peu plus chaque jour et elle ne quitte plus guère la maison.

Après qu'elle eut payé, il lui mit un bouquet de violettes dans la main.

— Dites à Persa que Marcel lui envoie son bon souvenir.

— Comme c'est gentil ! s'exclama-t-elle, surprise de cette délicate attention. A demain !

Elle aspira l'air à pleins poumons et, son panier oscillant contre sa hanche, se hâta de regagner la maisonnette, près de la rue des Remparts. Depuis qu'elle était arrivée avec Persa à La Nouvelle-Orléans, quatorze ans plus tôt, c'était là son foyer.

Elle longea les longs bâtiments de brique du marché, puis enfila la rue de la Levée vers la place d'Armes. Il y avait de la pluie dans l'air et on sentait que l'automne n'était pas loin. Céline sourit.

Qu'importe ! Elle adorait La Nouvelle-Orléans quelle que soit la saison et éprouvait toujours le même plaisir à côtoyer la foule bigarrée qui déversait son flot incessant dans les rues.

Née en Angleterre, Céline parlait l'anglais mais aussi le français aussi bien qu'une créole. Elle aimait à rapprocher son propre sort — orpheline heureuse choyée par Persa — de celui de La Nouvelle-Orléans, confiée successivement à la garde des Espagnols, des Français puis des Anglais.

Elle laissa passer un attelage au croisement de la rue de Chartres et de la rue Sainte-Anne, le temps de jeter un coup d'œil vers la cathédrale Saint-Louis.

Des effluves d'encens embaumaient encore l'air après les vêpres. Elle prit bien soin de rester sur le trottoir pour éviter les fondrières et passa sous un balcon en fer forgé.

Perdue dans ses pensées, Céline faillit ne pas reconnaître Jean Perot, un des clients les plus jeunes et les plus assidus de Persa, qui se hâtait sur le trottoir opposé. Il avait dix-neuf ans, un an de moins qu'elle.

— Bonsoir, Jean ! lança-t-elle, attirant son attention.

Il s'arrêta, une expression étonnée sur le visage.

— Comme je suis heureux de vous croiser, Céline ! s'exclama-t-il.

Le jeune dandy avait l'air tendu et évitait soigneusement son regard. Malgré le temps frais, des gouttes de sueur perlaient à son front. Fils unique d'une famille de notables, c'était un enfant gâté, et elle ne l'appréciait guère. Toutefois, elle s'efforçait d'être aimable avec lui car il était très généreux avec Persa quand il avait besoin de ses services.

Il s'immobilisa devant elle, lança un coup d'œil par-dessus son épaule et annonça :

— Je viens de chez Persa, mais... elle n'était pas dans la boutique et je...

— Vous en êtes certain ? Êtes-vous entré ? L'avez-vous appelée ?

Surprise et légèrement inquiète, Céline se remit en marche. Jean se précipita à sa suite.

— Je suis entré, mais elle n'était pas là. Le voisin pense qu'elle a été chercher du café de l'autre côté de la rue, mais je n'avais pas le temps d'attendre.

Il l'observa attentivement puis, comme pris d'une impulsion subite, il ajouta :

— J'avais besoin de l'avis de Persa. Mais peut-être pourriez-vous m'aider, Céline ? Je vous rétribuerais généreusement.

Comme Céline continuait sa route sans faire attention à lui, Jean s'attacha à ses pas. Persa quittait rarement la maison. A presque soixante ans, la voyante boitait tellement depuis deux ans qu'elle arrivait difficilement à se déplacer. Sa vue ne s'était pas arrangée non plus, et Céline ne cessait de se faire du souci à son sujet.

Les Durel, un jeune couple auquel Céline avait autrefois vendu un des philtres de Persa, venaient à leur rencontre. Ils s'arrêtèrent à leur hauteur, et Céline eut du mal à réprimer son impatience pendant qu'ils échangeaient avec elle des banalités. Dès qu'ils reprirent leur chemin, elle se précipita vers la rue des Remparts, Jean toujours sur ses talons.

— Je suis prêt à payer le double du prix et même le triple pour avoir votre avis. Est-ce que vous m'écoutez, Céline ?

Il s'immobilisa brutalement, lui coupant le passage.

— Pas vraiment. Je suis trop inquiète au sujet de Persa.

— Elle s'est sûrement attardée à bavarder quelque part.

— Cela m'étonnerait que…

— Je vous en prie, Céline.

Il y avait dans sa voix des accents désespérés qui retinrent l'attention de Céline. Elle l'examina tout en serrant à deux mains la poignée de son cabas.

Son aspect n'avait rien d'alarmant. Impeccablement habillé, il portait un veston croisé et des pantalons moulants rentrés dans ses courtes bottes de cuir. Ses cheveux noirs soigneusement coiffés en arrière débordaient d'un chapeau à large bord. Sans les gouttes de sueur qui affleuraient au-dessus de sa lèvre, il aurait été l'image même de l'aisance et de l'assurance.

— Je suis sûre que Persa est de retour maintenant. Accompagnez-moi, vous ne pourrez la manquer. Vous êtes un de ses meilleurs clients, ajouta-t-elle rapidement pour le calmer.

— C'est justement la raison pour laquelle vous

devriez avoir à cœur de m'aider tout de suite, Céline. Nous sommes à deux pas de chez moi. Je ne vous retiendrai pas longtemps.

— Mais vous savez bien que je n'ai pas les mêmes dons que Persa. Je lis rarement la bonne aventure...

— Tout ce que vous pourrez me dire m'aidera.

Persa avait prévenu Céline que la voyance pouvait être aussi bien un trésor qu'une malédiction. Céline, d'ailleurs, était plus douée pour déchiffrer le passé que l'avenir et rares étaient les clients que cela pouvait intéresser.

Elle eut un mouvement de recul.

— Jean, vraiment...

Il parut si désemparé soudain qu'elle n'osa plus refuser. Persa serait mécontente si elle indisposait ce client important.

Comme Jean passait rapidement sa main dans ses cheveux, elle remarqua qu'il tremblait. Il avait un air si inquiet qu'elle eut peur soudain. C'est alors qu'il sortit deux pièces d'or de la poche de son gilet croisé.

— Acceptez-les, s'il vous plaît, la pressa-t-il en les lui tendant.

Elle fixa l'or si facilement gagné. C'était payer cher un effort bien minime. Quand elle songeait à sa mère et à ce qu'elle avait dû endurer pour gagner leur pain quotidien ! A cinq ans, Céline avait déjà compris le sens du mot *putain*.

Les pièces luisaient dans la paume de Jean. C'était plus d'argent qu'elle ne pourrait jamais en réunir en vendant la potion de Persa durant une année entière. Sans se donner le temps de changer d'avis, elle les prit et les glissa dans son corsage. Persa oublierait son retard à la vue de l'or.

— D'accord, Jean, puisque vous insistez. Je vous aiderai, mais je ne peux pas m'attarder.

Une fois arrivés chez lui, il insista pour qu'elle s'asseye au salon et prenne un chocolat chaud pendant qu'il réglait rapidement une affaire en bas.

Quelques instants après son départ, une jeune esclave apporta un pot de chocolat et disparut. Céline sirota la boisson à petites gorgées tout en imaginant quelle serait sa vie si elle habitait une demeure semblable. Il y avait peu de chances que cela lui arrive jamais ! Sans la caution du nom d'une vieille famille et sans dot, elle voyait mal un notable lui demander sa main. De toute façon, l'idée d'épouser un homme qu'elle connaissait à peine et n'aimait pas lui aurait déplu au dernier degré.

Perdue dans ses pensées, Céline s'aperçut soudain qu'il faisait nuit. Une pluie fine se mit à tomber pendant qu'elle arpentait le salon. Elle ne pouvait plus attendre.

Elle posa sa tasse vide et gagna les hautes et étroites portes-fenêtres. Elle inspecta le jardin en contrebas tout en s'interrogeant sur ce qui avait pu retenir Jean Perot si longtemps. Excédée par sa désinvolture, elle décida de partir avant que la bruine ne se transforme en déluge.

Au moment où elle se baissait pour prendre son panier, il fit irruption dans la pièce, plus agité que tout à l'heure. Il avait perdu son chapeau. Ses cheveux étaient ébouriffés, sa veste trempée et sa chemise chiffonnée.

— Je dois m'en aller, annonça fermement Céline.

— Non ! Je vous l'interdis !

La réaction fut si violente, si brutale, qu'elle en lâcha presque son panier. Elle se reprit et remercia le ciel d'avoir toujours un couteau dans un étui attaché contre sa cuisse. Elle ne put cacher sa contrariété.

— Laissez-moi passer, Jean ! ordonna-t-elle d'une voix contenue tout en glissant sa main le long de sa cuisse. Sinon j'appelle à l'aide.

— Céline, s'il vous plaît. Je suis désolé d'avoir été si long. Mais je suis là maintenant. Restez, je vous en prie !

Elle reposa son panier à côté de la porte. Jean la reconduisit devant le canapé auprès de la petite table sur laquelle reposait la tasse de Limoges vide. Il attendit qu'elle reprenne sa place pour s'asseoir à son tour.

— Vous n'avez pas de boule de cristal, remarqua-t-il.

Céline se passa la langue sur les lèvres.

— Je n'en ai pas besoin.

L'idée de le toucher lui déplaisait souverainement, mais elle devait établir un contact physique avec lui si elle voulait remonter dans son passé.

— Donnez-moi votre main, demanda-t-elle.

Quand il s'exécuta, elle dut se retenir pour ne pas se lever et quitter le salon. Elle songea aux pièces et se força à fermer les yeux pour tomber en transe. Le bourdonnement familier qui précédait toujours ses visions se fit entendre. Elle se laissa aller et sentit soudain qu'elle perdait pied. Sa bouche devint sèche.

— Que voyez-vous ? Dites-moi…

D'abord, il n'y eut que du noir. Puis les images se formèrent comme si elle les voyait à travers son regard à lui.

La boutique. La maison. Les étagères emplies de fioles. Les potions. La boule de cristal de Persa. Du velours fané. Persa. Elle recule. Encore. Une table se renverse avec fracas. Des bris de verre. Les yeux horrifiés de Persa. Sa bouche grande ouverte. Elle hurle jusqu'à ce qu'il soit trop tard. Trop tard. Ses lèvres sont bleues. Elle étouffe.

La rage. La haine. La panique. Le désespoir.

Céline repoussa ces images comme Persa le lui avait appris et reprit le contrôle d'elle-même. Respirant avec difficulté, elle ouvrit les yeux et son regard se fixa sur Jean Perot, mais la violence des émotions qu'elle venait d'éprouver — qui n'étaient autres que celles de Perot — la troublait encore. Elle enfouit son visage dans ses mains, se rendant compte trop tard que sa réaction la trahissait.

— De quoi s'agit-il ? s'enquit-il d'une voix glaciale.

Elle laissa tomber ses mains et secoua la tête, mais cela ne suffit pas à chasser complètement les pénibles images.

— Ri...ien, arriva-t-elle tout juste à bégayer en passant une main sur son front. Je suis désolée... mais je dois être malade. Je...

Céline se leva mais il l'imita, lui bloquant le passage.

— Qu'avez-vous vu ? Qu'est-ce qui ne va pas ?

— Rien. J'étais si troublée... de ne rien voir... Cela ne m'était encore jamais arrivé. Je suis désolée, Jean...

Elle savait qu'elle perdait du temps à parler alors qu'elle aurait dû prendre ses jambes à son cou. Elle rassembla ses forces, prête à crier si c'était nécessaire. Il fallait le convaincre qu'elle était malade.

— Je dois partir, murmura-t-elle, espérant s'être trompée au sujet de Persa.

Il la laissa aller jusqu'à la porte et, quand elle se retrouva sur la galerie, elle reprit courage.

— Attendez ! cria-t-il.

Céline se pétrifia, la main sur la rambarde.

— Vous avez oublié votre panier.

Elle l'avait oublié, en effet. Mais le marché lui semblait si loin. Il le lui tendit et elle s'en empara en prenant soin de ne pas toucher sa main.

Elle se retourna sans le remercier et s'éloigna rapidement, Jean sur ses talons. Encore quelques pas et elle atteindrait l'escalier qui menait à la cour. Plus personne ne pourrait les voir de la maison.

Elle saisit discrètement l'ourlet de sa robe et attrapa son couteau tout en dévalant les marches, puis elle le tint caché dans les plis du vêtement.

Arrivée en bas, la peur et l'essoufflement la faisaient haleter. Elle était disposée à lui jeter son panier à la tête s'il essayait de l'arrêter. Son pied glissa sur les dalles humides et elle tomba à la renverse contre le mur. Elle lâcha son cabas, dont le contenu s'éparpilla devant elle.

Furieux, Jean l'attrapa par le bras, la souleva et l'envoya heurter le mur de la cour avec une telle violence qu'elle vit trente-six chandelles.

— Laissez-moi partir ! hoqueta-t-elle.

Il n'essayait même plus d'être poli et la scrutait de ses yeux noirs où luisait la peur.

— Je veux savoir ce que vous avez vu !

Céline se débattit. Elle serrait son couteau dans sa main, prête à le frapper.

— N'insistez pas, Jean, voyons ! Laissez-moi partir !

— Dites-moi ce que vous avez vu !

— Au secours ! A l'aide !

Ses cris se répercutèrent contre les murs de la petite cour.

— La maison est déserte. Je leur ai donné leur soirée. Ces démons noirs sont sûrement en train de se trémousser à Congo Square. Ils ne seront pas de retour avant le couvre-feu.

— Ce qui ne saurait tarder maintenant !

Elle se contorsionna de plus belle pour se libérer.

— Je suis désolé, Céline...

— Pourquoi ? Lâchez-moi ou vous le regretterez.

— C'est trop tard. Il faut que je vérifie si vous n'en savez pas trop, comme la vieille femme. Quand je vous ai croisée dans la rue, j'ai soudain réalisé que vous pourriez découvrir immédiatement ce qui s'était passé rien qu'en la touchant. Vos capacités dépassent les siennes, même si vous ne voyez que le passé. Vous savez ce que j'ai fait, c'est pourquoi je dois malheureusement vous tuer, vous aussi.

La vieille femme ? Vous tuer, vous aussi ?

— Que voulez-vous dire ? Qu'avez-vous fait ? lança-t-elle, le cœur battant. Auriez-vous tué Persa ? Pourquoi ? Pourquoi, Jean ?

— Comme je viens de vous le dire, elle en savait trop.

C'était trop horrible. Elle n'arrivait pas à le croire, refusant l'évidence jusqu'à ce que les mains de Jean se nouent autour de sa gorge. Alors, avant de perdre connaissance, elle lui planta son couteau entre les côtes. Perot hoqueta et la lâcha. Il n'arrivait plus à respirer. Céline le regarda avec épouvante reculer en titubant. Ses mains serraient convulsivement le manche du couteau qui saillait de sa poitrine.

Glacée d'effroi, elle resta paralysée. Reculant toujours, Jean se cogna contre une fontaine en marbre ornée d'un chérubin qui chevauchait un dauphin.

Il tendit la main pour tenter de se redresser, mais ses doigts ensanglantés glissèrent sur la roche mouillée. Un sang épais et noir jaillit de sa blessure. Sa tête rebondit contre le dallage de pierre, puis il s'immobilisa.

Céline jeta un coup d'œil vers la maison. Elle était plongée dans l'ombre, en dehors de la pièce qu'ils venaient de quitter. La cuisine et le quartier des esclaves, au rez-de-chaussée, étaient déserts. Attrapant le bas de sa robe, elle courut jusqu'à la porte cochère et se précipita dans la rue déserte. Ses chaussures furent bientôt couvertes de boue ainsi que le bas de sa robe.

Elle espérait qu'il n'était pas trop tard pour aider Persa. L'horloge de la cathédrale sonna l'heure, et l'écho se répercuta sinistrement dans la nuit.

Elle contourna le lampadaire au coin de la rue. La pluie tombait par rafales dans le halo lumineux. Elle sauta du trottoir sans regarder et s'enfonça jusqu'au mollet dans le caniveau boueux.

La rue était silencieuse et il n'y avait aucun policier quand elle arriva enfin devant la maisonnette d'un seul étage et toute de guingois.

Céline traversa en courant le jardinet bordé d'une

haie. Elle retint sa respiration. La porte d'entrée était entrouverte.

— Persa ?

Elle franchit le seuil. La boutique était sombre et silencieuse. Ce n'était pas normal. Elle trouva facilement son chemin dans la pièce familière.

La table dont se servait Persa pour ses séances était renversée. La nappe de velours, usée et brillante, formait un tas sur le sol. Au milieu des plis, la boule de cristal en morceaux reflétait le peu de lumière qui filtrait de la rue.

Céline contourna la table et manqua tomber sur le corps de Persa, étendu sur le plancher.

Elle s'agenouilla et prit la main de la vieille femme. Elle était glacée et aussi inerte que la boule en miettes. Céline recula avec horreur : tout était exactement comme la scène qu'elle avait vue.

Elle réussit à saisir les allumettes sur l'étagère. Ses mains tremblaient tellement qu'elle dut s'y prendre à plusieurs reprises pour allumer la lampe. Elle la posa sur le sol, affolée à l'idée de répandre de l'huile et de mettre le feu à la maison. Les innombrables éclats de cristal reflétaient la flamme. Elle s'agenouilla de nouveau auprès de Persa.

Ses lèvres étaient bleues. Une expression horrifiée était inscrite sur son visage. Céline ferma doucement les yeux de la vieille femme qui lui avait tenu lieu à la fois de père et de mère depuis si longtemps.

Puis elle s'accroupit et enfouit son visage dans ses mains. Elle n'arrivait pas à se souvenir de la dernière fois où elle avait pleuré. Le premier moment d'émotion passé, elle se reprit. Elle aurait tout le temps de pleurer Persa lorsque justice serait faite. Décidée à trouver un policier et à l'emmener auprès de Perot, elle se leva et repoussa ses cheveux en arrière.

Il était huit heures. Un coup de canon annonça le couvre-feu pour les marins, les soldats et les esclaves. Les gens de Perot allaient trouver leur maître baignant dans son sang, le manche d'un couteau saillant entre ses côtes.

Personne n'aurait de doute sur la culpabilité de Céline. La jeune esclave se rappellerait lui avoir servi un chocolat. Et les Durel se souviendraient de leur rencontre dans la rue.

La police était peut-être déjà en chemin pour l'interroger. Céline se redressa. Elle épousseta nerveusement sa robe humide et jeta un coup d'œil autour d'elle. Elle n'avait rien à craindre ; c'était Jean Perot le meurtrier. Alors pourquoi se sentait-elle si effrayée ? Pourquoi ne songeait-elle qu'à fuir ?

La jeune femme n'avait tué que pour se défendre. Elle leur montrerait le corps de Persa et ils verraient ce que Jean avait fait. Elle avait eu une vision de la scène.

Une vision constituait-elle une preuve ?

La croiraient-ils ?

Elle arpenta la pièce en se tordant les mains. Elle frissonnait dans sa robe trempée et n'arrivait pas à se réchauffer.

Un manteau vert pendait à une patère. Elle le prit et le serra autour de ses épaules. Peu à peu elle retrouva son calme.

Les Perot étaient l'une des familles les plus anciennes et les plus estimées de la ville. Céline ne faisait pas le poids face à eux. Qu'était-elle, sinon une pauvre diseuse de bonne aventure ? Elle pressa ses mains contre ses tempes et réfléchit. Elle sentait les pièces d'or contre sa poitrine.

Ce serait sa parole contre celle des Perot. Ils s'offriraient les services du meilleur avocat tandis qu'elle risquait d'aller croupir tout de suite en prison. D'ailleurs, qui s'attarderait sur le meurtre d'une vieille voyante après celui d'un riche créole ? Tout le monde sait que l'argent parle toujours plus fort que la vérité.

Elle n'avait que la vérité à raconter à la police : ses visions sur le meurtre de Persa et comment Jean avait essayé de l'attaquer, la forçant à le poignarder pour se défendre. Sa sincérité ne susciterait certainement que des ricanements.

Sa seule défense était la réalité des faits.

Et personne ne la croirait.

2

Plantation des Moreau, près de La Nouvelle-Orléans

La maison ne recelait aucun secret morbide et pourtant une tristesse continuelle planait dans l'air, l'enveloppant aussi intimement que la mousse qui drapait les grands chênes du parc. Elle était construite dans le style antillais : deux étages de bois, de briques et de stuc entourés de larges galeries ombragées par un toit en pente.

Seul sur le grand balcon du premier étage qui dominait l'allée, Timothy Moreau porta un toast silencieux à la jeune femme qu'il n'avait jamais vue et qu'il espérait bien ne jamais rencontrer.

Les sens émoussés par un abus du meilleur bordeaux de son grand-père, Tim fixait d'un regard vide le halo lumineux qui jaillissait des fenêtres brillamment éclairées.

Prier n'était pas dans ses habitudes. Il avait pris le parti de compter sur le hasard, qui malheureusement s'était révélé plutôt négatif tout au long de sa vie. Malgré tout, chaque instant qui passait lui redonnait confiance dans sa bonne étoile.

Tim s'approcha de la balustrade de bois. Avec la précision chancelante des ivrognes, il y posa son verre puis la saisit à deux mains et se pencha en avant, accueillant la bruine rafraîchissante qui baignait son visage.

Devant la maison, une vaste pelouse plantée de chênes, de pacaniers et de magnolias ondulait jusqu'à la levée qui réussissait à contenir tout au long de l'année les eaux du Mississippi. Des torches allumées illuminaient le quai, défiant la pluie. Tim ferma les yeux afin d'oublier la nuit, la pluie et la flamme dansante des chandelles, tout en souhaitant pouvoir annihiler aussi facilement la douleur lancinante fichée dans sa poitrine.

Cette nuit aurait dû être la nuit de noces d'Alexandre, et non la sienne. C'était son cousin Alex qui aurait dû hériter de l'ensemble : la fiancée, la plus grande partie des biens et la plantation. Alex le méritait grandement. Mais l'impétueux Alex — l'héritier bien-aimé d'Henry Moreau — était mort.

Et Henry Moreau, leur grand-père à tous les deux, voulait maintenant faire payer Timothy.

Le dernier souvenir qu'il gardait d'Alex le hanterait toute sa vie. C'était au cours d'un de leurs séjours à l'hôtel des Moreau, rue Royale. Deux semaines plus tôt, l'épidémie de fièvre jaune qui avait sévi pendant tout l'été à La Nouvelle-Orléans venait de se terminer.

Tim se leva tard ce jour-là, comme c'était son habitude après une nuit passée à boire et à jouer au Vieux Carré. Foster, son serviteur depuis toujours, était venu frapper frénétiquement à sa porte avant d'entrer en coup de vent.

Foster Arnold était déjà au service de sa mère. Comme ni lui ni son vieux complice, Edward Lang, n'avaient jamais acquis le vernis exigé des domestiques de l'aristocratie, ils avaient été désignés pour suivre leur maîtresse aux Antilles quand elle avait quitté Londres.

Tim n'avait jamais vu son domestique dans un tel état. Foster se tenait au milieu de la pièce et agitait les mains. Il ouvrait la bouche puis la refermait comme un poisson hors de l'eau.

Timothy n'était pas près d'oublier un seul détail de

la scène. Il se rappelait l'angoisse qui lui avait noué l'estomac en repoussant ses draps et sa moustiquaire avant de poser les pieds par terre. Il restait assis à se frotter les yeux, conscient de la nécessité de se concentrer sur ce que Foster essayait de lui dire.

— Enfin, que se passe-t-il ?

Foster ne l'aurait sûrement pas dérangé sans nécessité. Il s'était mis à secouer la tête en gardant ses mains crispées devant lui. Des larmes brillaient dans ses yeux. Les craintes de Timothy redoublèrent.

— Mais de quoi s'agit-il donc, Foster ? Est-il arrivé quelque chose à Edward ?

Foster ouvrit les mains d'un air consterné et jeta sans cérémonie :

— C'est Alex !

Il resta encore un moment muet et livide, puis il s'enfuit.

La peur à l'état brut envahit Timothy. La tête lourde après une nuit de débauche, il passa son pantalon avec des mains tremblantes.

Nu jusqu'à la taille, il suivit en courant Foster hors de sa chambre et dévala les escaliers jusqu'au premier étage où se trouvaient les pièces de réception. Il gagna les portes-fenêtres qui donnaient sur une galerie et hasarda un coup d'œil par-dessus la rambarde en fer forgé encombrée de pots de romarin, de sauge et de verveine. Une voiture d'un noir brillant était stationnée dans la cour, près de la fontaine.

La porte de la voiture était restée ouverte. Timothy enfila la galerie et descendit les marches quatre à quatre. Au pied de l'escalier, trois hommes à la mine sévère se pressaient dans l'étroit passage qui menait à la cuisine en portant le corps sans vie d'Alex entre eux. On n'avait fait aucun effort pour cacher la tache cramoisie qui maculait le devant de sa chemise.

Tim suivit les hommes dans la cuisine. La cuisinière nettoya rapidement la table au centre de la pièce en roulant des yeux effrayés. Sans un mot, les hommes y déposèrent Alex. Tim reconnut parmi eux le docteur Samuel Jacobs. Transi, le cœur chaviré, il fixa le médecin.

— Qu'est-il arrivé ?

Jacobs l'ignora. Les autres le dévisagèrent avec mépris, comme s'il était coupable de quelque affreux méfait.

— Mais que diable se passe-t-il donc ? Pourquoi me regardez-vous ainsi ?

Personne ne répondit. Timothy insista.

— Pour l'amour du ciel, dites-moi ce qui lui est arrivé !

Foster et Edward s'étaient glissés dans la pièce ainsi que les esclaves de la maison. Ils considéraient le corps inanimé d'Alex avec une expression de stupéfaction et d'horreur. Pieds nus sur le carrelage, Tim dut lutter contre la nausée. Son cœur se mit à battre à se rompre. En désespoir de cause, il se tourna vers Foster et Edward.

— Où est Grand-Père ?

— Il ne sait pas encore. Il dort, réussit à murmurer Edward Lang, le visage trempé de larmes.

L'un des plus vieux esclaves se glissa hors de la pièce. Le docteur Jacobs hésita, scrutant Tim d'un air grave.

— Faites quelque chose, pour l'amour de Dieu, dit Tim. Faites quelque chose avant qu'il ne perde tout son sang.

— Ce n'est plus la peine !

Un flot de colère submergea Tim tandis qu'il fixait la tache rouge qui empourprait le plastron de la chemise d'Alex. Son visage paraissait affreusement blanc par contraste avec ses cheveux et ses favoris d'ébène.

— Il a été tué à l'aube dans un duel, près du Blue Ribbon Dance Hall, lui annonça le docteur Jacobs.

Timothy regardait Alex avec stupéfaction, s'attendant à chaque instant à le voir se redresser et rire de la bonne blague qu'il venait de faire.

— Que s'est-il passé ? Qui l'a provoqué ? Est-ce à cause de Juliette ?

— Non, Monsieur, répondit le docteur Jacobs, et il se racla la gorge d'un air gêné.

— Voyons, expliquez-moi !

Tim s'adressait aux deux hommes dont, malgré tous ses efforts, il n'arrivait pas à se rappeler le nom. Le plus grand des deux se détourna et quitta la pièce. Son compagnon l'imita aussitôt.

Timothy se rua sur le médecin. L'attrapant par les larges revers de son veston, il le souleva presque de terre.

— Qui est responsable ?

— Vous, Monsieur ! Alexandre a relevé un défi que vous aviez lancé.

Tim eut l'impression d'être transpercé par une épée. Il lâcha le médecin et s'affaissa contre le mur.

— Je ne comprends pas...

— On vous a provoqué la nuit dernière, Monsieur, mais vous étiez trop saoul pour tenir debout. Alexandre s'est occupé de vous faire reconduire. Il savait bien que vous seriez incapable de vous battre à l'aube, aussi a-t-il pris votre place. J'ai été convoqué comme témoin, ainsi que les deux hommes qui viennent de sortir. C'était un combat loyal. Malheureusement, votre cousin a perdu.

Sur ces entrefaites, Henry Moreau fit irruption dans la cuisine. Il s'appuyait lourdement sur la canne à pommeau d'argent qui ne le quittait plus depuis un accident de cheval survenu quelques années plus tôt. Il portait une chemise parfaitement empesée sous sa robe de chambre en soie. Ses cheveux blancs étaient impeccablement peignés. Comme à son habitude, il se tenait droit comme un *i* avec une expression de totale autorité sur le visage.

Il jeta un regard rapide sur le corps d'Alex, sans s'attarder, et sa voix ne trembla pas quand il s'adressa au médecin sur le ton froid et efficace qu'il employait avec ses subordonnés.

— Si j'ai bien entendu quand je suis entré, vous disiez que mon petit-fils est mort à la place de Timothy ?

Le médecin acquiesça d'un signe de tête.

— Alexandre a bien relevé un défi adressé à Timothy.

— A quel sujet ?

Le médecin s'éclaircit la voix.

— Votre plus jeune petit-fils a été traité d'ivrogne. On m'a rapporté que Timothy avait ri en répondant qu'il le savait mais que, si le provocateur insistait, il le rencontrerait à l'aube. Ensuite, il s'est enivré de telle façon qu'il était incapable de marcher. Alexandre l'a fait ramener ici et a pris sa place sous les chênes.

Malgré l'écran de larmes qui voilait son regard, Timothy remarqua la colère et l'amertume qui brillaient dans les yeux de son grand-père.

— Vous pouvez nous laisser maintenant, dit Henry.

Le vieil homme tourna résolument le dos au corps d'Alex, aux esclaves en larmes et à l'atmosphère mortuaire qui avait envahi la cuisine.

— Viens avec moi, Timothy, commanda-t-il en sortant à grands pas de la pièce.

Ignorant son grand-père, Timothy s'écarta du mur et s'approcha en trébuchant de son cousin. Avant qu'Alex s'installe ici quatre ans plus tôt, cet endroit ne ressemblait en rien à un foyer. Mais Alex avait accepté Tim tel qu'il était, riant de ses frasques et lui promettant qu'il s'assagirait le jour où il rencontrerait la femme de sa vie. Alex ne l'avait jamais jugé comme le faisait tout le monde ici.

« J'ai toujours voulu un frère, avait annoncé Alex le jour de son arrivée. Soyons donc des frères ! »

A cette époque, Tim en était venu à accepter le manque d'amour d'Henry et son cœur s'était tellement endurci qu'il avait dû se forcer à serrer la main qu'Alex lui offrait. Mais il l'avait prise, et depuis ils étaient devenus amis et frères. Alex était le seul à l'avoir aimé malgré ses fautes.

S'agenouillant sur le sol à côté du corps sans vie, Timothy se sentait aussi seul qu'il l'avait été avant l'arrivée de son cousin. Il fixa sa main, plus terrifié encore que le jour où Alex lui avait offert son amitié. Mais il ne pouvait pas le laisser s'en aller sans réaffirmer la force de leur lien.

Plein de désespoir, il saisit la main de son cousin. Elle était glacée. Alex n'était déjà plus là.

Timothy fixa les doigts pâles qu'il tenait entre les siens et fut saisi par toute l'horreur de la vérité. Tout était sa faute.

C'est moi qui devrais être étendu ici.

Il posa son visage contre la paume inerte, ignorant les efforts de Foster pour le consoler.

— Levez-vous, Timothy. Votre grand-père vous attend dans la bibliothèque. Vous ne voulez pas qu'il vous voie dans cet état.

Encore sous le choc, Timothy traversa l'étage inférieur et monta jusqu'à la bibliothèque. Il s'arrêta devant le bureau de son grand-père, véritable forteresse. Il était assis derrière l'imposant meuble, image même du dédain. Rien dans son attitude ne laissait deviner qu'il venait de perdre son petit-fils préféré.

— Ta conduite me coûte très cher, Timothy. Comme ton père avant toi, tu as déshonoré ton nom.

Pas un instant Henry ne leva les yeux sur Tim pendant qu'il farfouillait dans les papiers, sur la table. Ses mains ne tremblaient pas, et il ne manifestait aucun signe d'émotion. Pourtant, on sentait sa colère sur le point d'éclater.

— Comme tu le sais, Alex devait se marier dans deux semaines. Maintenant, c'est à toi d'honorer ce contrat...

— C'est impossible ! Je quitte La Nouvelle-Orléans pour de bon.

Alex parti, il n'avait aucune raison de rester dans cet endroit détesté. Il était décidé à rentrer chez lui aux Antilles. Et, en hommage à la mémoire d'Alex, il essaierait de faire fructifier la terre qu'il avait héritée de sa mère.

— Tu n'as pas un sou. Où comptes-tu aller ?

— Chez moi, à St. Stephen. Par le premier bateau.

A peine avait-il parlé qu'un sentiment de soulagement l'envahit. Il était temps de redonner un sens à sa vie.

— Ainsi, tu as décidé de fuir comme le lâche que tu es et de vivre sur la plantation en ruine que tu as héritée de ta mère ?

— Exactement.

— J'ai signé un contrat avec Thomas O'Hurley. Sa fille devait épouser mon héritier dans deux semaines. A l'inverse de toi, Timothy, je suis un homme d'honneur. Je veillerai à ce que ma parole soit tenue.

— Épousez-la vous-même. Je ne veux pas de votre argent. Je n'en ai jamais voulu. Ce n'est pas moi qui ai décidé de venir ici ! J'aurais dû vous quitter il y a quatre ans...

— Mais Alex est arrivé.

— Oui. Alex est arrivé. Je m'attendais qu'il me traite avec le même dédain que vous, mais il n'en a rien été. Alex m'a offert son amitié et a rendu tolérable ma vie ici.

Henry Moreau finit par lever les yeux. Timothy pensa que peut-être il avait été touché. Il avait bien tort. Il aurait dû se souvenir que le vieil homme utilisait toujours ses informations pour mieux frapper à l'endroit le plus sensible.

— Tu prétends que tu aimais Alexandre ? Si c'est vrai, tu auras à cœur de te conduire de manière honorable en épousant cette fille à sa place. Alex ne s'est jamais dérobé devant ce mariage alors même qu'il adorait cette mulâtresse qui lui a fait deux enfants.

— Elle s'appelle Juliette.

— Son nom m'importe peu. J'aurais dû savoir que tu serais trop égoïste et trop lâche pour faire ton devoir.

— Pensez ce que vous voulez.

— Tu auras besoin d'argent pour restaurer la plantation de St. Stephen.

Timothy haussa les épaules.

— Qui sait ? Je peux fort bien me contenter de boire du rhum avec les indigènes.

— Je n'en doute pas. Mais à vrai dire, je me moque de ce que tu feras après ton mariage avec la fille O'Hurley. Ce qui compte, c'est ma réputation et celle d'Alex.

Sa voix se brisa en prononçant le nom d'Alex. Ce fut la seule manifestation de son chagrin. Il mit un moment avant d'être en mesure de poursuivre.

— Je ne laisserai pas salir notre honneur.

Fermant les yeux, Timothy se remémora le rire d'Alex. Un rire si communicatif et joyeux qu'il entraînait tous les cœurs. *L'honneur ?* Il n'avait jamais rien fait d'honorable dans sa vie. Ni pour lui ni encore moins pour cet homme qui avait transformé son existence en enfer depuis qu'il avait huit ans.

Etait-il capable de se conduire de manière honorable, même pour Alex ?

— Alors ?

Henry attendait sans qu'aucun sentiment transparaisse sur son visage.

Tim poussa un soupir à fendre l'âme.

— Pour Alex, j'épouserai cette fille à sa place. Et ensuite, je m'embarquerai pour St. Stephen, avec ou sans elle, suivant ce qu'elle décidera.

Comme les souvenirs s'estompaient dans la brume de cette nuit qui aurait dû être celle de ses noces, Timothy se demandait quelle serait la réaction de la fille O'Hurley quand il manifesterait son intention de s'embarquer avec la marée. Enfin, si elle arrivait jamais.

Tout était calme à l'étage inférieur où il avait abandonné ses deux lointains cousins, Stephen et Anton Caldwell, ainsi que le père Perez, les seuls invités aux noces. Les jumeaux prenaient certainement un petit digestif, songea-t-il. Quant au père Perez, il devait se bourrer de beignets. Le prêtre était arrivé deux semaines plus tôt pour les funérailles d'Alex et on l'avait retenu pour bénir l'union de Timothy.

Tim leur était reconnaissant de l'avoir laissé à sa liqueur. Il espérait être bientôt dans un si triste état que sa fiancée en serait à jamais écœurée, sans parler de la fureur de son grand-père.

Avant demain, son épouse apprendrait qu'il avait l'intention de renoncer à son héritage et de retourner chez lui aux Antilles. Si elle voulait rester sa femme, elle devrait le suivre.

Il se détourna de la rambarde, trébucha puis se rétablit. Attrapant la bouteille par le col, il la porta à ses lèvres. Le vin gicla du goulot et aspergea le devant de sa chemise. Quand il voulut inspecter les dégâts, les taches vacillèrent et se brouillèrent devant ses yeux.

La porte de sa chambre s'ouvrit alors mais, de l'endroit où il était, Tim ne pouvait pas voir l'intrus. Stephen passa la tête dans l'embrasure, balaya la chambre du regard et jeta un coup d'œil vers la galerie. Quand il aperçut son cousin, il referma le battant et se dirigea vers lui. Tim s'approcha en chancelant de la porte-fenêtre et s'y appuya.

Stephen Caldwell avait à peine dix-huit ans mais en paraissait une bonne vingtaine. Doté d'un bon mètre quatre-vingts, l'Adonis blond aux larges épaules était l'un des deux jumeaux de la seule cousine d'Henry, Mariette. Elle était morte en mettant au monde les deux frères. Son mari, un officier de marine américain, avait disparu en mer peu de temps après.

Tim regarda Stephen. Il s'était installé sans façon

sur la marche qui courait autour du monumental lit à baldaquin et l'observait d'un air pensif.

— Je vois que tu es encore debout, remarqua Stephen en rectifiant ses manchettes en dentelles pour qu'elles dépassent suffisamment de ses manches.

— Pas pour longtemps, j'espère, dit Tim en reprenant une lampée de vin.

— Est-ce une façon d'accueillir sa fiancée ?

Tim ouvrit tout grands ses bras, manquant éclabousser le sol avec le vin.

— C'est pourtant ainsi que je compte l'accueillir, si toutefois elle se manifeste.

La façon dont les yeux noisette de Stephen s'assombrirent en l'observant déplut fortement à Tim.

— Le mariage est sans doute la meilleure chose pour toi, cousin.

La main de Tim se serra sur le col de la bouteille.

— Tu te transformes en traître ?

Stephen secoua la tête.

— Non ! Mais au train où tu vas, tu risques fort de ne pas survivre bien longtemps.

— Et d'après toi, une femme arriverait à me transformer ?

— Peut-être, si c'est la bonne.

— Alors, tu les tiens en bien meilleure estime que moi. C'est sûrement à cause de...

— ... mon éducation américaine, finit Stephen à sa place.

Les jumeaux avaient été élevés dans l'Est par des parents de leur père et n'étaient retournés que récemment à La Nouvelle-Orléans.

La richesse d'Henry et son influence leur avaient ouvert toutes les portes jusqu'à ce que la disgrâce de Tim les leur ferme provisoirement. Timothy soupçonnait les Caldwell de le pousser à s'établir davantage pour leur bien que pour le sien.

Cette constatation le blessait. Il prit une autre

gorgée, toujours appuyé contre le chambranle de la porte-fenêtre.

— Elle est peut-être ravissante, suggéra Stephen.

— Si je le pouvais, je te l'abandonnerais volontiers.

— Son père l'a dotée d'une petite fortune pour qu'elle puisse épouser l'héritier d'une des plus vieilles familles de La Nouvelle-Orléans. Te rends-tu compte que c'est toi maintenant l'héritier Moreau ?

— Voilà un fait que je préférerais oublier !

Timothy ferma les yeux une fraction de seconde et fut envahi de satisfaction quand la pièce se mit à tourner. Grâce au ciel, il ne serait bientôt plus en état de réfléchir. Cela valait beaucoup mieux ainsi. Il ouvrit lentement les yeux. Stephen était toujours perché sur la marche au pied du lit, l'air d'un chérubin qui aurait grandi trop vite.

— O'Hurley imaginait que sa fille allait épouser le membre le plus distingué de la famille et pas la brebis galeuse. Peut-être a-t-elle appris la mort d'Alex et a-t-elle changé d'avis, déclara Tim.

L'expression de Stephen s'assombrit en entendant le nom d'Alex. Ils étaient tous encore sous le choc.

Timothy se redressa et regagna la galerie. Une chaise traînait près du mur. Il s'y assit et la fit basculer en arrière, en équilibre sur deux pieds. Il renversa la tête pour terminer la bouteille.

Un léger bruit attira son attention. Stephen l'avait suivi au-dehors.

— Je n'ai pas besoin de chien de garde, protesta-t-il, laissant l'amertume affleurer dans sa voix.

Il lâcha la bouteille, qui tomba sur le sol avec un bruit mat et roula plus loin.

— Pourquoi ne descends-tu pas rejoindre Tony ?

— As-tu l'intention de boire jusqu'à ce que mort s'ensuive ?

Tim ne savait plus ce qui l'exaspérait le plus, l'inquiétude dans le regard de Stephen ou la pitié qui perçait dans son ton. Il préféra garder le silence, et

Stephen battit bientôt en retraite le long de la galerie jusqu'à sa propre chambre.

La pluie redoublait.

«*As-tu l'intention de boire jusqu'à ce que mort s'ensuive?*»

La raillerie de son cousin l'obsédait.

— Si seulement c'était aussi simple, marmonna-t-il dans un murmure qui se perdit dans le bruit lancinant de la pluie.

Il était trop lâche pour mourir d'avoir trop bu sans avoir la garantie que ses cauchemars ne le suivraient pas en enfer.

3

Céline n'avait assisté à la messe qu'une ou deux fois dans sa vie, aussi se sentit-elle l'âme d'un imposteur quand elle se réfugia dans l'ombre de la cathédrale Saint-Louis en priant Dieu de lui procurer un moyen de s'échapper. Elle rassembla les pans de son manteau et essaya de reprendre son souffle. Elle était échevelée sous son capuchon, ses chaussures étaient trempées et le bas de sa jupe taché de boue. Pour tout bagage, elle n'avait que les deux pièces d'or cachées dans son corsage.

Alors qu'elle était appuyée à l'angle du bâtiment, une voiture s'arrêta devant le porche. Elle se renfonça dans l'obscurité et observa la scène. Le cocher descendit de son siège et resta dans la rue à parlementer avec l'occupant invisible. Il finit par secouer la tête et regagna sa place. La porte de la voiture s'ouvrit alors avec une telle violence qu'elle rebondit contre la carrosserie.

Une femme enveloppée d'un manteau à capuche jaillit du véhicule. Un fermoir en or brillait à son cou. Tout en maintenant le bas de sa jupe hors de la boue, elle se dirigea rapidement vers le portail. Céline réalisa trop tard qu'elle allait la frôler.

Elle retint sa respiration et tenta de se fondre dans l'ombre. Les talons de la femme résonnaient sur le pavé. Son image oscillait derrière le rideau de pluie. Juste au moment où Céline croyait être passée inaperçue, la femme l'attrapa par le poignet. Elle dut se retenir de crier et se débattit de toutes ses forces tandis que l'inconnue ouvrait la porte et la poussait à l'intérieur.

Un cierge brûlait près des troncs pour les pauvres. Il était presque consumé maintenant. Le parfum de l'encens lui piquait les yeux. Quand elle se retourna pour protester, elle se trouva nez à nez avec une jeune femme de son âge aussi blonde qu'elle était brune, avec un teint de lait et de grands yeux bleus.

La jeune fille repoussa le capuchon de Céline pour l'examiner. Puis un large sourire illumina ses traits. Quand deux fossettes apparurent sur ses joues, Céline fut sûre d'avoir affaire à un ange.

— Je n'arrive pas à le croire ! Dieu a fini par m'exaucer juste à temps. J'étais près d'abandonner.

La ravissante inconnue ouvrit le fermoir en or de son manteau qu'elle enleva et tendit à Céline.

— Tenez, prenez-le vite. J'ai besoin du vôtre.

— Mais enfin, qu'est-ce qui vous prend ?

Céline dut se pincer pour être sûre qu'elle ne rêvait pas.

— Je n'ai pas toute la nuit devant moi, la pressa la jeune femme en jetant un coup d'œil rapide vers la porte avant d'agiter son manteau. Prenez-le et passez-moi le vôtre.

— Mais…

— Ecoutez-moi ! Je doute que vous vous cachiez ici à cette heure de la nuit sans raison. Vous cherchiez à vous échapper, je suppose ?

Leurs murmures étouffés résonnaient dans l'église.

Céline lança des regards furtifs autour d'elle, refusant de répondre.

— Je vous en prie ! Il faut que vous m'aidiez, souffla l'envoyée de la Providence. Je cherche à m'enfuir moi aussi.

— Je ne suis pas en position d'aider qui que ce soit ! protesta Céline, étonnée par cet aveu spontané. Mais vous avez raison : il faut que je me dépêche de partir.

— Parfait ! Donnez-moi votre manteau.

Céline essaya de percer les profondeurs du déambulatoire. Des cierges brillaient devant les autels latéraux comme des langues de feu vacillant sous le souffle de l'esprit. La jeune femme attendait impatiemment. Céline finit par détacher le simple cordon qui retenait sa cape.

— Pourquoi m'aidez-vous ? demanda-t-elle.

— Je vous offre un moyen de vous échapper en échange de ma propre liberté.

Céline tendit son vieux manteau et elles firent l'échange. Elle s'enveloppa dans le vêtement de velours cramoisi. Ses mains tremblaient quand elle manœuvra le fermoir. Elle attendit en silence que l'inconnue ait terminé. Le sourire qu'elle lui adressa alors confirma Céline dans l'idée qu'il s'agissait d'un ange envoyé par Dieu.

Céline remonta le capuchon sur ses cheveux.

— Gardez la capuche baissée, et montez vite dans la voiture, chuchota la mystérieuse jeune fille en la poussant vers la porte.

— Mais le cocher…

— Il a hâte d'être débarrassé de moi. Ou plutôt de vous, maintenant. Surtout, ne lui laissez voir ni vos cheveux ni votre visage ! C'est un rustre qui ne pensera même pas à vous aider à monter. Rentrez directement à l'intérieur et claquez la porte !

— Jamais je ne pourrai me faire passer pour vous…

— Là où vous allez, personne ne m'a jamais vue.

Si vous le désirez, une nouvelle vie peut s'ouvrir devant vous. Quand ils s'apercevront de la supercherie, il sera trop tard pour revenir en arrière. Et moi, je serai loin.

— N'aurai-je rien à craindre ?

Céline était stupéfaite de se laisser gagner par ce projet insensé.

— Jamais je ne mettrais la vie de quelqu'un en danger ! Alors, vous acceptez ?

La jeune fille avait la main sur la poignée de la porte. Elle l'entrouvrit et poussa Céline dans le froid et la pluie. La voiture attendait. Céline ne put retenir une dernière question :

— Si je prends votre place, qu'allez-vous faire ?

Les fossettes de l'inconnue s'accentuèrent encore.

— Je vais accomplir un de mes rêves les plus chers. Je désire être religieuse.

L'ange blond observait furtivement le chauffeur par l'ouverture de la porte. L'homme lançait un coup d'œil vers l'église et se préparait à descendre de son siège.

— Dépêchez-vous avant qu'il ne nous voie ensemble ! souffla-t-elle.

— Mais...

— Partez !

Céline serra le capuchon autour de son visage. L'inconnue la poussa de nouveau et elle se retrouva sous la pluie. Elle prit une longue bouffée d'air et traversa la rue en courant.

Comme sa mystérieuse interlocutrice l'avait prévu, le chauffeur ne lui prêta aucune attention. Il se carra dans son siège, laissant Céline ouvrir la porte toute seule et se glisser dans l'habitacle sombre.

La voiture s'ébranla, tourna sur la droite au coin de la rue et s'engagea sur la route de la levée. Quand une des roues arrière s'enfonça dans une ornière, Céline fut projetée vers le toit, avant de retomber sur son siège avec un bruit sourd.

Elle mit un moment à s'apercevoir que des larmes coulaient sur ses joues. Elle les chassa du revers de la main, puis s'appuya contre la banquette.

Rien n'arrivait à la détourner de son chagrin. Elle s'étonnait encore d'avoir trouvé la force un peu plus tôt de traîner le corps de Persa jusqu'à sa chambre et de la poser sur son lit.

Avant de quitter la pièce, elle avait murmuré une prière pour le repos de son âme. Juste comme elle commençait à rassembler quelques affaires, des hommes s'étaient interpellés dans la rue. La police envahissait la cour. Elle s'était enfuie par la porte de derrière.

Elle ne voyait aucune autre solution que de quitter La Nouvelle-Orléans par n'importe quel moyen quand elle avait fait une halte dans la cathédrale. Et voilà que l'ange blond avait fait son apparition.

Après avoir laissé la ville derrière elle, la voiture roulait maintenant à vive allure. Céline entendait le fouet claquer à intervalles réguliers au-dessus de la tête des chevaux. L'attelage oscillait et rebondissait comme une balle folle à chaque cahot tandis qu'ils filaient le long de la levée.

Espérant qu'elle n'avait pas troqué un sort abominable contre un autre tout aussi horrible, elle se réjouissait que chaque minute l'éloigne davantage de la ville. Dès son arrivée, elle expliquerait que sa mystérieuse bienfaitrice n'avait pu faire le voyage, puis elle demanderait le vivre et le couvert contre un emploi.

Elle était prête à travailler au coude à coude avec les esclaves s'il le fallait jusqu'à ce qu'elle soit sûre de ne pas être recherchée pour le meurtre de Jean Perot.

L'équipage bringuebala encore sur la route pendant un temps infini. Des éclairs zébraient le ciel. Il y eut un coup de tonnerre si violent qu'elle dut se boucher les oreilles.

Elle crut une seconde qu'ils allaient basculer dans

le fossé, puis elle s'aperçut que la voiture tournait simplement à droite. Elle écarta le rideau de cuir. Ils remontaient une longue allée bordée de chênes. Au bout, elle distingua à travers la mousse qui pendait des arbres une grande maison blanche brillamment éclairée.

Même après que les roues se furent immobilisées, Céline avait toujours la sensation d'osciller. Luttant contre la nausée, elle voulut ouvrir la portière, puis préféra différer l'instant d'apparaître. Elle enfonça son capuchon sur ses yeux et attendit, perchée au bord du siège, les mains pressées entre ses genoux tremblants.

La pluie tombait par rafales. Malgré le fracas, elle entendit le cocher tirer quelque chose de lourd sur le toit de la voiture puis, quelque part, une porte battit. Elle prêta l'oreille. Un murmure de voix parvint jusqu'à elle. La portière de la voiture s'ouvrit alors brusquement. Le cocher, dont on discernait mal les traits entre le col de son manteau et le bord de son chapeau, lui tendit la main pour l'aider à descendre. Il la relâcha aussitôt qu'elle fut à terre sans même la regarder.

Son capuchon serré autour du visage, elle le suivit jusqu'à la maison. Un homme aux tempes dégarnies mais au maintien majestueux l'attendait à la porte. De profondes rides barraient son front, et il portait une livrée de valet.

— Rentrez vite, Miss O'Hurley. Quelle nuit, hein ? Nous aurons vite fait d'effacer les dégâts du voyage, n'est-ce pas ? A propos, je suis Edward Lang.

Comme il l'introduisait dans le hall, Céline jeta un coup d'œil autour d'elle pour voir qui ce « nous » désignait, mais la pièce était vide.

Le cocher, un vrai lourdaud, erra quelques instants derrière elle avant de ressortir. Quand il réapparut à la porte d'entrée, il poussait devant lui une énorme malle. Céline continuait à lui tourner le dos, son capuchon baissé sur les yeux.

— Si vous préférez passer la nuit… proposa le serviteur avec sollicitude, mais le cocher repoussa son offre d'un geste de la main.

— J'ai été payé pour livrer la marchandise et m'assurer qu'elle arriverait à bon port. Je regagne la ville avant que les routes soient impraticables. Vous pouvez garder cette maudite Irlandaise.

Nullement ébranlé, Edward se retourna vers Céline aussitôt que la porte claqua. Il l'observa d'un air méditatif. Aucun détail ne lui échappa : ni la cape de velours pourpre avec son fermoir d'or, ni les chaussures trempées, ni l'ourlet boueux de la jupe. Céline choisit soigneusement ses mots.

— Je vois bien que vous êtes surpris, mais je peux vous…

— Ce n'est pas la peine de vous excuser, Mademoiselle. Il ne fait pas bon être dehors par une nuit pareille. Le cocher aurait dû veiller à ce que vous ne soyez pas trempée ainsi.

Avant qu'elle puisse expliquer qu'elle n'était pas Miss O'Hurley, trois hommes apparurent, venant de l'arrière de la maison. Les deux premiers, visiblement des gentlemen, étaient grands, blonds, jeunes et singulièrement beaux. Ils s'immobilisèrent dans l'embrasure de la porte et l'observèrent avec curiosité. Comme si cela n'était pas suffisant, un prêtre se tenait derrière eux, un verre de vin rouge dans une main et un morceau de beignet dans l'autre.

Céline les considéra à son tour.

Edward fit poliment les présentations :

— Puis-je vous présenter Stephen et Anton Caldwell, Mademoiselle ? Et bien sûr, le père Perez.

— Dieu vous bénisse, mon enfant, dit le prêtre avant de prendre une gorgée de vin pour faire descendre sa bouchée.

— Va chercher Tim, chuchota l'un des jumeaux

en donnant un coup de coude à son frère. J'attends avec impatience de voir sa tête quand il la découvrira.

Céline se raidit, évitant le regard des jeunes gens. Même s'ils étaient américains par leur accent, on voyait bien qu'ils n'avaient jamais rien fait de leurs dix doigts, comme la plupart des créoles qu'elle connaissait.

Edward avait dû sentir sa gêne.

— Je vais vous conduire dans un endroit où vous pourrez vous rafraîchir et vous changer pour la cérémonie, proposa-t-il.

— *Quelle* cérémonie ?

— En voilà une bien bonne ! murmura l'un des jumeaux.

Il croisa les bras et, un sourire sarcastique aux lèvres, s'appuya contre le chambranle de la porte pour ne rien perdre du spectacle.

Son exacte réplique se montra plus sobre.

— Quelqu'un devrait prévenir Grand-Père.

— J'ai déjà envoyé Foster le chercher, l'informa Edward.

Céline, tout en se demandant qui pouvait bien être Foster, inventoria rapidement les alentours. Plusieurs portes s'ouvraient sur le vestibule qui occupait toute la longueur de la maison. C'est vers l'une d'elles qu'Edward la guidait maintenant, tandis que les autres leur emboîtaient le pas.

— Je voudrais vraiment vous expliquer, insista de nouveau Céline.

— Je vais prendre votre manteau, Miss O'Hurley, annonça Edward en l'introduisant dans un salon.

— Merci, non. Je préfère le garder encore un moment si vous n'y voyez pas d'inconvénient.

Céline resserra les pans du vêtement autour d'elle. Il était quand même beaucoup plus chic que ce qu'elle portait en dessous.

Sa gêne grandit quand les jeunes gens et le prêtre

les rejoignirent. L'un des jumeaux s'assit près de la cheminée de marbre rose tandis que l'autre restait debout en la regardant. Le père Perez cherchait un endroit où poser son verre vide.

— Je dois vous dire que je ne suis pas Miss O'Hurley... commença-t-elle.

— Est-ce la jeune fille ?

Céline se retourna en entendant une voix inconnue et se trouva en face d'un vieil homme aux cheveux argentés qui s'appuyait sur une canne d'ébène. Il était entièrement vêtu de noir. Ses yeux perçants la fixaient sous des sourcils droits.

— Je suis Henry Moreau. J'imagine que vous êtes la fille de Thomas O'Hurley ?

Il l'inspecta des pieds à la tête comme si elle était une pouliche primée, et Céline serra plus étroitement la cape autour d'elle.

— Je ne suis pas sa fille et je serais heureuse de vous expliquer ce qui s'est passé. Elle n'a pas pu venir mais, en découvrant que j'avais hâte de quitter La Nouvelle-Orléans, elle a insisté pour que je prenne sa voiture. Je suis à la recherche d'un emploi hors de la ville.

Elle jeta un regard inquiet vers le prêtre, puis ses yeux s'arrêtèrent sur le vieil homme aux cheveux argentés.

— Je suis heureux que votre père m'ait prévenu à l'avance de ne pas croire un mot de ce que vous diriez, répondit sèchement Moreau, puis, sans lui accorder davantage d'attention, il se tourna vers Edward : Veillez à ce qu'elle se débarbouille et soit de retour ici dans un quart d'heure.

— Mais, Sir, cela prendra au moins...

— Quinze minutes, Edward. Pas une de plus ! Appelez Foster pour vous aider, articula-t-il sèchement avant de continuer à distribuer les ordres autour de lui. Stephen, va prévenir Timothy. Je veux qu'il descende immédiatement. Cela a duré assez longtemps. J'ai hâte de me coucher. Et vous, père Perez, vous devriez chercher votre bible, des bougies et tout ce dont vous aurez besoin. Et de grâce, enlevez donc cette traînée blanche de votre soutane !

Le père Perez baissa les yeux sur sa soutane couverte de miettes et de sucre et sortit en la brossant furieusement.

— Par ici, Miss O'Hurley, fit Edward.

Céline refusa de bouger.

— Je n'irai nulle part et je ne suis pas Miss O'Hurley. Je suis venue chercher un emploi, ajouta-t-elle en se tournant vers le vieil homme. Si vous n'avez rien pour moi, dites-le-moi et je partirai volontiers.

— Vous êtes vraiment tout à fait convaincante à ce petit jeu. Tout à fait convaincante, ma chère. Jemma, n'est-ce pas ? Votre père m'a averti que vous étiez une fieffée menteuse quand nous avons signé le contrat de mariage. Je vois qu'il avait raison.

— Un contrat de mariage ? murmura-t-elle en sentant la panique la gagner. Mais je ne suis pas Jemma O'Hurley !

— Vous êtes bien arrivée dans la voiture des O'Hurley, conduite par le cocher des O'Hurley ? Et n'est-ce pas la malle de Jemma O'Hurley que j'aperçois dans le vestibule ?

— En effet, c'est sans doute la sienne. Mais je vous assure que je ne suis pas la personne qui doit se marier avec... avec...

Si elle permettait à Jemma O'Hurley d'éviter un mariage avec ce vieux barbon, elle en était heureuse.

— Avec mon petit-fils, Timothy, annonça Henry Moreau, réticent, semblait-il, à prononcer ce nom. Emmenez-la, Edward, et séchez-la ! ordonna-t-il ensuite.

Il se détourna en s'appuyant lourdement sur sa canne au pommeau d'argent et claudiqua vers les fenêtres.

— Anton ! dit-il alors au deuxième jumeau qui avait regardé la scène en silence. Va voir ce qui retient

Stephen. Il a peut-être besoin d'aide pour s'occuper de Timothy.

Besoin d'aide pour s'occuper de Timothy? Le fiancé de Miss O'Hurley était-il un faible d'esprit? Était-il aliéné ou diminué de quelque manière que ce soit?

— Par ici, Mademoiselle, s'il vous plaît.

Une réelle détresse perçait dans la voix d'Edward. Espérant qu'une fois hors de la pièce elle pourrait trouver un moyen de s'enfuir, et désireuse d'échapper au plus tôt au regard glacé du vieil homme, Céline suivit le domestique.

Il la conduisit jusqu'à un petit salon confortable. Un feu brûlait joyeusement dans la cheminée, sans doute pour dissiper l'humidité entretenue par les fenêtres grandes ouvertes. Elle ne rêvait que de s'écrouler dans un des fauteuils et de dormir, pourtant elle n'en continuait pas moins à se creuser la cervelle pour trouver le moyen de se sortir d'affaire.

Edward s'immobilisa et la regarda, dans l'expectative.

— Puis-je sortir quelque chose de la malle, Mademoiselle? Votre robe de mariée, peut-être? Voulez-vous que je demande à une femme de chambre de la repasser? Vous désirez sans doute la porter pour la cérémonie.

— Je ne me marie pas.

— J'ai peur que si, Mademoiselle, et, si je puis me permettre, Timothy n'est pas un mauvais garçon. Je le connais depuis le jour de sa naissance. C'est Foster et moi qui l'avons élevé avant qu'il n'arrive en Louisiane. Si on lui en laissait l'opportunité, il pourrait être aussi raffiné que n'importe quel gentle...

— Je me moque bien de savoir comment il est. Je ne resterai pas assez longtemps pour le découvrir, de toute façon. Je ne peux vraiment pas faire cela.

— Vous ne serez pas obligée de rester ici, remarqua Edward, et un sourire atténua les profondes rides de son visage. Nous appareillons pour les Antilles demain à midi, Mademoiselle. Vous, Timothy, Foster et moi.

Céline voulut protester, puis le sens des mots pénétra peu à peu dans son cerveau. *Appareiller pour les Antilles. Demain*. Elle attendit un moment avant de demander :

— Timothy, le futur marié, quitte demain la Louisiane ?

Le sourire d'Edward se figea et il agita les mains en jetant des regards inquiets vers la porte.

— C'est exact, Timothy a décidé de quitter la maison du vieil Henry pour de bon. De tout laisser derrière lui. Évidemment, je sais que votre père désirait que vous restiez ici, mais je vous assure que cela vaudra mieux pour tout le monde. Comme je le disais, si on lui en laisse l'opportunité...

Céline voulait être sûre d'avoir bien entendu.

— Les mariés s'en vont demain ?

— En effet, Mademoiselle. Ils partent pour l'île de St. Stephen. Si je puis me permettre, vous n'aurez jamais votre mot à dire ici tant que le vieil Henry sera en vie. Partir est la seule solution. Ceci reste entre nous, bien sûr.

C'était trop beau pour être vrai. Il lui suffisait de se faire passer pour Jemma O'Hurley et d'épouser un faible d'esprit dont personne ne voulait. Ensuite, à elle la liberté ! Jamais les Perot ne la retrouveraient là-bas ! Et si la situation s'avérait trop épouvantable, elle n'aurait qu'à disparaître dès qu'ils seraient arrivés à destination.

— Je ne suis pas Jemma O'Hurley, insista-t-elle cependant auprès d'Edward.

— Comme vous voudrez, Mademoiselle.

— Je ne suis pas venue ici pour me marier.

— Très certainement, Mademoiselle.

La porte s'ouvrit. Céline s'attendait à voir Henry Moreau apparaître sur le seuil et la fusiller du regard, mais c'est un domestique tiré à quatre épingles avec des cheveux châtains clairsemés qui entra et referma soigneusement le battant derrière lui.

— Je suis venu dès que j'ai pu, annonça-t-il d'une voix excitée.

Il traversa la pièce et s'arrêta près d'Edward qui le présenta immédiatement.

— Voici Foster Arnold, Miss Jemma, le second domestique de Timothy. Lui aussi vient d'Angleterre, en ayant fait un crochet par St. Stephen.

Elle le salua d'un petit signe de tête et déclara :

— Bonjour, Foster. Je ne suis pas Jemma O'Hurley.

Foster jeta un coup d'œil à son camarade qui se contenta de pincer les lèvres et de rouler des yeux.

— C'est pire que prévu ! remarqua Edward.

Foster se retourna vers Céline et lui demanda sur un ton condescendant :

— Alors, qui êtes-vous, Mademoiselle ?

— Mon nom n'a pas d'importance. J'ai pris la place de Miss O'Hurley dans la voiture avec l'intention de me faire embaucher ici.

Foster se tourna vers Edward.

— Au moins, nous étions prévenus.

— Je ne mens pas, insista-t-elle en commençant à s'interroger sur les bruits qui circulaient à propos de Jemma O'Hurley.

Les deux hommes la regardèrent avec compassion.

— Timothy n'est pas un cas désespéré. Loin de là ! déclara Foster.

— J'ai déjà tenté de le lui dire, l'assura Edward.

— Cela me serait bien égal qu'il ait deux têtes. Je suis en train de perdre l'esprit, mais ce mariage finit par me tenter. Certainement pas parce que je suis Jemma O'Hurley, croyez-le bien ! Je ne veux surtout pas utiliser des moyens frauduleux.

— Elle accepte !

Edward croisa ses mains sur son cœur et adressa un sourire ravi à Foster.

Ce dernier saisit la main de Céline.

— Merci, Miss O'Hurley. Vous verrez que ce n'est pas un mauvais garçon !

— Je ne suis pas Miss O'Hurley ! répéta Céline avec un soupir.

— Comme vous voudrez, Mademoiselle, acquiesça Foster.

Les deux hommes la prirent en main. Ils trouvèrent une robe de soie corail soigneusement posée au-dessus des autres vêtements dans la malle. Ils la sortirent, la tinrent à bout de bras pour en admirer chaque détail et insistèrent pour qu'elle la porte. Ensuite, ils lui prodiguèrent des encouragements tandis qu'une esclave lui séchait les cheveux avec une serviette devant le feu et les relevait en chignon, ce qui, d'après eux, mettait ses yeux en valeur.

Céline enfila la tenue choisie par les deux Anglais en prenant soin de garder cachées les deux pièces d'or. C'était la plus ravissante robe qu'elle ait jamais vue, avec ses manches bouffantes ajustées à partir du coude jusqu'au poignet et la poitrine soulignée par un ruban de satin rebrodé. Malgré tout, le corsage avait deux bonnes tailles de trop.

— Je ne félicite pas celui qui a coupé votre robe ! s'emporta Foster.

— Ce n'est pas ma robe ! répliqua Céline.

Foster et Edward échangèrent un regard et haussèrent les épaules. Il y eut un moment de panique quand Céline ne réussit à enfiler aucune des chaussures apportées. Alors, après avoir essayé de nettoyer vainement celles avec lesquelles elle était arrivée, ils la poussèrent hors de la pièce.

Vingt minutes plus tard, les deux serviteurs entraient dans le grand salon où Henry Moreau était assis, arborant la mine renfrognée d'un vieux potentat qu'on a fait attendre trop longtemps. Le père Perez était avec lui.

Foster regardait Céline avec fierté.

— Monsieur Moreau, elle est prête.

Et, dans un geste éloquent, il s'inclina en présentant Céline qui dut entrer dans la pièce pour subir une nouvelle inspection.

Sans un mot, Henry Moreau lui fit signe d'avancer.

— Vous n'avez pas l'air irlandaise, remarqua-t-il.

— Le contraire serait étonnant puisque mon père était, paraît-il, un gitan aux yeux noirs que ma mère a croisé une nuit quand...

— Votre père s'appelle Thomas O'Hurley et est tout ce qu'il y a de plus irlandais. Je l'ai déjà rencontré, ne l'oubliez pas !

Céline soupira.

— Je ne suis pas...

— Vous devenez fastidieuse, mon enfant, la coupa-t-il. Timothy sera bien obligé de s'accommoder de votre conduite, mais pas moi.

Il regarda la porte derrière elle.

— Enfin, qu'est-ce que nous attendons pour commencer ?

Céline se retrouva brusquement toute seule au milieu de la pièce dans une robe qui ne lui appartenait pas et sur le point d'être mariée à un homme qui ne lui était pas destiné. Le doute et la peur l'étreignirent.

On entendit un bruit de pas accompagné du frottement produit par quelqu'un qui traîne les pieds. Elle se tourna lentement vers la porte.

Les jumeaux venaient de faire leur entrée, moitié portant, moitié soutenant un homme entre eux. Il était entièrement habillé de noir, avec des bottes souples qui lui arrivaient au genou. Seule sa chemise de lin tachée et déboutonnée jusqu'au milieu du torse était blanche.

Il leva un instant la tête. Son regard vitreux balaya la pièce. Comme les jumeaux, il était doté de traits fins, d'une peau claire et d'une mâchoire carrée. Ses cheveux d'ébène étaient retenus par un ruban noir derrière la nuque.

La cécité expliquait certainement l'expression vide

de ses yeux bleus, songea Céline. Le malheureux, constata-t-elle, avait à peine la force de tenir sur ses jambes. Il titubait entre les jumeaux. Quand il fut arrivé à sa hauteur, Henry Moreau se leva.

— Par ici, Miss O'Hurley, dit-il.

Elle rejoignit Henry et ils se placèrent devant le père Perez qui attendait patiemment derrière une table recouverte d'une nappe et ornée de deux grands cierges qui brûlaient dans des chandeliers d'argent. Dehors, la pluie continuait à tomber et le vent violent qui soufflait par rafales faisait trembler la flamme des bougies et agitait la nappe, malgré les persiennes fermées.

L'un des jumeaux s'avança tandis que l'autre soutenant toujours le marié. Céline respira profondément et implora le pardon de Dieu. Elle se rachetait de la mort de Jean Perot en épousant cet homme aveugle et titubant à la place de Jemma, lui laissant ainsi l'opportunité de se consacrer entièrement à Dieu. Elle espérait seulement qu'Il voudrait bien sauver sa tête en échange.

Elle se tourna vers son futur mari, décidée à aider la pauvre créature pendant tout le voyage jusqu'aux Antilles.

Elle était préparée à tout sauf à l'odeur répugnante de vinasse qu'exhalait Timothy. En y regardant de plus près, elle s'aperçut que le devant de sa chemise était imprégné d'une quantité suffisante de vin pour noyer un rat.

— Il est saoul ! laissa-t-elle échapper.

— J'peux encore t'nir debout, marmonna le marié.

Henry Moreau se tenait à sa gauche. Le marié oscillait à sa droite, retenu par l'un des jumeaux dont elle aurait été bien incapable de dire le prénom.

— Commencez, s'il vous plaît, père Perez.

L'ordre d'Henry ne souffrait aucun délai.

Le crâne chauve du prêtre luisait de transpiration.

Il enfouit son nez dans le missel qu'il tenait ouvert entre ses mains et se mit à psalmodier en latin.

Saisie de panique devant l'absurdité de la situation, Céline ne l'écouta que d'une oreille jusqu'à ce qu'il lui pose la question rituelle en anglais sans se rendre compte qu'il attendait sa réponse.

— Miss O'Hurley ? la pressa Henry.

— Comment ?

Elle jeta un coup d'œil autour d'elle. Tout le monde avait l'air suspendu à ses lèvres. Tout le monde sauf le marié. Accroché au bras de son cousin, Timothy Moreau était plié en deux, entièrement absorbé dans la contemplation de ses bottes.

— Je ne suis pas Miss O'Hurley, rappela-t-elle une dernière fois en vain.

Le père Perez s'éclaircit la gorge avant de faire une nouvelle tentative.

— Acceptez-vous de prendre Timothy Moreau pour époux ?

— Oui.

Pour un moment du moins, ajouta-t-elle en son for intérieur.

— Timothy Moreau, acceptez-vous de prendre...

Le père Perez s'interrompit et fixa Timothy. Puis il tourna les yeux vers Henry qui le fusilla du regard. Les joues du prêtre étaient marbrées de taches rouges dues autant à la gêne qu'à un excès d'alcool. Il tira un mouchoir de l'intérieur de sa soutane et épongea ses sourcils et son crâne chauve.

— Timothy Moreau, reprit-il alors, acceptez-vous de prendre... cette femme... pour épouse ?

Comme Timothy ne répondait pas, son cousin lui donna un coup de coude assez violent pour l'envoyer chanceler contre Céline. Les paupières mi-closes, Timothy Moreau réussit à reprendre son équilibre mais toujours sans répondre.

— Tu acceptes ? lui cria le jumeau à l'oreille.

— Bien sûr, marmonna Timothy.

— Où sont les alliances ? s'enquit le père Perez.

Le jumeau donna un nouveau coup de coude à Timothy.

— Les alliances ?

— Non. Pas d'alliances.

Elle ferma les yeux. Ce n'était pas le mariage de ses rêves ! Ni cathédrale, ni fleurs d'oranger, ni voile de dentelle ! Pas de famille pour l'entourer. Pas d'amour non plus.

Seulement un marié ivre et un silence gênant qui commençait à gagner l'assistance, jusqu'à ce qu'Henry Moreau frappe violemment le plancher de sa canne.

— Je-vous-déclare-unis-par-les-liens-du-mariage.

Le père Perez ferma son missel avec un bruit sec et les bénit. Puis il marmonna après coup :

— Dieu soit avec vous !

4

— Cette fille a du cran. On ne peut pas le nier.

Edward Lang se débarrassa de son manteau et l'accrocha dans le placard de la chambre qu'il partageait avec Foster Arnold. Lors de leur arrivée avec leur petit protégé, Henry Moreau les avait exilés dans un bâtiment annexe, ancien quartier d'esclaves qui abritait la cuisine. Peony, la vieille cuisinière, et sa fille occupaient l'autre pièce. Moreau était persuadé que l'étroitesse des lieux et leur manque d'intimité indisposeraient Tim et ses deux serviteurs. Mais ils avaient trouvé cet arrangement parfait.

— Elle serait juste l'épouse dont Timothy a besoin que cela ne m'étonnerait pas.

Foster retira à son tour son manteau et le tendit à Edward qui le brossa méticuleusement.

Elle lui avait plu au premier regard, songeait Foster. Cet air de bohémienne, d'abord, et un sacré tempérament. Elle ne ressemblait en rien aux jeunes filles de la bonne société créole que le vieil Henry aurait pu choisir pour son petit-fils. Miss O'Hurley pourrait bien apporter à Tim le défi dont il avait besoin pour se reprendre en main.

Il alla jusqu'à la petite table sur laquelle était dressé un couvert pour deux personnes avec une bouteille de vin et attendit qu'Edward cesse de s'agiter autour des manteaux et vienne le rejoindre. Deux bougies brûlaient sur la table. Quand ils furent assis tous les deux, Foster emplit leurs verres de vin et ils portèrent un toast.

— A Timothy et à Jemma. Longue et heureuse vie !

Ils prirent chacun une gorgée, et il ajouta :

— Et à nous ! A notre collaboration active à la réussite de ce mariage !

Edward opina du chef.

— Tim ne surmonterait pas une nouvelle déception !

Il reprit une gorgée de vin puis leva son verre en agitant le liquide pourpre devant la flamme de la bougie.

Foster attrapa un petit pain et le coupa en deux.

— Cela serait un miracle que ce mariage tienne le coup après la conduite de Tim ce soir.

— En tout cas, elle n'a pas eu l'air ennuyée de quitter la Louisiane, remarqua Edward en nouant sa serviette sous son menton et en s'emparant de ses couverts.

— C'est tout à fait curieux, tu ne trouves pas ?

Foster piqua un blanc de poulet avec sa fourchette tout en méditant la remarque de son ami.

— Je commence à croire qu'elle n'est pas la fille de O'Hurley.

— Mais enfin, qui pourrait-elle bien être ? D'ailleurs, cela m'est bien égal de savoir qui elle est. Elle me plaît, Eddie. Il y a quelque chose dans ses yeux... tu as remarqué?

— Non. Mais j'ai l'impression qu'elle avait une idée derrière la tête en acceptant ce mariage. Pourquoi n'a-t-elle pas cessé de clamer qu'elle n'était pas Jemma O'Hurley pour accepter ensuite si facilement de se marier? Cela n'a pas de sens!

— Son père avait prévenu le vieil Henry de ne pas croire un mot de ce qu'elle pourrait dire, lui rappela Foster. O'Hurley a donné un gros paquet pour que sa fille épouse le rejeton d'une vieille famille créole, avec l'espoir que cela développerait ses affaires à La Nouvelle-Orléans.

— Je croyais que tu ne devais plus écouter aux portes. Ce n'est pas correct! déclara Edward en étalant du beurre sur son pain tout chaud.

Ils continuèrent à dîner en silence et, pendant un moment, on n'entendit plus que le crépitement de la pluie sur le toit.

— Et si elle n'est pas son type? insista Edward. On ne peut forcer un cheval à aller boire...

— A l'impossible, nul n'est tenu... surtout en la matière! reconnut Foster avec une petite grimace.

— Cela ne va pas être facile, surtout sur un bateau.

— Tu sais, j'ai toujours eu envie de jouer les cupidons, reconnut Foster.

Edward remplit de nouveau les verres en souriant.

— Aux nouveaux mariés!

— Et à notre retour sans problèmes à la maison! ajouta Foster.

Céline était assise sur une chaise inconfortable dans la chambre de Timothy Moreau. Elle ramena ses genoux sous son menton, recroquevilla ses doigts de pied sur le bord du siège pour retenir la longue jupe de soie qui recouvrait ses jambes. Ses chaussures maculées de boue gisaient abandonnées sous le siège.

En face d'elle, Timothy Moreau était étendu tout habillé sur le lit. Ses pieds pendaient dans le vide. Foster, Edward et les jumeaux les avaient escortés jusqu'à leur chambre après la cérémonie. Une fois le marié déposé sur le lit, les jumeaux diaboliques s'étaient retirés avec un air ironique et un sourire suffisant. Edward et Foster lui avaient ôté ses bottes et sa veste qu'ils avaient soigneusement rangées dans une malle. Comme Céline refusait les services d'une femme de chambre, Foster avait déclaré qu'il reviendrait le lendemain pour les emmener prendre leur petit déjeuner de noces et Céline s'était demandé si son mari était capable de se déplacer tout seul.

Une seule chandelle jetait des ombres contre le mur. Elle resta assise à écouter ce nouveau mari ronfler. A peine les serviteurs partis, une sombre tristesse s'abattit sur elle. Elle venait d'épouser un inconnu qui pouvait, en accord avec la loi, la traiter comme un bien meuble si cela lui chantait.

Elle soupira et se leva, surprise par le frou-frou de la soie qui accompagnait chacun de ses mouvements. Palpant le tissu corail entre ses doigts, elle marcha jusqu'à la galerie pour respirer l'air frais. La tempête s'était calmée et une fine bruine avait remplacé le déluge. A travers la brume et les feuillages, elle apercevait les torches allumées au bord du fleuve.

Une foule de questions sans réponse envahit son esprit : Pourquoi Jean Perot avait-il tué Persa ? Qu'avait bien pu faire la vieille femme pour s'attirer son courroux ?

Epuisée, elle se frotta les yeux. Pendant quelques instants, elle songea à profiter de l'ombre pour se faufiler hors de la maison, mais la crainte des prédateurs, hommes ou bêtes, la retint.

En se retournant pour quitter la galerie, elle remarqua deux bouteilles de vin, l'une debout, l'autre couchée. Elle essaya d'imaginer Timothy Moreau en train de les vider l'une après l'autre. Qu'est-ce qui avait bien pu le conduire à ces extrémités ?

Céline regagna la chambre et ferma les jalousies derrière elle. Le parquet de cyprès était frais sous ses pieds. L'air était imprégné d'humidité et dégageait l'odeur des alluvions charriées par le courant. Elle s'arrêta au pied du lit pour fixer son mari inconscient.

En dépit de son passé, elle avait toujours rêvé de rencontrer un jour l'âme sœur, mais surtout pas de se marier pour mettre fin à ses illusions. Elle n'avait jamais douté qu'elle reconnaîtrait l'élu au premier regard et que leur amour durerait toujours.

Sa mère, elle, ne croyait pas à l'amour mais seulement à l'instinct de conservation. D'après ses dires, le père de Céline était un gitan aux yeux noirs, grand séducteur, qui s'était servi de son charme pour s'introduire sans payer dans le lit de Jane et avait disparu après un mois de monogamie.

Céline fixait toujours son mari. Il n'avait pas bougé. Elle fut tentée d'en savoir davantage à son sujet. Elle hésita, tendit la main vers lui puis la laissa retomber. Maintenant que sa panique initiale s'était envolée, elle n'était plus assez désespérée pour lui voler son passé.

Courbatue après le long trajet dans la voiture bringuebalante, elle s'étira. Le lit paraissait accueillant et suffisamment large pour qu'elle ne risque pas de toucher Timothy. Céline s'assit tout au bord avec précaution. Elle attendit, persuadée qu'il allait au moins changer de position, mais non, il se contenta de pousser un soupir. Elle s'étendit alors et posa sa tête sur l'oreiller empli d'herbes odorantes.

Avant de fermer les yeux, elle rassembla les plis de sa robe contre elle. Puis, déterminée à se réveiller avant lui, elle se laissa emporter par le sommeil.

Timothy avait la bouche pâteuse.

La cloche qui appelait les esclaves à la prière du matin sonna deux fois plus longtemps, puis s'arrêta, Dieu merci, juste avant que sa tête n'éclate. Il restait immobile, les yeux fermés, pour ne pas accentuer la douleur de ce qui promettait d'être l'une de ses plus mémorables gueules de bois. Il tentait désespérément de se rappeler les événements de la veille — ce mariage qu'il voulait oublier, la mariée qu'il avait cherché à outrager —, mais seule l'image de Stephen le traînant et criant à son oreille et deux yeux couleur d'améthyste hantaient sa mémoire.

Sa tête allait exploser. Il roula sur le côté et ouvrit les yeux pour découvrir qu'il n'était pas seul. Il observa avec curiosité la jeune femme à ses côtés. Quand il avait accepté de se conduire honorablement et d'épouser la fiancée de son cousin, il ne s'attendait pas que Jemma O'Hurley fût une beauté.

Elle était étendue parfaitement immobile, comme un ange tombé du ciel. Une cascade de boucles brunes encadrait son visage. Ses paupières fermées étaient bordées d'immenses cils noirs et recourbés. Ses lèvres, pulpeuses à souhait, invitaient au baiser.

Lentement, pour ne pas redoubler les élancements dans sa tête, il se souleva sur un coude pour mieux la regarder. La couleur orangée de sa robe accentuait son teint doré. Moulée par le corsage au profond décolleté, sa poitrine se soulevait à chaque inspiration. L'une de ses mains reposait derrière sa tête sur l'oreiller, la paume en l'air. Il fut tenté de caresser l'intérieur de son poignet.

A cet instant, il lui était facile d'oublier qu'il ne voulait pas de ce mariage. La seule chose qu'il pouvait imaginer avec force détails était ce que ferait un vrai marié le matin de ses noces.

Elle ouvrit brusquement les yeux et fixa un instant le plafond, puis elle cligna des paupières et tourna lentement la tête vers lui. L'étonnant regard violet dont il se souvenait si bien se noya dans le sien. Il eut l'étrange sentiment qu'elle pouvait lire jusqu'au tréfonds de son âme.

Surprise par sa présence, elle fronça les sourcils.

— Bonjour, *épouse* !

Il réussit à lui sourire, bien que cela le fît souffrir.

Le regard qu'elle posait sur lui ne vacilla pas.

— Vous êtes toujours saoul, n'est-ce pas ?

— C'est une surprise de vous trouver encore ici.

Il était heureux de pouvoir l'observer tout à loisir. Elle était plus jeune qu'il ne l'avait d'abord cru, pas plus de dix-huit ou dix-neuf ans. Si elle était nerveuse ou inquiète, en tout cas, cela ne se voyait pas. Elle avait l'assurance d'une femme plus âgée.

Elle traça une spirale sur le dessus-de-lit.

— J'espérais que mon état repoussant d'hier vous aurait dissuadée de conclure ce mariage, déclara-t-il sur un ton froid pour la tester.

Elle l'imita, s'appuyant elle aussi sur son coude.

— Votre état était effectivement repoussant.

— Mais pas assez pour vous faire demander grâce, remarqua-t-il, et, comme elle ne faisait aucun commentaire, il essaya de la choquer : Avons-nous fait l'amour ?

Elle cligna des yeux deux fois de suite.

— Non. Vous vous êtes effondré peu après la cérémonie.

— Elle a bien eu lieu alors ?

— Oui.

— Sommes-nous mariés, Miss O'Hurley ?

— Nous sommes mariés. Mais je ne suis pas Miss O'Hurley.

— C'est vrai. Vous êtes Mme Timothy Moreau.

Elle glissa une boucle de cheveux derrière son oreille.

— Je ne suis pas Jemma… O'Hurley ni Moreau.

— Alors, qui êtes-vous ?

Il lutta contre le ridicule besoin de la toucher pour

être certain qu'il ne rêvait pas. Elle le fixait de ses yeux extraordinaires.

On frappa à la porte.

— Entrez ! Et, pour l'amour du ciel, ne claquez pas la porte, répondit Tim sans la quitter des yeux.

Il avait reconnu les coups discrets d'Edward. Il venait certainement les chercher pour ce maudit petit déjeuner de mariage.

Sa compagne sauta hors du lit et resta debout, l'air embarrassée. Elle sourit quand elle reconnut Edward et Tim se surprit à envier son serviteur.

Il se redressa au prix de mille efforts. Ses tempes bourdonnaient, l'obligeant à rester penché en avant. Il prit sa tête à deux mains jusqu'à ce que le monde cesse de tourner.

— Bonjour, Madame. Bonjour, Monsieur, dit Edward.

Tim se sentit incapable de répondre. Il appréciait pourtant Edward depuis toujours mais, à cet instant, son ton joyeux lui écorchait les oreilles.

— Bonjour, Edward, lança-t-elle chaleureusement, et le seul son de sa voix résonna douloureusement dans la tête de Tim.

— Vous n'avez pas besoin de crier, grogna-t-il.

Edward continua à bavarder comme si de rien n'était.

— Avez-vous bien dormi, Madame ?

— Tout bien considéré, j'ai fort bien dormi, Edward.

— Foster a fait monter vos malles dans la pièce à côté. Une des femmes vous attend pour vous aider. Le petit déjeuner sera servi dans la salle à manger.

— Quand appareillons-nous ?

Timothy releva brutalement la tête, réveillant les élancements à ses tempes.

— Vous avez l'intention de vous embarquer avec nous ?

— Bien entendu !
— Vous voulez vraiment nous accompagner ?
— J'attends ce moment avec impatience.
Cette nouvelle le jeta sur ses pieds.
— Pourquoi ?
— Pourquoi pas ?
Elle lança un nouveau coup d'œil à Edward avant de reporter son regard sur Timothy, non sans une certaine nervosité.
— Vous êtes mon mari maintenant. Il est normal que je vous accompagne.
Edward laissa échapper un son étouffé et s'affaira devant la malle ouverte de Tim.
— La chambre à côté, c'est bien cela, Edward ?
— Celle de droite, Madame.
Timothy l'observa tandis qu'elle contournait le lit et s'arrêtait devant un fauteuil pour ramasser une paire de chaussures tachées. Il remarqua alors ses orteils qui dépassaient de la soie corail. Elle s'arrêta en face de lui d'un air hésitant.
— Qu'y a-t-il ? s'enquit-il en remarquant soudain que son ton était inutilement dur.
— Vous allez avoir besoin d'un bout de temps pour vous ressaisir. A votre place, je m'y mettrais tout de suite.
Timothy attendit qu'elle eût quitté la pièce pour regarder Edward. Le serviteur se tordait les mains. Tim soupira :
— Je suis vraiment maudit !
— Que voulez-vous dire, Monsieur ?
— J'ai bien l'impression d'avoir épousé une mégère.

5

Les escarpins de soie noire étaient trop grands pour Céline, mais cela lui permettait de donner libre cours à sa nervosité en agitant ses orteils. C'est seulement en s'asseyant à table qu'elle se rappela qu'elle n'avait rien avalé la veille.

Les esclaves se déplaçaient autour d'eux dans un ballet silencieux, fruit d'une longue expérience. L'odeur délicate du chocolat avec une pointe de cannelle se mêlait à l'arôme plus corsé du café.

Les *calas* — ces beignets fabriqués à partir d'un mélange de riz, de farine, de muscade et de sucre, puis plongés dans la friture — sentaient trop bon pour qu'elle puisse y résister. Les larmes lui montèrent aux yeux au souvenir des dimanches matin en compagnie de Persa quand elles en achetaient au Vieux Carré. Le vendeur répétait inlassablement d'une voix chantante : « Cala tout chaud ! »

Elle avait l'estomac au bord des lèvres mais le poisson poché au citron, les rissoles et l'ananas frais eurent raison de ses réticences.

Quand elle se retrouva avec son nouveau mari en face d'Henry Moreau, il était trop tard pour regretter ses excès. Elle lutta contre sa crainte de vomir sur la surface bien cirée du bureau en merisier et se concentra sur les propos du vieil homme assis derrière le meuble imposant.

— Tu as bien compris que dès l'instant où tu quittes cette maison, tu renonces à ta famille et à tout ce dont tu aurais pu hériter de moi ?

Comme Timothy ne répondait rien, Céline lui coula un regard en biais. Il restait de marbre et continuait à fixer son grand-père avec la même expression amère qui ne l'avait pas quitté pendant le petit déjeuner.

— Quelle famille ? finit-il par répondre après un silence qui sembla une éternité. Vous ? Si vous pensez à Stephen et à Anton, ils ne s'attarderont pas ici. Pas quand la nouveauté de La Nouvelle-Orléans aura perdu son attrait et que vous aurez commencé à utiliser vos méthodes sur eux. N'ayez crainte, Grand-Père. Une fois que je serai parti, je ne remettrai plus les pieds ici.

Céline fixait le profil de Tim. Quand il sentit son regard, il tourna les yeux vers elle et un sourire illumina ses traits. Elle ne s'aperçut pas tout de suite que ce sourire était calculé jusqu'à ce qu'il dirige de nouveau son attention sur son grand-père.

— Et sa dot ? Je l'ai épousée. Je la veux maintenant.

Henry s'enfonça dans son siège.

— C'est une belle somme, déclara-t-il, et il déverrouilla un tiroir de son bureau, enleva le double fond et prit un sac bourré de pièces qu'il tendit à son petit-fils. A ton avis, il te faudra combien de temps pour tout dilapider en beuveries ?

— J'ai un petit revenu de la succession de ma mère et aussi de la plantation.

— Grand bien te fasse ! On n'y a rien récolté depuis des lustres. Tu es exactement comme ton père. Tu ne seras jamais capable de faire quoi que ce soit. Tu es voué à l'échec.

— Une prédiction que vous me faites avec une infatigable régularité depuis quatorze ans, remarqua Tim.

— Pourquoi te transformerais-tu soudain en un planteur consciencieux ? Tu n'as jamais pris aucun intérêt à ces choses. Tu as même été assez sot pour déclarer que l'esclavage te dégoûtait. Tu vas très certainement libérer tes esclaves pour leur donner le plaisir de te trancher la gorge une de ces nuits.

— Ce que je ferai de mes terres et des hommes qui s'échinent dessus ne vous regarde pas.

— Dieu merci !

La haine entre les deux hommes était évidente. Déconcertée par la violence de l'échange, Céline lissa du plat de la main la robe vert émeraude qu'Edward et Foster avaient trouvée parfaite sur elle. Une fois boutonnée, la jaquette lui allait presque. Son geste capta l'attention d'Henry.

— Vous avez décidé de vous embarquer avec Timothy ?

— C'est exact, répondit-elle brièvement.

Il l'observa avec méfiance.

— Hier vous tentiez pourtant de vous soustraire à ce mariage, pourquoi avez-vous fini par l'accepter ?

— Je le lui ai déjà demandé, intervint Timothy. Elle mourait juste d'envie de coucher avec moi.

— C'est absolument ridicule ! protesta-t-elle.

— C'est ce que nous verrons, remarqua Tim qui soupesait le sac d'or en le faisant sauter dans sa paume. Il est temps de partir, dit-il en se tournant vers Henry. Vous voyez autre chose ?

Henry saisit un papier et le lui tendit.

— Comme tu n'étais pas en état de signer le certificat de mariage la nuit dernière, je te demanderai de le parapher maintenant. Le père Perez et les jumeaux l'ont déjà fait.

— Comme c'est pratique ! se moqua Timothy.

Henry plaça une bouteille d'encre sur le bord du bureau. Tim hésita avant de plonger sa plume dans l'encre. Il se pencha vers Céline.

— C'est votre dernière chance, murmura-t-il.

Elle fut tentée de la saisir mais, ne voyant aucun autre moyen de quitter la Louisiane, elle secoua la tête.

— Je n'ai aucune raison de changer d'avis.

— J'ignore ce que je vais trouver à St. Stephen. Dans quelques mois, je peux fort bien ne plus avoir un sou.

C'était la première marque d'intérêt qu'il lui manifestait. Cela avait dû terriblement lui coûter d'admettre la vérité, particulièrement devant son grand-père.

— Je persiste et signe, annonça-t-elle.

Tim signa le premier, puis il lui tendit le porte-plume. Elle apposa rapidement une signature au bas du parchemin, espérant que personne ne tenterait de la déchiffrer avant longtemps.

Elle retint sa respiration jusqu'à ce qu'Henry presse un buvard sur les signatures sans les regarder, roule le parchemin et noue un ruban rouge autour.

— La voiture attend, annonça Tim, et, s'emparant du bras de Céline, il la poussa hors de la bibliothèque.

Céline s'arrêta juste derrière la porte, et Tim la relâcha avec un regard interrogateur.

— C'est peut-être la dernière fois que vous le voyez ! Dites-lui au moins au revoir ! insista-t-elle, songeant à Persa à laquelle elle n'avait pu dire adieu.

Quand elle leva les yeux, elle surprit un éclair de haine dans le regard de son mari et recula. Sobre, ce n'était pas un homme qu'on manipulait aisément. Elle comprit soudain qu'il ne serait peut-être pas facile de le quitter.

Tim fixa la porte de la bibliothèque. Ses yeux s'étrécirent et sa bouche ne forma plus qu'une ligne dure.

— La seule chose que j'aimerais lui dire, c'est qu'il aille au diable.

Le retour de Céline à La Nouvelle-Orléans ne ressembla en rien à son voyage jusqu'à la plantation. Ils s'y rendirent dans deux voitures. Foster et Edward s'installèrent avec les bagages dans l'une, Céline et Tim dans l'autre. Le temps menaçant de la nuit précédente avait cédé la place à un ciel bleu. Mais le soleil ne semblait pas dérider Tim.

Ils voyageaient en silence, l'un en face de l'autre, comme deux adversaires. Timothy fixait le paysage qui défilait d'un air préoccupé. Céline tentait de maîtriser son anxiété à l'approche de la ville.

— Pourquoi avez-vous fait cela ? demanda-t-elle pour tromper son inquiétude.

Il sursauta et sembla hésiter à répondre.

— Pourquoi ai-je fait quoi ?

— Pourquoi avez-vous accepté ce mariage ? A cause de la dot ?

— Non.

La douleur voila un instant son regard. Il se détourna.

— Alors pourquoi ?

— J'avais une grande dette envers quelqu'un. Et vous, Jemma ?

— Je ne suis pas Jemma O'Hurley.

Il se pencha à la fenêtre et regarda avec attention le chariot de légumes qu'ils étaient en train de dépasser.

— Vous n'êtes pas Jemma O'Hurley. Vous espérez que je vais vous croire ?

— Oui, parce que c'est la vérité. J'étais près de la cathédrale, hier, et je me demandais comment trouver un moyen de m'enfuir quand Jemma O'Hurley s'est précipitée sur moi. Elle voulait entrer au couvent et m'a persuadée de prendre sa place dans la voiture. J'ai accepté dans l'espoir de trouver un emploi une fois à destination.

— C'est-à-dire que vous ne seriez pas la femme que je devais épouser ?

— Je me tue à vous le répéter depuis hier !

— Mentir est un vilain défaut, Jemma ! Edward et Foster m'ont prévenu. Il paraît que votre père a mis mon grand-père en garde. Ah... comment donc Foster a-t-il tourné cela ? Vous auriez un « besoin chronique de travestir la vérité ».

Ils atteignaient les faubourgs de la ville. Céline sentait son cœur battre à coups redoublés. Elle se recula loin de la fenêtre.

— Croyez ce que vous voudrez !

Les lèvres de Tim ébauchèrent un sourire.

— Alex avait l'habitude des femmes dociles. Je me demande ce qu'il aurait fait avec vous.

— Qui est Alex ? Et comment savez-vous que je ne suis pas docile ?

— Alex était mon cousin. C'est lui que vous auriez dû épouser, mais il est mort. Je me suis senti obligé de prendre sa place. Il aurait fait la même chose pour moi.

Il se pencha en avant et appuya ses coudes sur ses genoux pour mieux l'observer.

— Vous avez des yeux très étranges.

— Sans doute parce que peu de personnes ont des yeux de cette couleur.

— Ce n'est pas la seule raison.

— Qu'ont-ils donc de si étrange ?

La manière dont il l'observait la rendait nerveuse.

— J'ai l'impression que vous lisez à travers moi. Si c'est le cas, vous avez dû découvrir que la coquille était vide, murmura-t-il, et il attrapa son chapeau à côté de lui, mettant fin à la pénible discussion. Nous sommes arrivés.

Céline regarda par la fenêtre et fut saisie de panique. Ils n'étaient pas sur les quais mais devant une maison blanchie à la chaux. Elle reconnut l'endroit. C'était un quartier calme et aéré où les riches créoles logeaient leurs maîtresses de couleur. Timothy était-il venu chercher la sienne ?

— Nous ne sommes pas au port. Je croyais que nous nous y rendions directement. Où est l'autre véhicule ?

— Il nous précède. Je dois m'arrêter ici une seconde. Préférez-vous venir avec moi ou m'attendre ici ?

Son signalement avait peut-être déjà été diffusé un peu partout en ville. Elle serait plus en sécurité à l'intérieur de la maison. Une main posée sur la portière tachée de boue, Timothy scrutait la rue en attendant avec impatience qu'elle se décide.

— Je vous accompagne, annonça-t-elle en remontant hâtivement sa capuche avant de descendre dans la rue.

— Il commence à faire chaud, dit-il en remarquant qu'elle avait enfilé son manteau sur son costume de voyage.

Céline serra le fermoir d'or entre ses doigts.

— J'ai sans doute pris froid la nuit dernière.

Timothy s'engagea sur l'étroite allée qui menait devant la maison. Il frappa à la porte drapée de crêpe noir. Une femme d'âge mûr mais encore belle lui ouvrit. Elle était entièrement vêtue de noir et ses yeux étaient rouges et enflés à force d'avoir pleuré.

Quand elle reconnut Tim, elle poussa un cri et les larmes jaillirent de nouveau de ses yeux en forme d'amande.

— Entrez, je vous en prie, Monsieur Moreau ! murmura-t-elle. Entrez !

Tim laissa passer Céline, puis entra à sa suite. Quelque part à l'arrière de la maison, un enfant sanglotait. Ce bruit déchira le cœur de Céline.

Tim semblait aussi mal à l'aise qu'elle en lui présentant Mme Latrobe. Il sortit de son manteau un sac bourré de pièces et le tendit à son hôtesse.

— C'est pour Juliette. Cela devrait lui permettre de vivre pendant un bon bout de temps. La maison est à elle. Alex aurait certainement voulu que je m'occupe de son avenir et de celui des enfants. Peut-être pourrait-elle acheter une petite affaire...

— Oh, Monsieur !

Toujours aussi mal à l'aise dans cette maison endeuillée, Timothy ébaucha un pas vers la porte.

— Dites-lui que je rentre à St. Stephen, mais que...

Mme Latrobe secoua la tête et se mit à sangloter sans aucune retenue. Tout son corps tremblait.

— Ma Juliette est morte, Monsieur. Je croyais que vous étiez au courant.

Tim parut si affecté par la nouvelle que Céline fut

à deux doigts de lui prendre la main pour le réconforter.

— Comment... ? Quand ? arriva-t-il tout juste à articuler.

— Elle s'est pendue il y a quatre jours. Nous l'avons enterrée hier. J'ai fait prévenir M. Moreau...

Un masque glacial tomba sur le visage de Timothy.

— Il ne m'en a rien dit, sinon je serais venu plus tôt.

Quand Mme Latrobe parut sur le point de s'évanouir, Céline fut tout étonnée de voir Tim guider la femme vers un siège et l'aider gentiment à s'asseoir. Céline se précipita vers la cuisine, remplit un verre d'eau et retourna au salon. Elle échangea un regard rapide avec Tim en posant le verre sur la table, devant la femme.

— Et les enfants ? demanda-t-il.

Mme Latrobe continuait à essuyer ses larmes sans arriver à en tarir le flot.

— Ils sont comme deux petits agneaux qui ont perdu à la fois leur père et leur mère en moins de deux semaines.

— Puis-je les voir ?

Elle acquiesça d'un signe de tête et essaya de se lever, mais ses jambes ne la portaient plus.

— Je vais aller les chercher, proposa Céline, désireuse de laisser Tim et Mme Latrobe en tête à tête.

Guidée par le bruit des sanglots, elle gagna l'arrière de la maison et s'arrêta devant une porte ouverte. Une fillette d'une dizaine d'années tentait de réconforter un petit garçon dont la tête couronnée de boucles brunes était posée sur ses genoux. Il sanglotait. La petite fille leva les yeux et aperçut Céline.

— Vous voulez venir tous les deux avec moi ? Timothy Moreau est passé vous voir.

— Oncle est là ? s'exclama le petit garçon en se redressant, et Céline fut frappée de sa ressemblance avec Tim.

Céline fit un signe affirmatif de la tête. Il essuya

alors ses larmes d'un revers de la main et, filant devant elle, se précipita vers le salon. La fillette se leva, arrangea sa jupe et rejeta ses longues mèches brunes derrière ses épaules. Si Céline n'avait pas été aussi experte, elle l'aurait prise pour une créole. Comme son petit frère, elle avait un air de famille prononcé avec les Moreau.

— Je m'appelle Céline, annonça-t-elle.

— Et moi, Liliane Moreau. Mon frère s'appelle Alan.

— Ton oncle désire te voir, annonça Céline en se réjouissant qu'Alex ait reconnu les enfants.

Elle suivit Liliane jusqu'au salon où elle trouva Alan niché dans les bras de son oncle. Cette image détonnait tant avec la première impression que lui avait faite Tim qu'elle en fut profondément émue.

— Peut-être qu'un jour tu pourras venir me voir, mais en ce moment, ta « grand-mère » a bien besoin de toi, disait Tim.

— C'est juste, approuva doucement Mme Latrobe. Tu es l'homme de la maison, maintenant.

Timothy remarqua Liliane à côté de Céline et lui tendit la main. Elle se jeta dans ses bras et il l'embrassa sur les deux joues.

— J'ai laissé assez d'argent à votre grand-mère pour qu'elle puisse prendre soin de vous deux. Si tu as besoin de quoi que ce soit, écris-moi et remets la lettre à un bateau en partance pour l'île de St. Stephen.

— Papa m'a toujours dit que tu t'occuperais de nous.

Une seule larme pitoyable coulait sur la joue de Liliane. Elle passa ses bras autour du cou de Tim et enfouit le visage contre son épaule.

— Votre père était un frère pour moi, et je vous considère comme mes propres enfants.

L'image de Persa assaillit Céline, et elle ressentit un pincement au cœur. Elle se détourna, resserra son manteau autour d'elle et alla à la fenêtre. La voiture les attendait dans la rue. Derrière elle, Timothy tenait toujours dans ses bras les enfants qui s'accrochaient à lui.

— Je ne veux pas que tu partes, Oncle Tim, supplia Alan.

— J'aurais été heureux de vous emmener tous les deux avec moi, mais votre grand-mère a besoin de vous.

— Ils sont tout ce qu'il me reste, Monsieur.

Céline perçut l'inquiétude qui vibrait dans sa voix, puis elle entendit Timothy dire aux enfants :

— Je n'aurais pas voulu vous quitter, mais je ne peux pas faire autrement. Quand vous serez plus grands, vous viendrez me rendre visite. Je vous montrerai l'île et je vous apprendrai à nager. Qu'est-ce que vous en dites ?

Alan secoua négativement la tête.

— Je veux que tu restes.

— J'ai peur que cela soit impossible.

Céline attendit qu'il dise une dernière fois au revoir à ses neveux et les embrasse tous les deux. Quand elle se retourna, il était déjà devant la porte et l'attendait en regardant le petit Alan grimper sur les genoux de sa grand-mère. Elle se dépêcha de le rejoindre, remonta son capuchon et le précéda hors de la maison. Alors, les yeux fixés sur la porte ouverte de la voiture, elle pria pour que personne ne la remarque avant qu'ils n'atteignent le port.

Tandis qu'ils s'éloignaient de la maison, elle jeta un coup d'œil à Tim. Il semblait préoccupé et fixait le paysage d'un regard vide.

— Alex les adorait, chuchota-t-il.

Elle comprit qu'il parlait pour lui-même quand il se retourna pour voir si elle l'avait entendu.

— Et pourtant il avait accepté ce mariage arrangé.

Une ride barra le front de Tim.

— Il a toujours fait ce qu'il estimait conforme à

son honneur. Pour lui, il n'y avait rien de répréhensible à suivre la tradition créole dans ce domaine.

— Et pour vous ?

— Je n'ai pas de maîtresse, si c'est ce que vous voulez savoir. Et pas d'enfant, du moins à ma connaissance.

— Peut-être auriez-vous dû prendre des arrangements pour faire venir les enfants à St. Stephen.

— Etes-vous folle ? Que pourrait faire un vaurien comme moi avec deux enfants ? Ils sont bien mieux ici avec leur grand-mère.

— Comme vous l'étiez avec votre grand-père ? Ils pourraient avoir une vie plus facile avec vous.

— C'est hors de question.

— Vous vous vantez d'être un ivrogne et un vaurien, mais vous n'avez encore rien bu de la journée, et l'homme que j'ai vu là-bas était loin d'être un poivrot sans cœur. C'était un oncle plein de tendresse.

Il sourit, croisa les bras et s'enfonça sur la banquette.

— Nous n'avons même pas passé une demi-journée ensemble, alors surtout n'imaginez pas me connaître, mon épouse !

Comme elle ne réagissait pas, il ajouta :

— Je doute que vous restiez assez longtemps auprès de moi pour me connaître un jour. Attendez de vous retrouver dans la misère, sur l'île. Vous ne demanderez alors qu'à courir vous réfugier chez votre riche papa !

Son regard croisa ses yeux et elle tenta d'imiter le sourire froid plaqué sur ses lèvres.

— N'imaginez surtout pas me connaître, mon époux !

Ils étaient parmi les derniers passagers à embarquer. Dès qu'elle s'engagea sur la passerelle de *l'Adélaïde*, les odeurs et les bruits si particuliers des bateaux en partance assaillirent Céline. Les marins s'interpellaient entre eux du haut des mâts. Les gréements gémissaient et la coque grinçait contre le quai. Toutes sortes de bêtes, qui leur seraient servies aux repas, étaient parquées sur le pont.

— Tout va bien ? demanda Tim en affichant un air détaché.

Comment pourrait-elle « aller bien » quand d'horribles souvenirs commençaient à l'obséder ! La dernière fois qu'elle était montée sur un bateau, sa mère avait été emportée par la fièvre jaune. Et si Persa ne l'avait pas adoptée, elle aurait fini dans un orphelinat de La Nouvelle-Orléans.

Des images atroces se succédaient dans son esprit : le corps de sa mère enveloppé dans un linceul s'enfonçant dans les eaux froides de l'Atlantique ; Persa étendue sans vie au sol ; Jean Perot gisant dans une mare de sang. Non, elle n'allait pas bien ! Pas bien du tout !

Elle eut envie de lui répondre qu'elle risquait bien de ne plus jamais « aller bien ». Mais au lieu de cela, elle acquiesça d'un léger signe de tête et se tourna vers la ville.

La Nouvelle-Orléans était pressée contre le fleuve dont elle suivait tous les méandres comme une courtisane. Céline revoyait le lacis de ruelles et d'allées qu'elle connaissait si bien. Elle entendait le gazouillis des fontaines dans les cours, le grincement des chariots et des voitures qui se mêlait aux cris des cochers. Le cœur de la cité battait à son propre rythme, et Céline avait ce rythme dans le sang depuis trop longtemps pour l'oublier.

Les mâts des bateaux se dressaient comme une forêt de troncs le long des quais. Des caisses et des tonneaux, des malles et des chariots se disputaient l'espace au bord de l'eau. Des hommes à la peau d'ébène luisante de sueur roulaient des balles de coton devant les entrepôts. Une femme traversait la foule d'une démarche dansante avec un panier sur la tête.

Céline ne pourrait aimer un autre endroit autant que La Nouvelle-Orléans. Elle fut tentée de courir à la maison de la rue Sainte-Anne pour vérifier si quelqu'un s'était bien occupé de Persa. Elle ne pouvait supporter l'idée de la savoir gisant toute seule dans la mort. L'obligation où elle était de tout supporter en silence lui donnait envie de hurler tandis qu'elle s'enfuyait comme un de ces rats qui se cachent à bord des cargos.

Juste à cet instant de totale vulnérabilité, il lui toucha la main. Le contact s'établit entre eux. Elle sentit sa tête lui tourner et ses paumes devenir moites. Tout s'obscurcit jusqu'à ce que les images du passé de Tim envahissent son esprit.

La Nouvelle-Orléans plusieurs années auparavant. Les quais palpitent de vie. Foster et Edward attendent avec lui tandis que la foule va et vient autour d'eux. Henry Moreau apparaît. Il marche vers Tim accompagné de quatre esclaves noirs. Il a un visage fermé et dur, une expression de froide détermination dans le regard.

La terreur glace le cœur de Tim. L'anxiété, un terrible sentiment d'abandon et de désolation déferle en lui comme un maelström.

Même après que Timothy l'eut lâchée, le désespoir lié à son passé continuait à broyer le cœur de Céline. Elle scruta son visage, à la recherche des traces de ces blessures si profondes, mais son regard ne reflétait plus que du cynisme et un froid détachement.

Quand il posa la main au creux de ses reins, elle avait créé autour d'elle un écran de lumière rose, comme Persa le lui avait enseigné. Elle sentit seulement le contact de sa main chaude et possessive, malgré l'épaisseur de ses vêtements.

— Vous êtes malade, dit-il.

— Non, juste un peu triste. Cet endroit va me manquer.

— Je croyais que votre père et vous veniez de Virginie ?

Céline soupira, trop déprimée pour discuter. De toute façon, il était trop tôt pour chercher à s'expliquer.

— Comment sommes-nous installés ?

— Nous avons deux cabines à l'arrière.

— Avec des hublots, ajouta Foster.

Les domestiques, qui s'étaient occupés de faire monter leurs bagages, venaient de les rejoindre.

— Des hublots ? s'écria Edward d'une voix alarmée. Que va-t-il se passer s'ils fuient ? Si l'eau s'infiltre pendant une tempête ? gémit-il en fronçant si fort les sourcils qu'ils formèrent un pli au-dessus de ses yeux.

Ni Tim ni Foster ne cherchèrent à le réconforter.

Deux cabines. L'inquiétude rongea de nouveau Céline : comment éviter toute intimité avec Timothy pendant le voyage ? Elle devrait compter sur sa présence d'esprit — et peut-être pourrait-elle se procurer les ingrédients d'un des somnifères que Persa avait mis au point. A cette idée, elle se sentit toute légère et suivit Tim vers les cabines réservées à ceux qui pouvaient en payer le prix.

Lors de sa longue traversée d'Angleterre vers le Nouveau Monde, elle avait passé la plus grande partie de ses journées à arpenter le pont avec les autres enfants d'émigrants.

Apparemment, ce voyage s'annonçait bien différent de cette première expérience. Ils traversèrent un salon avec une grande table au centre sur lequel s'ouvraient plusieurs portes. Tim se dirigea vers l'une d'elles et l'ouvrit. Puis il s'écarta pour la laisser passer.

Céline entra dans la cabine qui se révéla n'être rien d'autre qu'un grand placard. Les murs étaient lambrissés. Son regard s'arrêta sur la couchette qui occupait pratiquement tout l'espace, bien qu'elle pût difficilement contenir deux personnes.

La malle de Jemma O'Hurley était posée par terre entre deux autres, une grande et une légèrement plus petite.

— On s'est trompé de cabine, déclara-t-elle en les désignant du doigt. Elles vous appartiennent ?

Tim alla jusqu'au hublot et jeta un coup d'œil à l'extérieur.

— On peut voir la rivière.

— Vos malles ont abouti je ne sais comment dans ma cabine, répéta-t-elle en se retournant pour chercher Foster et Edward du regard. Je vais demander à vos domestiques de les enlever.

— Pourquoi ? C'est aussi ma cabine.

— Vous avez dit que nous avions deux cabines.

— C'est exact. L'autre est pour Foster et Edward. Je ne vais pas les faire voyager à l'entrepont, tout de même.

— Ce n'était pas du tout mon intention. Mais peut-être pourriez-vous partager une cabine à trois ? En ajoutant un lit.

— C'est impossible, dit-il en pinçant les lèvres.

— Pourquoi ?

Tim leva les bras au ciel et secoua la tête.

— Pourquoi ? Pourquoi ? Parce que j'en ai décidé ainsi. Nous ne sommes pas mariés depuis une journée et vous me cherchez déjà querelle. Est-ce cela qu'on apprend aux filles ou s'agirait-il d'une triste métamorphose qui a lieu juste après l'échange des serments ?

— Nous n'avons rien échangé du tout la nuit dernière ! Vous étiez à peine lucide.

— C'était heureux pour vous.

— Rien dans cette situation n'est heureux, si vous voulez mon point de vue.

— Nous n'avons pas levé l'ancre. Vous pouvez encore faire marche arrière.

C'était sa dernière chance de laisser derrière elle cette sinistre comédie. Mais pour quel avenir ? La potence du bourreau ? Elle aspira l'air à pleins poumons et se força à sourire. Il lui restait encore un peu de temps avant la nuit, se consola-t-elle.

— Malgré toute l'envie que vous avez de me voir partir, je reste. Après tout, ce n'est que notre première querelle.

— La première de beaucoup d'autres.

Il croisa les bras et s'appuya au chambranle.

— J'en suis sûre.

— Cela va être un long voyage, Jemma !

— Surtout si vous continuez à m'appeler ainsi. Je vous ai assez répété que ce n'était pas mon nom.

— Mais vous ne m'avez pas donné d'alternative. Comment dois-je vous appeler ?

Elle regarda la ville à travers le hublot et murmura :

— Céline, si ce n'est pas trop vous demander.

Il acquiesça, et la façon dont il la regarda entre ses paupières mi-closes lui déplut fortement.

— D'accord pour Céline, puisque vous insistez. C'est un choix intéressant.

— C'est mon prénom. Je préfère l'utiliser.

— Comme vous voulez. Et surtout, ne me harcelez pas.

Le regard de Tim s'attarda si longtemps sur ses lèvres qu'elle se sentit nerveuse.

L'équipage levait l'ancre, à grand renfort de cris et de grincements de chaînes. Céline alla jusqu'au hublot et regarda le Mississippi rouler ses eaux boueuses. Le bateau commença à s'écarter des quais.

— Et vous ? Comment dois-je vous appeler ? s'enquit-elle.

— Tim fera l'affaire, dit-il après un silence.

Elle inclina la tête, souhaitant qu'il la laisse seule. Elle commençait à étouffer dans l'étroite cabine où l'on tenait difficilement à deux. Céline attrapa le cadre du hublot.

— Voulez-vous monter sur le pont ? proposa Tim.
Elle ne put cacher son soulagement.

— On manque d'air, ici.

Il alla jusqu'à la porte et s'effaça.

— Après vous, Jemma.

Céline se tourna vers lui, près de protester, puis elle remarqua l'éclair de malice dans ses yeux.

Il leva les mains en signe de reddition.

— Cécilia. Ceylan. Céline. Je veux bien vous donner n'importe quel nom si vous arrêtez de me harceler.

Céline refusa de mordre de nouveau à l'appât.

Un verre de whisky à la main, Tim paressait sous l'abri installé sur le pont arrière. Il s'étira sur son siège, croisa les jambes et observa sa jeune épouse qui se tenait devant le bastingage. Malgré la fraîcheur, elle avait retiré la cape qu'elle avait tenu à garder tout à l'heure. Ses mains fines étaient posées sur la rambarde. Avec ses cheveux noirs agités par le vent et son visage tourné vers le soleil, il devait reconnaître à contrecœur qu'elle était plus que jolie. Il ne pouvait s'empêcher de se demander ce qu'Alex aurait ressenti pour elle.

Alex était tombé amoureux de Juliette à dix-neuf ans et en avait tout de suite eu un enfant. Sachant leur mariage impossible, il était heureux d'être resté célibataire, tout en acceptant l'idée d'un mariage de convenance. Aucune jeune fille créole n'ignorait que pratiquement tous les hommes avaient deux foyers.

Mais la femme qu'il venait d'épouser était moitié américaine, moitié irlandaise. Son père venait de s'installer à La Nouvelle-Orléans. Chez Mme Latrobe, Céline avait manifesté de la sympathie aux enfants, mais aurait-elle continué longtemps si elle avait épousé Alex ?

En songeant au petit Alan et à l'expression désespérée dans les yeux de Liliane, il se rappela sa propre enfance. Il savait trop bien comment la vie d'un enfant pouvait être brisée par la mort de ses parents.

Il prit un autre verre. Céline s'était mise à arpenter le pont. Comme ils étaient les seuls passagers de première classe, ils bénéficiaient de tout le gaillard d'arrière. Elle longea lentement le bastingage, puis s'arrêta à la poupe et jeta un coup d'œil en arrière avant de fixer son attention sur les deux marins qui maniaient le gouvernail.

Ils lui adressèrent un sourire et elle le leur rendit avant de reprendre sa marche. La brise venant de la rivière plaquait sa robe sur elle, moulant sa poitrine ferme et ses jambes fuselées. Tim remarqua que les marins l'admiraient également, et il ne put retenir un certain agacement tout en ressentant en même temps un besoin de possession aussi inattendu que ridicule.

En avalant la dernière gorgée de son verre, il prit soudain conscience que, bien que destinée à Alex, cette Jemma-Céline O'Hurley était maintenant sienne. Il n'avait aucune raison de ne pas profiter des droits que lui donnait le mariage.

Il se leva, son verre vide à la main, et se dirigea vers Céline en ajustant son pas au mouvement du bateau. Ils atteignaient la pleine mer. Il éprouva un curieux sentiment d'excitation et en fut surpris, car depuis longtemps il ne ressentait plus que de la colère.

Céline était appuyée à la rambarde et observait un marin qui montait au gréement avec l'agilité d'un singe. Tim s'arrêta à côté d'elle.

Elle lui jeta un coup d'œil, remarqua son verre vide, puis détourna les yeux.

— Je vois que vous vous adonnez de nouveau à votre passe-temps favori.

— Je vois que vous êtes toujours une mégère.

Il remarqua qu'elle retenait un sourire.

— Avez-vous déjà effectué une traversée ? reprit-il.

— Oui, quand j'étais enfant.

— Cela vous a plu ?

— La plupart du temps, oui. Mais j'ai eu quelques mauvais jours que j'ai passés au lit.

— Alors je vais invoquer le ciel de nous envoyer du mauvais temps !

Elle tourna brutalement les yeux vers lui et il emprisonna son regard.

— Que voulez-vous dire par là ? insista-t-elle.

— Que je serais content de vous découvrir de plus près pendant ce voyage. Comme épouse, s'entend.

Elle se raidit et détourna les yeux.

— C'est-à-dire ?

— Je crois que vous savez exactement ce que je veux dire, Jemma.

— Céline.

Tim s'approcha jusqu'à ce que leurs épaules se touchent. Si elle avait peur de lui, elle ne le manifesta pas. Au contraire, elle fit semblant de l'ignorer.

— Nous sommes mariés. Notre nuit de noces a dû vous paraître décevante, mais je peux vous jurer que je suis tout prêt à me rattraper cette nuit.

— Ne vous croyez surtout pas en terrain conquis ! protesta-t-elle, heureuse de pouvoir fixer l'horizon.

Tim tendit la main et, surpris qu'elle ne l'évite pas, remit une mèche brune derrière son oreille. Puis il laissa glisser son pouce le long de sa joue, jusqu'en haut de sa gorge. Elle frissonna.

— Pourquoi avez-vous accepté ce mariage ?

Elle se retourna vers lui, se mordit les lèvres et fronça les sourcils avant de scruter son regard.

— Je voulais quitter La Nouvelle-Orléans. Je n'étais pas à la recherche d'un mari.

Il ressentit un étrange soulagement.

— Au moins, aucun de nous deux ne se fait d'illusions.

Au centre du pont principal, au-dessous d'eux, trois marins se mirent à tourner le cabestan pour donner plus de creux. La voile se gonflait par saccades, tandis que *l'Adélaïde* fendait l'eau vers la haute mer.

Tim regarda Céline s'écarter du bastingage et s'étirer. Elle pivota vers lui avec un semblant de sourire.

— Puisque nous avions tous les deux d'autres raisons que l'amour pour nous lancer dans ce mariage, avouez qu'il serait stupide de dormir ensemble.

— Je ne parlais pas de dormir, assura-t-il.

— Vous savez très bien ce que je veux dire. Je ne vous connais pas.

— C'est certainement un avantage pour vous. D'ailleurs, qu'est-ce que cela a à voir avec le mariage ? Ne me dites pas que vous croyez à toutes ces idioties sur l'amour ?

Elle rougit.

— Vous y croyez ? fit-il, stupéfait.

Elle l'observait attentivement, déchiffrant son regard comme si elle cherchait à lire dans son cœur. Tim se sentit mal à l'aise. Il scruta la mer.

— En Louisiane, les mariages arrangés sont légion. Peu de créoles se marient par amour.

— Je suis sûre, en tout cas, que les futurs conjoints se rencontrent avant le mariage.

— Sans doute, admit-il à contrecœur.

— Nous n'avions jamais posé les yeux l'un sur l'autre avant la nuit dernière.

— C'est exact.

— J'espérais que vous me laisseriez un peu de temps avant de me demander de remplir mon… mon devoir conjugal.

Tim pivota sur lui-même. Elle le fixait avec un regard horrifié. Il appuya de nouveau ses coudes sur le bastingage et sourit. Puis il essaya d'imaginer les alizés chargés de senteurs tropicales et tourna son visage vers le soleil en fermant les yeux.

— Je vous accorde un peu de temps, concéda-t-il.

— Merci.

Elle paraissait si soulagée qu'il pencha la tête

vers elle et souleva les paupières le temps de voir sa réaction.

— Vous pouvez être assurée que je ne vous bousculerai pas jusqu'à cette nuit.

6

En fin d'après-midi, la côte de la Louisiane disparut. La houle augmentait d'heure en heure, mais *l'Adélaïde* se maintenait vaillamment sur les crêtes. Céline resta sur le pont bien après le départ de Tim, essayant de s'habituer au tangage et au roulis du bateau. Elle fixait l'horizon en se demandant ce que lui réservait l'avenir.

Deux mots lui revenaient sans cesse à l'esprit : *Cette nuit !*

Cette nuit, Tim lui demanderait d'accomplir son devoir conjugal. L'idée même la glaçait d'horreur ; non à cause de son ignorance — elle en savait certainement davantage que la plupart de filles de son âge —, mais parce que le souvenir de sa mère se vendant au plus offrant la rongeait. Les gémissements, les halètements, les cris et les protestations simulés faisaient partie des scènes sordides qu'elle n'oublierait jamais.

Elle n'avait que cinq ans quand Persa l'avait prise en charge et, depuis ce jour, sa vie avait changé du tout au tout. C'en avait été fini des chambres minables dans les arrière-cours et de la crainte perpétuelle d'avoir faim. Persa avait veillé à ce qu'elle ait une vie régulière. La vieille bohémienne la comprenait mieux que personne. Elle ne s'était jamais moquée des dons de Céline.

Le sort les avait réunies, prétendait Persa, pour qu'elle apprenne à Céline quand et comment elle devait utiliser cette capacité de double vue qu'elle avait reçue.

Fidèle à sa promesse de ne jamais la laisser se prostituer comme sa mère, Persa lui avait enseigné comment survivre. Quand elle était encore trop jeune pour vendre les potions, elle l'avait placée auprès d'une vieille femme en bas de sa rue. Céline avait appris à acheter au meilleur prix sur le marché, à économiser et à faire la différence entre ce dont elle avait besoin ou simplement envie.

Mais rien de ce qu'elle avait appris sur les hommes qui fréquentaient l'échoppe de Persa ne l'avait préparée au mariage.

Cette nuit, elle devrait se donner à Tim. Sans amour, n'allait-elle pas se conduire exactement comme sa mère ? Quelle différence y aurait-il entre elle et une prostituée ?

La cloche du bateau retentit, l'arrachant à ses tristes pensées. Elle n'avait plus qu'un quart d'heure pour se rafraîchir avant le dîner. Deux membres de l'équipage étaient dans le salon quand elle le traversa pour gagner sa cabine. Ils s'affairaient dans l'office attenant, veillant sur les marmites qu'on avait apportées de la cuisine à l'avant du bateau. Toutes les portes des cabines étaient fermées sauf celle de Josiah Campbell, le chirurgien-major du bateau. C'était un homme enjoué, doté d'un visage étroit et auréolé de cheveux blancs. Un lacis de rides soulignait sa bouche et ses yeux. Le docteur Campbell servait d'intermédiaire entre le capitaine, l'équipage et les passagers. Comme on était loin d'avoir fait le plein de passagers, le médecin avait tout son temps.

Il était assis sur une chaise en rotin sur le seuil de sa porte et lisait un livre posé sur ses genoux. Il leva les yeux au moment où Céline passait et lui sourit. Elle répondit d'un petit signe de tête et frappa doucement à la porte de sa cabine, peu désireuse de tomber sur Tim.

La porte voisine s'ouvrit et Foster passa la tête dehors avec un sourire.

— Puis-je vous aider, Madame ?

— Je voulais juste me rafraîchir et je me demandais si... si mon mari était là.

Foster secoua la tête.

— Il est chez le capitaine. Il m'a dit de vous prévenir qu'il vous rejoindrait pour dîner. J'ai pris la liberté de vous préparer une robe.

Une heure plus tard, elle était assise à table entre son mari et le second, lesquels ne pouvaient quitter des yeux le décolleté béant de son corsage mal ajusté. Elle se sentait si nerveuse qu'elle n'était pas sûre de pouvoir affronter ce dîner. Hormis le fait que son mari était décidé à exercer ses droits dès ce soir, elle était la seule femme en face de Tim, du second, du médecin-major et du capitaine Isaac Thompson.

La mer était de plus en plus mauvaise, et on avait muni les tables de barres de roulis pour empêcher la vaisselle de tomber. Les bancs et la table étaient chevillés au sol.

— Etes-vous satisfaite de votre installation, Madame Moreau ?

Si Tim ne lui avait pas donné un coup de coude, Céline ne se serait pas aperçue que le capitaine lui parlait. Il n'avait pas l'air de se rendre compte que le bateau gémissait et craquait de partout. Thompson était un homme aimable. Il avait une quarantaine d'années, des yeux et des cheveux bruns, et commençait à prendre une certaine bedaine.

Céline l'observa en profitant du halo lumineux diffusé par la lampe au-dessus d'eux qui éclaira momentanément son visage, puis répondit :

— La cabine est parfaite, merci.

— Vous êtes jeunes mariés si j'ai bien compris, déclara-t-il en souriant à Tim. Toutes mes félicitations.

Quand le capitaine leva son verre pour porter

un toast, Céline regarda le cabernet osciller au rythme du bateau. Elle se sentit légèrement nauséeuse et tenta alors de se concentrer sur le sourire de l'homme.

— Vous voir tous les deux ensemble me rappelle ma femme. Elle m'accompagne chaque fois qu'elle le peut, mais elle est presque au terme de sa grossesse et doit rester à la maison.

Il prit avec sa fourchette un morceau de mouton et le porta à ses lèvres. Céline détourna les yeux quand il mit la nourriture dans sa bouche. Tim avait avalé une bouchée de chaque plat et se contentait maintenant de boire du vin.

— C'est votre premier enfant? demanda-t-elle comme Tim gardait le silence.

Le capitaine but une rasade de vin pour faire passer le mouton et secoua la tête.

— J'en ai déjà cinq. Vous pourriez penser que cela suffit, mais ma femme adore les bébés. Dès que le dernier marche, elle cherche à en avoir un autre.

Il coupa un autre morceau de mouton et arrêta sa fourchette à mi-chemin de sa bouche.

— Je ne peux pas dire que cela me coûte de lui faire ce plaisir, ironisa-t-il avec un clin d'œil à Tim.

Céline lâcha sa fourchette qui heurta son assiette avec un bruit aigu. Elle posa son couteau et croisa ses mains sur ses genoux.

— Où êtes-vous installés, Capitaine? Aux Antilles? fit-elle en essayant de détourner la conversation.

— Bonté divine, certainement pas! Ma femme hait les îles. C'est trop chaud, trop humide et pas assez civilisé pour elle, dit-il en riant. Votre mari retourne là-bas après une longue absence si j'ai bien compris, mais avez-vous jamais été là-bas vous-même, Madame Moreau?

Céline attrapa le pied de son verre pour l'empêcher de se renverser.

— Non, je n'ai pas eu ce plaisir.

Tim lui prit adroitement le verre des mains. Le cabernet manqua éclabousser ses lèvres. Il se pencha et murmura à son oreille :

— Vous devriez le boire. J'en lécherais les dernières gouttes.

Elle l'ignora et son cœur se mit à battre à coups redoublés. Il but le vin pour elle.

Le docteur Campbell avait fini son dîner et paraissait somnoler quand il prit soudain la parole :

— Tout le monde ne se plaît pas aux îles, c'est sûr. Certains se plaignent de la chaleur, surtout les Anglaises. J'en ai vu qui se couvraient de la tête aux pieds et se cachaient sous une ombrelle pour ne pas exposer leur peau claire ; elles prétendaient que...

— Ma mère était anglaise. Elle ne portait même pas de chapeau, le coupa Tim.

— Je dirais qu'elle défiait les conventions, remarqua le capitaine Thompson.

— C'était sans doute cela, répondit Tim, puis il ajouta, si doucement qu'il ne semblait parler qu'à lui-même : Elle aimait aussi danser sous les étoiles.

Céline pensa qu'elle devrait lui demander davantage d'informations sur sa mère.

Le docteur Campbell jeta un coup d'œil à Céline.

— Vous n'êtes pas anglaise, je suppose, Madame Moreau ?

— Elle est irlandaise, intervint spontanément Tim.

— Non, en fait, je suis anglaise. Je suis née à Londres.

— Vous avez un physique exotique pour une Anglaise, remarqua le médecin.

Il y eut un coup de roulis, et Céline faillit tomber de son banc. Quand Timothy tendit la main pour l'aider, elle se redressa rapidement.

— Mon père était gitan, précisa-t-elle, espérant choquer Tim, mais un coup d'œil dans sa direction lui apprit que cette assertion ne le gênait en rien.

— Vous supporterez mieux la chaleur qu'une

femme au teint clair, remarqua judicieusement le docteur Campbell. On dit que la grande chaleur ne gêne pas les esclaves.

— C'est juste un argument pour les faire travailler aux heures les plus chaudes de la journée, répliqua Timothy. J'ai remarqué qu'ils s'évanouissaient aussi bien que n'importe qui.

Le second, un rouquin beaucoup plus jeune que les autres, était resté silencieux jusqu'à maintenant. Il réussit à arracher son regard du décolleté de Céline pour faire un commentaire.

— Vous êtes contre l'esclavage alors, Monsieur, si vous les considérez comme des hommes ? Permettez-moi de vous prévenir que vous allez rencontrer de l'opposition à St. Stephen !

Tim laissa le capitaine remplir son verre et but une gorgée de vin avant de répondre :

— Je n'ai aucune idée de ce qui m'attend à St. Stephen.

— Mais vous avez des terres là-bas ?

Céline écoutait avec intérêt.

— Dunstain Place. Une plantation de quelque deux cent cinquante acres.

— J'imagine que vous avez un contremaître ? interrogea le capitaine.

— Un régisseur, rectifia Tim.

— Avez-vous l'intention de cultiver la canne à sucre ? Cela exige une main-d'œuvre considérable. Vous changerez peut-être alors de position sur l'esclavage.

— J'ignore dans quel état je vais trouver la plantation. Du temps de mon père, en effet, on cultivait la canne à sucre. Je n'ai aucune idée des fonds qu'il faudra investir pour remettre la propriété en marche. Aussi n'ai-je pas de projet défini. En fait, je vis au jour le jour.

Quand il la dévisagea en souriant, Céline fut persuadée que c'était sa façon de la prévenir de ses intentions pour la nuit à venir. Elle frissonna malgré la chaleur.

Le capitaine avait vidé une autre assiette. Il fit signe au matelot qui attendait dans l'office et l'homme se mit à débarrasser la table.

Une odeur de mouton et d'oignon flottait dans la pièce, et Céline avait hâte de retourner sur le pont. Le capitaine Thompson s'essuya les lèvres avec sa serviette.

— J'espère que cela ne vous ennuie pas d'être la seule femme à bord, Madame Moreau, remarqua-t-il.

— Pas du tout.

Peu importait le nombre de femmes à bord, songeait-elle tristement, puisque c'était elle que Tim voulait cette nuit !

— Nous avons d'habitude plus de passagers, mais le temps est si imprévisible en cette période de l'année que beaucoup préfèrent attendre. Nous sommes dans la saison des ouragans.

Maintenant elle savait qu'elle n'aurait pas seulement à se battre contre Tim, mais peut-être contre un cyclone.

Quand la table fut débarrassée, *l'Adélaïde* rebondissait comme un bouchon dans une cuve. Céline s'excusa et entama un parcours périlleux vers sa cabine, laissant les hommes à leurs alcools et à leurs cigares.

Elle verrouilla la porte du salon et celle qui donnait dans la cabine de Foster et d'Edward et se prépara à ôter sa robe. La malle de Jemma était calée dans un angle près de la couchette, son couvercle levé pour qu'elle ait plus facilement accès à sa garde-robe. Un des domestiques avait soigneusement étalé une chemise de nuit de batiste blanche sur la couchette. Céline enleva sa robe et la jeta sur la malle.

Une vague particulièrement violente inclina si fort la cabine qu'elle dut attendre pour enfiler sa chemise de nuit. Quand elle put enfin le faire, elle s'aperçut que l'échancrure découvrait ses deux épaules. Elle remonta le côté gauche, ce qui fit bâiller le décolleté de telle façon que sa poitrine était presque entièrement découverte. Après plusieurs tentatives infructueuses, Céline finit par renoncer et s'assit avec précaution au bord de la couchette, les mains jointes sur ses genoux serrés l'un contre l'autre. Elle ne pouvait détacher ses yeux de la porte.

Une nouvelle lame frappa le navire, et la nausée la reprit. Elle s'allongea sur le côté, les jambes remontées sous le menton, et fixa la cloison. La couverture de laine lui grattait la joue. Comme elle aurait voulu que tout cela soit un mauvais rêve! Si seulement elle était sur la terre ferme auprès de Persa au lieu de se trouver dans ce satané navire à la merci de Timothy Moreau!

Nullement dérangé par le tangage et le roulis, Timothy, silencieux, regardait décroître la lumière du jour. Le capitaine Thompson et les autres hommes l'avaient depuis longtemps laissé à ses rêves. Il avait épuisé le sujet de son retour à Dunstain Place et n'avait pas particulièrement envie de réfléchir à ce qu'il ferait une fois là-bas. Son épouse, qui prétendait maintenant avoir du sang gitan, retenait toute son attention. Son regard s'attarda sur la porte juste en face de lui. L'attendait-elle avec impatience ou avec terreur?

Il n'y avait qu'un moyen d'en avoir le cœur net.

Tim se leva et enjamba le banc. Une fois devant la porte, il tourna la poignée, mais la porte était fermée. Il frappa alors doucement. N'obtenant pas de réponse, il jeta un coup d'œil autour de lui. Le salon était désert.

— Céline, ouvrez la porte, chuchota-t-il.

Aucune réponse. Il essaya de nouveau, piqué dans son orgueil:

— Céline ?

Tim entendit un léger bruit derrière le battant, puis le verrou grinça. La porte s'entrouvrit sur la jeune femme, pieds nus, qui le fixa avec une expression de douleur. Ses cheveux étaient en désordre et sa chemise de nuit avait glissé de son épaule. Il tendit la main pour la remonter mais elle retomba de l'autre côté. Prise d'une nausée soudaine, Céline n'avait qu'une envie : s'étendre, mais en sentant le regard froid de Timothy l'évaluer comme si elle était une pêche mûre bonne à être cueillie, elle ne fut plus du tout sûre que c'était la bonne solution.

— Allez-vous me laisser entrer, oui ou non ?

A peine était-il à l'intérieur de la cabine qu'il remarqua que le lit n'était même pas défait.

— Je vois que vous m'attendiez ! ironisa-t-il.

Elle se tenait de toutes ses forces à la poignée de la porte. Le bateau bascula sur un côté, puis se redressa brutalement.

— Allons-nous sombrer ? geignit-elle sans se soucier qu'il remarque sa peur.

Le corps de sa mère engloutie par les vagues traversa son esprit comme un éclair.

— Pas avant demain.

Toute couleur se retira de son visage. Dès qu'il s'aperçut qu'elle prenait sa réponse au sérieux, il lui saisit une mèche de cheveux et la tira doucement.

— Je plaisantais, voyons ! Nous ne risquons rien, rectifia-t-il.

— Comment pouvez-vous en être si sûr ?

Il lâcha la boucle et la regarda retomber sur son épaule.

— Le capitaine est allé se coucher. S'il y avait vraiment quelque chose à craindre, il serait sur le pont à faire écoper les marins, vous ne croyez pas ?

Il reprit son équilibre, marcha jusqu'à la couchette et s'assit. Puis il tapota la couverture à côté de lui.

— Venez ici.

Céline avança d'un pas. Comme elle en ébauchait un autre, le bateau tangua violemment. Le sol se déroba sous ses pieds et elle fut projetée sur les genoux de Tim. Son décolleté bâillait, découvrant généreusement sa poitrine.

— Je ne vous ai pas demandé de vous jeter à ma tête ! se moqua-t-il gentiment, et il l'aida à s'installer à ses côtés.

— Quand cela va-t-il cesser ? gémit-elle.

— Nous n'avons pas encore commencé.

— Je parle du roulis. Ce n'est certainement pas normal, insista-t-elle en secouant la tête. Je ne me rappelle rien de tel.

— Quel âge aviez-vous alors ? réussit-il à demander malgré sa vue plongeante sur le décolleté.

— Cinq ans.

— Alors vous étiez trop jeune pour garder un souvenir précis du voyage, non ?

Céline pressa la main sur son front.

— Je ne crois pas que j'aurais oublié quelque chose de cette... Mais que faites-vous ?

Pendant qu'elle s'inquiétait de chavirer, Tim avait glissé sa main dans l'échancrure de sa chemise et caressait un de ses seins. Elle repoussa sa main.

Il croisa les bras en la regardant essayer de faire un nœud pour mieux fermer la chemise. Voyant qu'elle n'y arrivait pas, elle lui décocha un regard noir.

— Avez-vous l'intention de me léser de mes droits ?

— Je crois vraiment qu'il faut que je m'étende.

Elle n'avait aucun moyen de lui contester ce qu'il pouvait exiger par la force.

— N'imaginez pas que vous allez vous en tirer en fermant les yeux et en serrant les poings comme une martyre...

— Je ne m'imagine rien du tout. J'ai juste besoin de m'étendre.

Il se leva et se mit à arpenter la cabine. Après trois

enjambées, il buta contre la cloison et repartit en sens inverse.

— Eh bien, étendez-vous donc, alors! aboya-t-il.

Elle ne faisait rien pour l'enflammer, et pourtant elle avait bigrement bien réussi dans ce domaine. Sans doute cette damnée vue plongeante sur ses seins. L'idée qu'elle était vierge n'arrangeait rien...

— Vous êtes vierge, n'est-ce pas?

Le regard surpris qu'elle lui lança était plus éloquent que n'importe quel discours. Timothy était persuadé que son cousin aurait su exactement comment la mettre à l'aise. L'idée qu'il aurait mieux fait de refuser ce mariage décuplait encore son irritation.

Céline s'allongea et remonta ses jambes sous son menton. Depuis que Tim était entré, la pièce semblait avoir rétréci. Il remplissait l'espace de sa virilité. Rien qu'à l'instant, il semblait plus grand que nature, avec sa tête qui frôlait le plafond, ses pieds écartés, ses mains sur les hanches et cette expression au coin des lèvres qui balançait entre le mépris et le désir.

Le bateau craqua de partout. Tim déboutonna sa veste et l'enleva. Elle ferma les yeux.

— Ne vous endormez pas!

Il détacha les boutons du haut de sa chemise, la passa par-dessus sa tête et la lança dans un coin.

— Comme si cela risquait de m'arriver, marmonna Céline pour elle-même, persuadée que la prochaine vague l'enverrait rouler par terre.

— Que se passe-t-il maintenant? chuchota Edward, la main posée sur l'épaule de Foster qui avait l'oreille collée à la porte de la cabine adjacente.

— Ils continuent à parler, répondit Edward. Timothy a l'air de se promener. Mais je n'entends pas ses pas.

— Tu crois qu'ils vont se décider?

Foster posa un doigt sur sa bouche et secoua la

tête. Tim s'approchait de la porte. Les deux hommes retinrent leur respiration jusqu'à ce qu'ils l'entendent s'éloigner.

— J'ai remarqué que la petite dame était dans tous ses états quand elle est venue se changer pour le dîner.

— Oh, non ! gémit Edward.

Derrière lui, la cabine était bourrée de malles jusqu'au plafond.

— Tu crois qu'elle va se refuser à lui ?

— Je n'en sais rien. Pour le moment, elle colle tout à fait avec la description que son père a faite au vieil Henry.

— Et si elle s'enfuit à peine arrivée à St. Stephen ? Si c'est justement pour cela qu'elle a accepté de quitter La Nouvelle-Orléans ? Si c'était juste un moyen de fausser compagnie à son père ? Est-ce que le hublot prend l'eau ? termina Edward sur une note aiguë.

Foster jeta un coup d'œil à la fenêtre.

— Non. Maintenant, calme-toi, Eddie. Tu n'as vraiment pas besoin de simuler une crise de nerfs quand il risque de s'en produire une vraie juste à côté.

— Ils devraient avoir chacun leur cabine, tu ne trouves pas ? Je suis prêt à m'installer sur le pont des troisièmes, mais je n'aime pas la façon dont le quartier-maître me regarde. Il a l'air…

— Cesse donc d'imaginer toujours le pire ! Il faut que nous gardions l'œil ouvert. C'est beaucoup mieux qu'ils soient coincés tous les deux ensemble.

Il y eut un bruit sourd de l'autre côté de la porte et la main d'Edward se crispa sur l'épaule de Foster.

— Qu'est-ce que c'est ?

— Une botte qui tombe par terre.

— Et voilà l'autre, annonça Foster quand le même bruit se reproduisit enfin. Nous allons dans la bonne direction.

— Nous ne pouvons que l'espérer. Si jamais elle se refuse ?

— Il faut qu'ils consomment le mariage, sinon elle peut demander l'annulation.

Edward soupira.

— Tim a besoin de partager sa vie avec quelqu'un. Je n'oublierai jamais combien son père aimait notre Miss Alyce.

— Mais pas avec n'importe qui, précisa Foster. Il lui faut une femme qui l'aime. Il le mérite bien.

— Ah, mon Dieu! Dire que le pauvre garçon a perdu tous ceux qu'il a aimés!

— Tous sauf nous, Eddie, rectifia Foster qui changea de position et pressa son oreille contre la porte. Diable, je n'entends absolument rien. Peut-être que j'aurais dû leur laisser une bouteille de vin.

Edward sourit.

— Vraiment, tu es un sacré romantique, Fos!

Timothy fixa Céline, persuadé que jamais mariée ne s'était montrée moins enthousiaste. Elle gisait comme une morte sans le regarder et il finit par se demander si elle n'était pas endormie.

Il se sentait ridicule, nu comme un ver, en train de s'interroger sur la marche à suivre. Fallait-il la réveiller avec des baisers, la déshabiller, la cajoler, lui chuchoter des mots d'amour à l'oreille même s'il n'en pensait pas un mot? Les femmes aimaient cela.

Il pouvait aussi la secouer, lui arracher sa chemise et en terminer au plus vite — mais alors Alex le hanterait pour toujours. D'autant plus que ce procédé exigeait beaucoup d'efforts, surtout si elle résistait.

Alors qu'il était là à débattre le pour et le contre, le bateau essuya une lame.

L'*Adélaïde* fit entendre des craquements. Céline ouvrit les yeux et s'assit. La seule lampe de la cabine fixée à un crochet oscillait violemment. Dans le halo lumineux, Tim la dominait de toute sa stature, nu comme au premier jour de la Création.

— Ô mon Dieu !

Céline serra sa paume sur sa bouche et des larmes mouillèrent ses yeux.

— Écoutez, il n'y a pas de quoi vous mettre dans cet état, murmura-t-il, sentant ses moyens le quitter devant la panique qu'il lisait dans le regard fixé sur lui.

Elle secoua vigoureusement la tête. Il s'approcha.

— Calmez-vous, voyons ! Je n'ai pas l'intention de vous brusquer.

Elle gémit derrière sa main.

— Enfin, remettez-vous ! Vous êtes ma femme, Céline, et j'ai tous les droits sur vous.

Céline retira la main de sa bouche, prit une profonde inspiration, puis déglutit deux fois de suite.

— Je ne peux plus me retenir !

Avant qu'il puisse s'écarter, elle étreignit le bord de la couchette et envoya le contenu de son estomac sur ses pieds.

— Que se passe-t-il maintenant ? s'enquit Edward en donnant un coup de coude à Foster.

— Je ne sais...

Avant qu'il puisse terminer, le verrou grinça et la porte s'ouvrit si violemment qu'elle alla claquer contre la cloison. Sans son support, Foster s'écroula dans la cabine, Edward à sa suite. Foster se remit rapidement sur ses pieds et se trouva face à Tim qui apparemment ne portait aucun vêtement, si ce n'est du vomi à la place de ses chaussettes.

Foster ajusta le col de sa chemise et se redressa.

— Puis-je vous aider, Monsieur ?

Edward recoiffa les quelques cheveux qui lui restaient.

— Prêt à vous servir, Monsieur.

— J'ai bien peur, Messieurs, annonça Tim avec le plus de dignité possible, que ma femme se sente mal.

7

Tim n'avait pas vu Céline depuis douze heures et ce fut un choc pour lui de la retrouver dans la même position que la dernière fois. En la regardant attentivement, il songea qu'elle pourrait bien faire de lui un veuf.

Il attendit d'un air emprunté qu'elle ouvre les yeux, passa les mains dans ses cheveux puis les posa sur ses hanches.

— Vous ressemblez à une morte ressuscitée, finit-il par dire, incapable de trouver quoi que ce soit de plus encourageant.

Elle ne bougea pas mais réussit à grogner :

— Sortez !

Tim resta aussi loin d'elle que possible malgré l'étroitesse du lieu. Une tignasse de boucles rebelles encadrait son visage défait, et des cernes noirs soulignaient ses yeux. Craignant qu'elle ne soit déshydratée, Foster avait chargé Tim de veiller à ce qu'elle ne reste pas à jeun.

— Désirez-vous prendre quelque chose ?

Elle gémit et se retourna contre le mur. Et comme il paraissait complètement désorienté, elle marmonna :

— Que faites-vous ici ? Êtes-vous venu me torturer à cause de cette nuit ? Vous ne vous attendez tout de même pas que je... Enfin, vous savez bien.

— Edward est malade lui aussi et Foster est trop occupé à le soigner.

Cette soudaine maladie d'Edward, qui ne s'était jamais plaint du mal de mer lors de leur dernière traversée, plusieurs années auparavant, était bizarre. Quand il était allé le voir, un peu plus tôt, il l'avait trouvé étendu dans sa nouvelle couchette de seconde, les couvertures remontées jusqu'au menton et refusant de quitter son lit. Mais Céline paraissait bien plus mal en point qu'Edward. Lui au moins n'avait pas cette mine de papier mâché...

Tim fit une nouvelle tentative.

— Si vous avez faim, je suis sûr qu'il reste du gruau de ce matin à la cuisine.

— Arrêtez, je vous en prie!

Il sourit presque. Sa mine actuelle et le souvenir de la nuit précédente rendaient la torture verbale encore plus attrayante que l'idée de lui faire l'amour.

— Si cela ne vous convient pas, il y a aussi du foie et des oignons.

Elle se retourna et le fusilla du regard.

— Ça y est! J'ai compris! Vous m'avez épousée pour une stupide question d'honneur, et maintenant vous vous retrouvez enchaîné à moi, alors vous avez décidé de me faire mourir à petit feu. Pourquoi ne me tuez-vous pas carrément? On en finirait plus vite.

— Vous me connaissez trop bien! Ce serait une excellente idée, et même une bonne action, étant donné votre état. Je n'ai aucune envie de revivre une nuit comme celle d'hier.

— Où avez-vous dormi?

— Vous aurais-je manqué au milieu de la nuit?

— Ne soyez pas idiot, voyons!

— J'ai pris la cabine d'Edward et de Foster. Et j'y resterai à partir de maintenant. Ils ont déménagé à l'entrepont.

— Ils ont été très gentils avec moi hier soir. Je ne pourrais pas en dire autant de vous. Je suis désolée de les avoir chassés de leur cabine.

— La gentillesse fait partie de leurs attributions, pas des miennes. Mais ne vous faites pas de souci sur leur sort. Ils sont tout à fait bien installés. Il n'y a que trois passagers à l'entrepont. Et si ce n'était la subite maladie d'Edward, ils vont vraiment très bien.

— J'aimerais pouvoir en dire autant, dit-elle.

Il s'assit au pied de la couchette.

— Que faites-vous ?

— Ne vous inquiétez pas, vous ne risquez rien. Avec la tête que vous avez en ce moment, je crois que vous ne tenteriez même pas un marin rescapé d'un naufrage.

— Merci du compliment ! murmura-t-elle en regrettant qu'il ait choisi ce matin-là pour tester son humour. Il me semble que le mouvement s'est ralenti.

— Calmé. Vous...

— Je suis calme.

— C'est la tempête qui s'est calmée. Les vents aussi.

— Il ne nous reste plus qu'à flotter comme un bouchon à la merci du vent ?

— J'en ai peur. A moins que vous ne puissiez communiquer avec la nature. Etes-vous sûre que vous ne voulez pas d'eau du tout ? Foster pense que vous devriez en prendre.

— Si Foster était dans mon état, il changerait d'avis.

Il l'observa pendant qu'elle essayait de déglutir et commença à s'inquiéter devant ses efforts.

— Céline ?

— Vous vous souvenez enfin de mon nom.

Elle ferma les yeux et se laissa retomber sur son oreiller. A part la gueule de bois, il ne se rappelait pas avoir été souffrant. Henry ne l'y aurait pas autorisé. Timothy n'avait aucune idée de la manière dont on s'occupait d'un malade, encore moins de sa propre femme. Il se leva. Une carafe d'eau était posée à côté du lit. Il lui en versa un verre.

— Tenez. Buvez.

Il lui tendit le verre à bout de bras en évitant soigneusement de mettre ses bottes bien cirées sur sa trajectoire.

— Vous avez un comportement odieux au chevet d'un malade.

— Je dois reconnaître que je suis beaucoup plus à mon aise dans un lit qu'à côté.

Tim s'assit de nouveau près d'elle en la surveillant attentivement afin de pouvoir s'écarter à temps en cas de vomissement intempestif. Il passa sa main sous sa tête et porta le verre à ses lèvres.

— Buvez lentement, lui conseilla-t-il. Juste quelques gouttes pour commencer.

Céline prit une gorgée et la garda un instant dans la bouche avant de l'avaler. Elle attendit d'être sûre que son estomac n'allait pas réagir violemment avant d'en prendre une autre.

— Cela va mieux ?

— Non. Mais c'est moins désagréable que tout à l'heure.

— Voulez-vous essayer de vous lever ? Peut-être qu'une promenade à l'air frais vous ferait du bien ?

— Tout ce que je veux, c'est quitter ce bateau !

— C'est impossible.

— Cela risque de durer encore longtemps ?

— Non si le vent se lève et veut bien continuer à souffler. Très longtemps s'il ne se lève pas.

Il baissa les yeux et vit qu'elle l'observait. Il avait gardé son bras autour de ses épaules. Dès qu'il s'en aperçut, il le retira.

— Mais j'ignorais que vous aviez de l'humour !

— J'essaie juste de tromper mon impatience.

Rentrer chez lui à St. Stephen ! C'était son rêve depuis si longtemps qu'il n'y croirait qu'une fois là-bas. En revanche, jamais l'idée d'y retourner avec une femme ne l'avait effleuré. Dès qu'elle ferma les yeux, il se mit à l'examiner.

Elle paraissait encore plus jeune et vulnérable avec ses cheveux noirs en désordre sur l'oreiller et sa chemise trop grande qui bâillait sur son épaule, découvrant sa peau douce comme de la soie et bien trop tentante...

— Vous sentez-vous mieux ?

Elle ouvrit les yeux et remarqua la direction de son regard. Il fixait ses épaules nues. Quand leurs yeux se croisèrent, elle secoua la tête.

— Si je dis que je me sens mieux, que rétorquerez-vous ?

— Après la nuit dernière, je préférerais en être d'abord tout à fait sûr.

Un cri retentit au-dessus d'eux, suivi d'une cavalcade sur le gaillard d'arrière.

— Que se passe-t-il ?

Elle saisit l'occasion pour remonter le drap sous son menton.

Tim se leva et s'étira.

— Sans doute un autre bateau en vue. Je reviendrai plus tard pour voir si vous voulez faire un tour sur le pont.

Elle s'affala en arrière et posa son bras replié sur ses yeux.

— Demandez juste au capitaine Thompson de nous conduire là-bas avec le moins de secousses possible ! réclama-t-elle.

Les clameurs s'étaient intensifiées. Tim n'avait pas pensé à prendre son pistolet sur lui et il le regretta en se retrouvant au milieu d'une véritable échauffourée. Une goélette battant un pavillon inconnu les avait accostés et l'équipage mal préparé de *l'Adélaïde* affrontait une bande d'hommes à la mine patibulaire. La confusion régnait partout.

Il s'engouffra au salon et courut à la cabine de Céline.

— Nous sommes attaqués par une bande de pirates. Enfermez-vous à double tour et, pour l'amour du ciel, ne sortez sur le pont sous aucun prétexte !

Il emprunta la porte communicante pour gagner sa nouvelle cabine, la claqua derrière lui et sortit un pistolet d'une petite malle. Trois minutes plus tard, il était de retour sur le pont.

Foster, armé d'un pistolet et d'un tranchoir, émergeait juste de l'escalier venant de l'entrepont. Edward, miraculeusement guéri, brandissait un antique pistolet d'arçon.

— Par ici ! lança Tim en se frayant un chemin au milieu de la mêlée.

Il s'arrêta pour assommer un pirate avant d'escalader l'échelle qui montait à la dunette où le second était engagé dans un combat à mains nues avec un géant édenté.

Des pirates ?

Un vacarme épouvantable régnait au-dessus de sa tête. Céline sauta sur ses pieds et repoussa ses cheveux.

Fermer la porte à double tour ? Était-il fou au point de penser qu'une porte retiendrait une bande de brigands ?

On tira un coup de pistolet. Céline se pencha au-dessus de la couchette pour essayer d'apercevoir quelque chose à travers le minuscule hublot. Peine perdue : l'eau moutonnait à perte de vue et la ligne d'horizon oscillait au loin. Quand son estomac se serra, elle décida qu'il était plus prudent de quitter son poste d'observation. Le bruit de la bagarre commençait à décroître.

Céline poussa la porte et jeta un coup d'œil furtif dans le salon. Il était vide. Les portes des autres cabines étaient toutes fermées en dehors de celle de l'office. On apercevait les rangées de placards le long des murs. Rien qui pût attirer l'attention d'une bande de pirates, en tout cas. Elle traversa vite le salon, ouvrit l'armoire du bas, en retira précipitamment trois énormes marmites, les posa sur les étagères en face d'elle et se glissa à l'intérieur du meuble.

Les bras repliés autour de ses genoux, Céline se plaqua au fond du réduit, ferma les yeux et tendit l'oreille, essayant de distinguer la voix de Tim au milieu du tumulte.

Les combats avaient cessé.

Le capitaine Thompson était un homme réaliste et déterminé à revoir son épouse bien-aimée, aussi s'était-il rendu avant d'avoir à déplorer des pertes. Attaché le long du bastingage avec l'équipage de *l'Adélaïde* et les autres passagers, Timothy enrageait.

— Nous aurions pu les avoir, grommela son voisin, un solide gaillard barbu appelé Cookie et dont la bedaine attestait les talents culinaires. Maintenant, on va nous le faire payer cher.

Timothy suivit son regard. L'équipage adverse s'était rassemblé de l'autre côté du pont autour d'un de leurs camarades étendu à terre. Agenouillé auprès de lui, leur chef tâtait sa carotide à la recherche d'un reste de vie, puis il se releva. Le chef des pirates ne mesurait pas plus d'un mètre cinquante. Au moins aussi large que haut, il était attifé de vêtements bariolés : une chemise jaune trop grande, une veste de brocart trop petite, un pantalon de satin pourpre coupé juste sous le genou et des chaussures qui avaient absorbé tellement d'eau salée que la couleur en était devenue indéfinissable. Ses orteils pointaient au travers. Une demi-douzaine de chaînes en or pendaient à son cou et deux émeraudes étincelaient à l'un de ses lobes. Un sabre était passé dans sa ceinture.

L'étrange personnage secoua la tête.

— Jimmy est mort, annonça-t-il d'une voix rude. Puisse le Seigneur bénir son âme ! Maintenant, jetez-le par-dessus bord.

Sans un regard en arrière, le pirate se dirigea d'un pas rapide vers les captifs. La détermination avec laquelle il balançait ses bras d'avant en arrière lui donnait l'aspect d'un jouet mécanique.

Il s'arrêta devant le capitaine Thompson. Sa petite taille l'obligeait à lever la tête pour s'adresser à lui.

— Je vois que vous êtes un homme assez sensé, Cap'taine, pour vous rendre avant que nous vous ayons coupé le cou. On m'appelle le capitaine Dundee, ajouta-t-il avec un grand salut. Je suis sûr que vous avez entendu parler de moi.

Quelqu'un retint un rire près de Timothy.

— Bien que je n'en aie pas eu l'occasion, Monsieur, nous sommes néanmoins à votre merci.

Thompson s'exprimait sur un ton si servile que Tim eut envie de réagir à sa place.

— Nous n'avons rien de valeur à bord sinon des provisions pour St. Stephen, continuait Thompson sur le même registre. Prenez ce que vous voulez en échange de la vie de mon équipage et de mes passagers.

Le capitaine Dundee bomba le torse, ce qui lui donna l'air encore plus bouffi, et éclata d'un rire rauque.

— Vous ne me paraissez pas en position de passer un marché avec moi, Cap'taine. Nous avons d'abord à régler le meurtre du pauvre Jimmy. Sa mère me l'avait confié. Je ne peux pas rentrer sans que quelqu'un ait payé pour lui. Œil pour œil, dent pour dent.

Il se mit à passer en revue la rangée de prisonniers, la tête inclinée en arrière sur son cou épais pour pouvoir bien les examiner. Tim ne put cacher son mépris quand il passa à sa hauteur.

— Vous avez quelque chose à dire ?

Les mains derrière le dos, le pirate se balançait d'avant en arrière en attendant la réponse de Timothy.

Ce dernier aurait voulu lui cracher au visage. Il commençait tout juste à prendre plaisir au combat quand Thompson avait agité le drapeau blanc. Après les événements de ces dernières semaines, ce genre de distraction était exactement ce dont il avait besoin. Mais il ne pouvait ignorer Edward tremblant d'un côté et Foster faisant le vaillant de l'autre. Sans oublier sa jeune femme cachée dans la cabine.

— Je n'ai rien à dire.

Il regarda l'horizon par-dessus la tête du pirate.

Après une longue pause, le capitaine Dundee reprit son inspection. Quand il fut arrivé au bout de la ligne des prisonniers, il la remonta en sens inverse en se pavanant comme un paon jusqu'à ce qu'il atteigne Thompson.

— Je ne suis pas un homme patient. Jimmy est mort et quelqu'un doit payer. Qui est responsable ?

Personne ne bougea. Edward avait cessé de respirer et Timothy eut peur que le manque d'air ne l'envoie rouler à terre.

— C'est l'un de vous qui l'a tué, vociféra Dundee en reprenant son inspection en sens inverse. Et il va payer !

— C'est tout à fait injustifié, Monsieur, remarqua Thompson. Votre homme a été tué dans un combat loyal après que vous nous aviez attaqués. Nous nous sommes rendus.

Dundee tourbillonna sur lui-même, fonça sur le capitaine de *l'Adélaïde* et hurla :

— Fermez-la, c'est moi qui commande, ici !

Tim se demandait comment il avait pu prendre la tête d'une bande de pirates tous plus grands, plus forts et plus sinistres que lui.

Il s'arrêta de nouveau devant Tim.

— Vous...

— C'est à moi que vous parlez ? interrogea Timothy en le regardant de haut, ce qui mettait une distance considérable entre eux.

— Je n'aime pas votre aspect...

— Et moi, je n'aime pas votre odeur, répliqua Tim

sans hésitation. Et votre garde-robe laisse beaucoup à désirer.

— Saisissez-le ! hurla Dundee en désignant Timothy.

Avant qu'il puisse dire « ouf », un pirate avec des cheveux roux jusqu'aux épaules et des biceps comme des jambons le traîna sur le pont.

Céline était sûre qu'elle ne retrouverait jamais l'usage de ses jambes si elle ne sortait pas tout de suite de son placard. Un silence impressionnant régnait depuis quelque temps. Et le bateau ne semblait plus bouger du tout. Que s'était-il donc passé ? Étaient-ils tous morts ?

Elle prit une profonde inspiration, poussa doucement la porte de sa cachette et glissa la tête dans l'ouverture. Le salon était vide. Elle posa ses mains l'une devant l'autre sur le plancher pour s'extraire du placard et dut retenir une plainte en déroulant ses jambes. Elle crut qu'elle n'arriverait jamais à se tenir debout mais réussit au bout d'un moment à tituber jusqu'au salon. Elle s'arrêta un instant, le temps que ses jambes se réhabituent au poids de son corps.

Ses cheveux tombaient en désordre sur ses épaules. Elle était nu-pieds et toujours vêtue de sa chemise de nuit maintenant fripée. Certaine d'avoir entendu quelqu'un crier du côté du gaillard d'avant, elle poussa la double porte et sortit sur le pont.

Le soleil était si lumineux qu'elle cligna des yeux et mit sa main en visière au-dessus de ses sourcils. Elle trébucha sur un rouleau de cordages, reprit son équilibre et écarquilla les yeux en contemplant la scène devant elle.

Le capitaine Thompson et son équipage, Foster, Edward et trois autres passagers étaient alignés contre le bastingage tandis que, devant eux, une bande d'hommes à la mine patibulaire montaient la garde.

Timothy ne s'était donc pas trompé en supposant qu'ils étaient attaqués par des pirates. Bien qu'elle n'en eût jamais vu, elle n'eut aucun doute sur leur identité. Non seulement ils brandissaient toutes sortes d'armes effrayantes, mais ils arboraient une multitude de tatouages et de chaînes d'or.

Il fut bientôt clair qu'ils avaient tous remarqué son apparition intempestive. Comme elle s'apprêtait à reculer pour se réfugier dans le salon, un cri s'éleva :

— Kujo, attrape-la !

L'attention de Céline se porta immédiatement sur l'homme qui venait de parler. Il était plus petit qu'elle, curieusement habillé de soie jaune vif et de satin pourpre. Le soleil faisait briller les chaînes d'or suspendues autour de son cou.

Tandis que Céline restait clouée sur place, un pirate noir, torse nu, portant un turban cramoisi assorti à sa ceinture, se frayait un chemin vers elle. Elle regarda à gauche puis à droite. Sa seule échappatoire était de sauter à la mer, aussi préféra-t-elle se résigner au sort que lui réservait le destin.

Les longues jambes du pirate avalaient le pont. Elle se raidit, pensant qu'il l'attraperait et lui lierait les mains comme aux autres prisonniers. Mais il ne fit rien de la sorte. Il évita même de la toucher. Il croisa les bras sur sa poitrine et lui fit signe de rejoindre l'homme courtaud qui maintenant tremblait de rage.

C'est seulement quand elle eut traversé la moitié du pont en retenant sa chemise pour ne pas se donner en spectacle qu'elle aperçut Timothy, debout, non loin de celui qui vociférait les ordres. Il avait les mains liées derrière le dos et une corde autour du cou, mais cela ne l'empêchait pas de lui lancer un regard meurtrier.

— Quelle imprudence de me cacher que vous aviez une femme à bord, Thompson ! s'égosilla le pirate.

— Vous ne me l'avez jamais demandé, capitaine Dundee.

Céline ne quittait pas Timothy des yeux.

— Je croyais vous avoir ordonné de rester en bas, grinça Tim en oubliant les autres autour d'eux.

— Qui est-elle? tempêta le capitaine Dundee; et, sans attendre de réponse, il jeta à Céline: Qui êtes-vous?

Avant qu'elle puisse répondre, le pirate noir déclara:

— Pas bon pour toi. Elle va jeter sort à toi.

— Silence! ordonna Dundee.

— Comme *jumbie*. Regarde les yeux. Elle voit à travers toi. A travers moi, répliqua l'homme sans paraître le moins du monde affecté par la fureur du capitaine, et il croisa les bras sur sa poitrine en gardant ses distances.

Céline était stupéfaite. Grâce à un sixième sens, cet Africain avait deviné qu'elle avait un don de clairvoyance. Le capitaine Dundee commença à se sentir gagné par la peur. Immobile, le chef des pirates fixait Céline comme s'il devait affronter la mort.

Tim essaya de faire jouer ses poignets mais il ne put pas même bouger les mains. Il s'était résigné à son sort, persuadé d'être maudit depuis sa naissance. Il ne reverrait pas St. Stephen. Il ne vivrait pas assez pour jouir d'un peu de paix ni se pardonner la mort d'Alex. Et il n'aurait même pas le temps de faire l'amour avec sa femme.

Voilà ce qu'il pensait jusqu'à ce que Céline arrive en trébuchant sur le pont, le teint cireux, les cheveux dressés sur la tête, les yeux égarés. Elle avait tout à fait l'air d'un fantôme ou d'un *jumbie*, comme Kujo le prétendait. Sa vue avait terrifié le capitaine Dundee. Tim était assez près pour voir qu'il tremblait de terreur et non de rage.

— Que faites-vous sur ce bateau?

La voix du pirate était montée d'une bonne octave.

— Je vais à St. Stephen.

Elle lui faisait face bravement. Seule la façon dont ses mains étaient crispées sur l'encolure de sa chemise dénotait sa nervosité. Elle ne jeta pas un seul coup d'œil dans la direction de Tim.

Le capitaine Thompson protesta, mais personne ne fit attention à lui. Céline perdit soudain l'équilibre et se rattrapa au bras de Dundee. Toute couleur se retira alors de son visage et elle parut tomber en transe. Ses yeux regardaient dans le vague, comme si elle fixait quelque chose qu'elle était seule à voir. Dundee la repoussa. Il suait à grosses gouttes. La crasse dégoulinait des plis de son cou et zébrait son col.

— Écartez-vous de moi...

— Je suis celle... fit Céline d'une voix si basse que Timothy dut tendre l'oreille... je suis celle que vous avez crainte durant la moitié de votre vie.

Dundee tremblait de plus en plus. Il avait du mal à garder son sang-froid. Son regard balaya le bateau. Redoutant qu'il ne se précipite sur Céline, Tim tenta de défaire ses liens.

— Une diseuse de bonne aventure, continua Céline d'un ton monocorde, vous a prédit il y a longtemps qu'une femme serait à l'origine de votre perte. Toute votre vie, vous vous êtes tenu à l'écart des femmes pour cette raison. Mais je suis cette femme !

La manière dont Céline fixait Dundee effrayait même Tim. Le sinistre Kujo tremblait nerveusement lui aussi et il recula à une bonne distance de la jeune femme.

— Prenez-la ! Jetez-la aux requins ! hurla Dundee tandis que Céline continuait à le transpercer de son regard.

Timothy était trempé de sueur. Elle allait trop loin. Il serait obligé de la laisser se noyer sans pouvoir rien faire. Edward pleurnichait à côté de lui.

— Vous m'avez fait du tort, capitaine Dundee, et maintenant vous allez payer, annonça-t-elle d'une voix emplie de fureur. Cet homme — elle indiqua Tim du doigt — est mon mari. Vous alliez le pendre, n'est-ce pas ?

— Détachez-le ! ordonna Dundee. Pour l'amour du ciel, que quelqu'un le détache !

Comme personne ne bougeait, Dundee sortit un long sabre de sa ceinture, se dressa sur la pointe des pieds et coupa la corde au-dessus de la tête de Tim.

Pour la première fois depuis la mort d'Alex, Timothy se sentit heureux d'être en vie.

— Vous croyez m'apaiser avec cela ?

Céline rejeta la tête en arrière, attrapa ses tempes à deux mains et, telle une démente, partit d'un éclat de rire rauque.

— Vous êtes maudit, capitaine Dundee ! poursuivit-elle en pointant son doigt sur lui. Vous allez mourir comme un misérable. Personne ne pourra vous sauver. Vous serez emporté par une lame au cours d'une tempête. Votre corps boursouflé servira d'appât aux poissons.

— Non ! Non !

Dundee ne criait plus. Il regardait Céline sans la voir et secouait la tête en signe de dénégation. Il étreignait toujours son sabre. Céline avait poussé Dundee trop loin. Elle était à portée de son arme et, à la stupéfaction de Timothy, elle continuait de vitupérer.

— C'est aujourd'hui que vous rencontrez votre destin...

— Non !

— Si ! Il n'y a rien qui puisse vous sauver...

Tim voyait Dundee reculer. Ses yeux ne formaient plus qu'une fente étroite dans son visage rond. Sa peur risquait de se transformer en rage devant l'inévitable. Il devait prévenir Céline.

— Céline... articula-t-il, cherchant à attirer son attention, mais elle ne le vit pas.

— Rien ne vous sauvera, capitaine.

Dundee leva son sabre. Céline éleva la voix.

— A moins que...

Dundee hésita, observant Céline. Son épouvante était maintenant attisée par le désespoir.

— Qu'attendez-vous de moi ?

— Emmenez votre équipage sans malmener personne.

— Et vous retirerez la malédiction ? demanda-t-il, prêt à utiliser son sabre.

Céline haussa les épaules et secoua la tête.

— Je ne peux pas conjurer le sort. C'est vous seul qui le pouvez, capitaine Dundee, vous seul.

— Comment ?

— Abandonnez votre vie de pirate et faites-le bien.

— Je ne veux pas mourir, gémit-il.

Elle ferma les yeux et prit une profonde inspiration. Une note de résignation perçait dans sa voix.

— Nous mourrons tous, Dundee. Mais vous ne mourrez pas aujourd'hui, ni de la mort horrible que vous mériteriez si vous persévériez dans cette voie de pillages et de meurtres.

Les poignets toujours liés, Timothy regardait la scène, impuissant. Le pirate fixait Céline tout en serrant et desserrant alternativement ses mains sur le manche de son arme.

— Vous dites que je dois changer ?

— Définitivement.

L'idée semblait le peiner davantage que la menace de mort. Il chassa sa peur le temps de lui poser certaines questions.

— Comment être sûr que vous dites la vérité ?

— Parce que je sais sur vous des choses que vous êtes le seul à connaître.

— Prouvez-le !

Céline fixa le ciel. Comme si elle avait appelé le vent, les voiles se gonflèrent. Les bateaux, amarrés flanc contre flanc, tirèrent sur les cordages qui les retenaient. Elle utilisa alors les éléments pour intensifier le drame. Tendant les mains, elle laissa la brise s'engouffrer entre ses doigts.

— Un jour, alors que vous étiez encore tout petit, votre mère vous a emmené à une foire, en Cornouailles. Vous avez pris un petit pâté qui n'était pas frais et vous avez failli en mourir. Vous aviez un chiot que vous adoriez. Vous l'aviez appelé King. Votre mère s'appelait Mary...

Dundee tremblait tant qu'il faillit lâcher son sabre.

— Changez votre vie, Dundee, ou tout ce que je vous ai prédit s'accomplira avant le coucher du soleil.

Le pirate rengaina son sabre et se mit à hurler des ordres.

— Kujo, appelle les hommes !

— Dundee ! cria Céline.

Il s'arrêta juste avant de sauter par-dessus le bastingage. Quand il se retourna, la peur brillait toujours dans ses yeux.

— Qu'est-ce que vous me voulez encore, sorcière ?

— Trouvez-vous d'autres vêtements !

8

L'équipage de *l'Adélaïde* était à peine libéré qu'Edward et Foster se précipitèrent vers Tim et Céline. Foster se mit en devoir de couper les liens de Tim avec un couteau de cuisine, mais le capitaine Thompson le repoussa d'un coup de coude et libéra Timothy presque instantanément.

— Que le diable vous emporte, Thompson ! Nous aurions tous pu y laisser notre peau, tempêta Timothy, ne retenant plus sa fureur.

— Vous vouliez peut-être que nous poursuivions le combat armé de couteaux de cuisine et de poêles à frire ?

Tim refusa de faire marche arrière.

— On voit bien que ce n'était pas vous qui aviez la corde autour du cou.

Céline s'interposa.

— Je crois que j'ai besoin de m'étendre, dit-elle.

Tim la prit immédiatement par le bras et la poussa vers le salon. Edward et Foster se ruèrent dans leur sillage.

— Enfin, qu'est-ce qui vous a pris de vous donner ainsi en spectacle ? cria Tim.

Épuisée, Céline ne chercha même pas à répondre jusqu'à ce qu'ils soient entassés tous les quatre dans sa cabine.

— Vous devriez plutôt me remercier de vous avoir sauvé la vie au lieu de vous égosiller ainsi.

Elle s'assit sur la couchette, croisa les bras sur sa poitrine et le défia d'un regard qu'elle espérait aussi intense que le sien.

Il posa les mains sur ses hanches, prêt à donner l'assaut, mais elle ne le laissa pas faire.

— Si cet imbécile de Dundee ne m'a pas fait peur, vous n'imaginez tout de même pas que vous allez y réussir ?

Ses yeux virèrent au noir. Il se tourna vers Edward et Foster qui cherchaient à se fondre dans les boiseries.

— Laissez-nous ! dit-il, et les domestiques sortirent. Maintenant, je veux savoir aussi pourquoi vous avez quitté votre cabine alors que je vous avais expressément demandé d'y rester. Je voudrais comprendre comment vous avez fait pour effrayer Dundee. Vous le connaissiez ?

Le vent s'était de nouveau levé et le bateau recommençait à tanguer.

— Puis-je m'étendre, Votre Altesse Royale ?

Timothy s'écarta vivement de la couchette.

— Vous avez peur d'être à nouveau malade ?

— Pas si je m'étends.

— Alors surtout, n'hésitez pas ! la pressa-t-il, et il

attendit qu'elle fût installée pour entendre ses explications.

— D'abord, j'ai quitté la cabine en dépit de vos ordres parce que je ne pouvais plus y rester. Tout était bien trop silencieux. Vous auriez aussi bien pu être tous morts. Ensuite, je n'avais jamais posé les yeux sur le capitaine Dundee jusqu'à aujourd'hui.

— Alors, comment aviez-vous toutes ces informations sur lui ?

— Laissez-moi finir ! protesta-t-elle, et, cherchant à gagner du temps, elle posa sa main sur ses yeux et murmura : Pourrais-je avoir un peu d'eau, s'il vous plaît ?

Elle devina à son silence qu'il était sur le point de refuser, puis elle l'entendit bouger. Alors elle se mit à réfléchir le plus intensément possible. Elle ne pouvait pas lui avouer la vérité, il la prendrait pour une folle. Ce serait plus facile de lui laisser croire qu'elle connaissait Dundee, mais comment expliquerait-elle ses accointances avec un personnage aussi répugnant ?

Le temps qu'il lui tende un verre d'eau et qu'elle le boive, elle avait trouvé la réponse.

— Tous les petits Anglais sont allés à la foire du comté au moins une fois dans leur vie et je parie qu'ils ont tous ingurgité un pâté avarié qui les a rendus malades. J'ai deviné juste, c'est tout.

— Comment connaissez-vous les foires anglaises ? Je croyais que vous veniez de Virginie.

— Enfant, je vivais en Angleterre, soupira-t-elle.

— J'imagine que vous avez eu de la chance aussi en supposant qu'il venait de Cornouailles ?

— Il suffisait de reconnaître son accent, dit-elle.

— Et le nom de sa mère ? insista-t-il, persuadé qu'il allait enfin la prendre au dépourvu.

— Mary est l'un des prénoms les plus courants en Angleterre.

— Et le chien appelé King ?

— J'ai deviné son nom. Tous les enfants ont un chiot.

Elle le regarda droit dans les yeux.

— J'avais un singe.

— Qui dansait quand vous chantiez, j'imagine.

Timothy secoua la tête.

— Je n'arrive pas à croire que vous ayez eu le culot de lui débiter tout cela.

— Je n'avais pas le choix, non ?

— Et si cela n'avait pas marché ? Et s'il n'avait jamais été malade après avoir mangé un pâté ni vécu en Cornouailles ?

Elle pouvait difficilement avouer à Tim qu'elle avait trébuché exprès pour le toucher afin de découvrir quelque chose sur son passé.

— Répondez-moi, Céline ! Et si cela n'avait pas marché ?

Elle haussa les épaules.

— Alors vous auriez été pendu et j'aurais probablement été violée par tous les pirates avant d'être coupée en morceaux et jetée en pâture aux requins.

Elle se souleva sur un coude et lui sourit.

— Vous veniez de m'affirmer que même un marin rescapé ne succomberait pas à mes charmes, aussi n'avais-je sans doute rien à craindre de ce côté-là.

Elle lui lança un regard interrogateur et se détourna avant d'ajouter :

— Je suppose que je cours encore le risque d'être violée si cette misérable coque atteint jamais votre île.

Une ombre de sourire se dessina sur les lèvres de Timothy.

— Un tout petit risque, acquiesça-t-il, et il poussa un soupir. Vous êtes folle, vous le savez, n'est-ce pas ? N'importe quelle autre femme se serait cachée en tremblant sous la couchette, mais vous vous êtes précipitée dans cette damnée chemise trop grande sur cet assassin mégalomane...

— Habillé de satin, ne l'oubliez pas !

— De satin pourpre et jaune, précisa-t-il, avec un véritable sourire cette fois.

— Vous êtes beaucoup mieux quand vous n'avez pas l'air furieux, remarqua-t-elle, étonnée qu'il en arrive à paraître encore plus beau.

— Serait-ce un compliment ?

Tim s'assit à côté d'elle. Dans un geste qui la surprit parce qu'il était presque tendre, il tendit la main et arrangea ses cheveux emmêlés. Mais il se reprit sur-le-champ.

— Je vous dois des remerciements.

— Vous me devez surtout votre tête, mais vous serez quitte envers moi en me donnant un peu de tendresse.

— Vous êtes une femme étrange, Céline.

— Vous êtes loin d'être un mari modèle.

— C'est exactement ce que je pensais quand je me trouvais sur le pont ficelé comme une dinde, annonça-t-il, et son expression s'assombrit. J'aurais dû rester auprès de vous pour vous protéger pendant l'attaque. Voilà ce qu'on appelle un comportement honorable.

Elle repoussa ses cheveux et le regarda attentivement. Il fronçait les sourcils, se remémorant sans doute toute la scène.

— Pour certains, le comportement honorable aurait été de me loger une balle dans la tête dès que la situation aurait paru désespérée.

— Cela m'est venu à l'esprit. J'ai eu le temps de réfléchir à ce qu'ils feraient de vous pendant que j'attendais d'être pendu. La conduite honorable aurait certainement été de vous tuer d'abord.

— Alors je suis heureuse que ce ne soit pas votre façon de vous conduire honorablement…

— C'est pourtant comme cela que nous avons fini mariés, vous savez. Pour la première fois de ma vie, j'ai décidé de me conduire dignement. Et vous, Céline, interrogea-t-il en se tournant vers elle, pourquoi avez-vous accepté ce mariage ?

— Ma mère adoptive… est morte subitement. Je voulais partir, changer de vie. Je vous ai expliqué comment je m'étais retrouvée chez votre grand-père cette nuit-là. Ce n'était pas un mensonge.

— Nous faisons une vraie paire, alors, dit-il tout bas.

Il parut se perdre dans ses pensées et elle en profita pour l'observer.

Timothy était exceptionnellement beau avec son visage bronzé et cet aspect robuste des gens qui vivent dehors. Contrairement à la plupart des enfants des riches planteurs, il paraissait habitué à l'effort physique. Ses épaules étaient larges sous sa chemise blanche et ses mains puissantes. Il avait une mâchoire ferme et carrée. Et bien trop souvent à son goût, songea-t-elle, ses yeux prenaient un air absent et lointain.

Sans même réfléchir, elle caressa doucement le dos de sa main, incapable de résister au besoin d'en savoir davantage sur lui.

Tim la regarda d'un air interrogateur, puis baissa les yeux sur la main qui couvrait la sienne. Elle crut qu'il allait la retirer, mais il ne bougea pas. L'étourdissement habituel précéda le moment où Céline se glissa dans ses pensées.

Une ravissante femme dans une robe démodée danse sur un ruban de sable argenté, sous un ciel constellé d'étoiles.

Céline ressentit l'irrésistible élan d'amour qui jaillissait de la mémoire de Tim, mais un coup rapide frappé à la porte la ramena à la réalité et tout s'évanouit en fumée. Tim n'eut pas le temps de lui poser la question qu'elle lisait dans ses yeux.

— Entrez ! cria-t-il.

Edward fit irruption dans la cabine, une expression voisine de la terreur sur le visage.

— Que se passe-t-il encore ? interrogea Timothy. Ne me dites pas que Dundee est de retour !

— Pire que cela. Il y a un ouragan qui se prépare.

Un vrai. Le capitaine m'envoie vous dire de rester dans votre cabine. Le cuisinier servira un repas froid tout à l'heure s'il y arrive. Il ne faut pas faire de feu dans la cuisine parce que ça va souffler fort.

Edward sautait d'un pied sur l'autre en fixant le hublot comme s'il s'attendait à voir la mer s'y engouffrer.

— La mer va être agitée, gémit Céline.

— Une vraie tornade a-t-il dit, Madame, et il a demandé aux marins de mettre les panneaux de protection en place.

— Calmez-vous, Edward ! lui conseilla Tim. Si vous restez dans cet état, vous allez avoir une attaque.

— Si vous ne m'en voulez pas d'être franc, cela vaut mieux que de finir noyé !

— Quelle horreur ! protesta Céline.

La nuit précédente elle avait bien cru mourir pendant quelques heures. Elle leva les yeux. Timothy la regardait avec intérêt tandis qu'Edward fermait les malles et les arrimait solidement.

— Je crains que ce ne soit pire que l'autre nuit, remarqua-t-il.

— Ma mère repose au fond de la mer, répondit-elle d'une voix qui trahissait sa peur.

Du coin où il était, Edward l'entendit. Il se raidit comme un pantin. Après leur avoir adressé un regard désespéré, il sortit à grands pas de la pièce.

Tim le regarda s'enfuir, puis il soupira :

— J'ai besoin d'un verre.

Ce fut l'une des pires tempêtes de son existence.

Une pluie diluvienne tombait par rafales et des montagnes d'eau s'écrasaient sur le bateau à chaque lame. Tim tentait de grimper jusqu'au pont principal avec l'espoir de regagner le salon sans être envoyé par-dessus bord. Il était descendu voir Edward qui tremblait comme une feuille dans sa couchette. Foster avait dû l'attacher pour l'empêcher de rouler par terre. Les deux hommes étaient plus morts que vifs, mais Foster tentait malgré tout de faire bonne figure.

Deux couchettes plus loin, un comptable au nom prédestiné d'Alphonse Pennyworth vomissait tripes et boyaux dans un baquet en promettant à Dieu, entre chaque crise, de ne plus jamais pécher. En le croisant pour regagner les escaliers, Tim se demanda ce que le jeune homme au teint cireux considérait comme une faute. Oublier d'utiliser une serviette, peut-être ?

Même s'il était coupable de méfaits bien plus graves, Tim n'était pas prêt à faire des promesses à Dieu ni à implorer son pardon. Le seul Dieu qu'il connaissait était un être sans merci, un Dieu qui enflammait les buissons quand Il ne lançait pas du feu et des éclairs. Timothy avait opté depuis longtemps pour un séjour en enfer. La compagnie y serait sûrement plus à son goût.

Il se sentait épuisé après avoir aidé l'équipage à installer les panneaux et participé à la bordée de quart. Il ignorait comment les marins arrivaient encore à tenir debout.

Au moment où il passait la tête hors de la cage d'escalier, une vague s'écrasa sur le pont. L'eau roula sur lui, l'arrachant presque à la marche où il s'accrochait. Il s'ébroua et se frotta les yeux. Le ciel plombé se confondait avec la mer. Avant de lâcher prise, il attendit que *l'Adélaïde* franchisse une crête, puis se précipita vers les portes du salon. Il reprit alors haleine et se mit à patauger sur le plancher.

Le bateau tangua si fort qu'il voltigea contre la table. Étourdi par la violence du choc, il se mit à tituber vers la porte de la cabine de Céline. Heureusement, elle n'était pas fermée à clef mais, au moment où il l'ouvrait, un nouveau coup de roulis lui arracha la poignée de la main et le battant claqua contre le mur.

Il s'assura d'abord de l'état du hublot. L'eau s'infiltrait à l'intérieur et il pensa immédiatement à Edward, puis il examina la couchette. Elle était vide! La pénombre devait lui jouer des tours... Par terre, il n'y avait personne non plus! L'inquiétude lui noua la gorge. Il n'avait pas vu Céline depuis plusieurs heures. Il se retourna et poussa la porte qui communiquait avec sa cabine. Chez lui, le hublot ne fuyait pas mais la couchette était également vide.

— Céline! hurla-t-il pour dominer les éléments déchaînés, mais seul le rugissement de la mer et les craquements du gréement et de la coque lui répondirent.

Le bateau se coucha, le forçant à s'arc-bouter contre le chambranle de la porte. C'est alors qu'il l'aperçut, blottie derrière une barricade de malles branlantes. Elle avait le visage enfoui dans le creux de son bras, et seul le sommet de sa tête dépassait.

Il jura à mi-voix en se ruant vers elle.

— Céline?

Il la prit par les épaules. Elle était glacée. Il la secoua. Elle le regarda avec des yeux fous de terreur, ce qui redoubla son anxiété.

— Je crois que je vais mourir, haleta-t-elle, si bas qu'il dut lire sur ses lèvres.

— Je devrais m'estimer heureux, plaisanta-t-il.

Elle ne sourit pas. Il attendit que le bateau se redresse entre deux assauts pour se lever en l'entraînant avec lui. Elle tremblait si fort qu'elle ne pouvait pas se tenir debout toute seule.

Il la garda serrée contre lui tout en se dirigeant vers sa propre couchette qui avait l'avantage d'être sèche. Il remit la literie en place et la poussa sur le matelas.

— Enlevez votre robe! cria-t-il.

Elle le dévisagea d'un air abattu et secoua la tête.

— Pas maintenant, Timothy, s'il vous plaît!

— Ne soyez pas stupide! Enlevez votre robe. Vous êtes trempée.

— Quelle importance cela aura-t-il quand nous aurons tous coulé ?

— Nous n'allons pas couler !

— Ma mère...

— Le corps de votre mère a été jeté à la mer. Je sais. Épargnez-moi les détails.

Il tâta le devant de sa robe. Elle était si trempée que l'eau dégoulinait tout le long de son corps. Plutôt que de perdre du temps à parlementer, il tira d'un coup sec et déchira le corsage en deux.

Elle ne protesta pas.

— Vous êtes en plus mauvais état que je ne le craignais, marmonna-t-il en découvrant qu'elle était couverte de bleus. Enfin, que diable s'est-il passé ?

Il attrapa une couverture de laine et l'y enveloppa.

— Comme je n'arrêtais pas de tomber de la couchette, j'ai renoncé à y rester et je me suis barricadée derrière les malles. Vous êtes fatigué ?

— Allongez-vous ! ordonna-t-il en la faisant basculer sur la couchette, puis glisser contre la cloison.

Il était trop grand pour s'étendre confortablement. Mais, pour une fois, sa taille lui fut utile, car il pouvait à la fois appuyer une épaule contre le mur à un bout de lit et ses bottes à l'autre bout. Ainsi calée, elle ne risquait plus de rouler par terre.

Il la sentit trembler et eut du mal à imaginer que c'était la même femme qui avait tenu en respect tout un équipage de pirates. Pour la calmer, il enfouit la main dans son opulente chevelure. Après quelques instants, il sentit diminuer son anxiété.

— Parlez-moi de St. Stephen, chuchota-t-elle à son oreille. J'aimerais imaginer l'endroit si nous y arrivons un jour.

— Nous y arriverons, je vous le promets.

Le souffle de Céline était chaud contre son cou. Timothy se surprit à lui caresser la joue et se ravisa immédiatement. Puis il ferma les yeux et les souvenirs l'assaillirent. Il n'avait jamais parlé de son île à personne en Louisiane. Nul ne lui avait jamais rien demandé. Pas même Alex.

— Du soleil et des arcs-en-ciel... L'air embaume le parfum des fleurs. Je n'ai jamais porté de chaussures avant huit ans. Nous avions une vie merveilleuse. Ma mère était anglaise. Elle avait hérité Dunstain d'un oncle et d'une tante sans enfants. Elle a rencontré mon père et est tombée follement amoureuse de lui. Mon père gérait la propriété. Ils vivaient comme la bonne société du coin, mais on considérait mon père comme un intrus car il venait de La Nouvelle-Orléans. Cela ne l'a jamais troublé. L'opinion des autres lui importait peu, tout ce qui comptait pour lui était que ma mère soit heureuse.

Timothy se raidit quand le bateau vibra après un coup particulièrement violent. Céline sortit ses bras de la couverture et les serra autour de son torse. Il baissa les yeux. Elle avait les paupières closes. Sa tête était pressée contre son cœur. C'était étrange, ce besoin tout nouveau qu'il éprouvait de la protéger et de la réconforter.

— La maison, chuchota-t-elle. Parlez-moi de la maison.

— Cela n'a rien à voir avec les demeures de Louisiane. Elles sont aussi grandes, mais moins impressionnantes. Ma mère avait un jardin plein de fleurs et de fruits qui mûrissaient tout au long de l'année. Sur la colline, derrière la maison, se trouvaient une raffinerie et une distillerie. Le village des esclaves était tout proche et partout alentour des acres de canne à sucre formaient comme une mer mouvante d'un vert émeraude.

Céline gardait ses bras serrés autour de lui. Elle n'était pas seulement sensible aux couleurs et aux sons que ses mots évoquaient, mais aussi au tourbillon des souvenirs si profondément enfouis dans sa mémoire.

Elle voyait à la fois le décor et les acteurs.

Foster et Edward, plus jeunes, s'occupant du petit garçon et de sa famille. Alyce Dunstain Moreau, la mère de Tim. La femme ravissante qui dansait au clair de lune.

Un frisson. Un brusque assaut d'angoisse. La douleur et la trahison. Un homme qui ressemble à Tim. La moitié de sa tête est cachée par des bandages. Terreur et désespoir. Timothy écoute, paralysé par le chagrin.

« Ta mère est morte dans l'accident. Elle ne reviendra jamais. Huit ans, c'est trop grand pour pleurer. Tu partiras demain... »

Soudain, la vision s'effaça. Timothy avait réussi à séquestrer ses sentiments dans un endroit inaccessible. Céline était stupéfaite par la volonté qu'il avait dû déployer pour anéantir son passé et se cacher à lui-même sa souffrance. Elle eut mal pour lui.

L'île était son havre, aussi son souvenir hantait-il sa mémoire. Elle revit l'endroit, accompagna ses pas sur le sable rosé, le long de l'eau.

Les mots qu'il murmurait contre ses cheveux finirent par l'apaiser. Elle en oublia le rugissement du vent et la mer déchaînée. Pour la première fois depuis qu'elle s'était enfuie en abandonnant Jean Perot dans une mare de sang, sur les pavés de la cour, elle se sentait en sécurité.

Il resserra son étreinte autour d'elle comme il s'arrimait à la couchette. Bercée par le battement régulier de son cœur, elle s'endormit.

Tim perçut l'instant où elle sombra dans le sommeil. Elle était trop épuisée pour continuer à combattre sa peur. Au même moment, la tempête commença imperceptiblement à se calmer. Le bateau tremblait de moins en moins à chaque creux et les gréements ne grinçaient plus autant à chaque rafale. Il se détendit.

Un bras passé autour des épaules de Céline, il lui caressait les cheveux. S'il l'avait prise contre lui, c'était uniquement pour la réconforter, mais peu à peu cette attention avait acquis une autre signification. Il se sentait presque serein.

Quand elle avait insisté pour qu'il lui décrive St. Stephen, il avait failli refuser, de peur d'éveiller la douleur enfouie au plus profond de lui. Mais une fois lancé, partager ses souvenirs avec elle lui avait paru naturel. Il n'était plus seul avec sa souffrance.

Depuis qu'il l'avait rencontrée, elle n'avait cessé de le surprendre. Sa stupéfiante confrontation avec Dundee ne l'avait pas seulement effrayé mais il en était resté confondu. Son esprit prompt et son sens de la repartie l'amusaient. C'était la volonté de deux vieillards qui les avait réunis, et pourtant elle lui faisait suffisamment confiance pour s'endormir dans ses bras.

Il sentit quelque chose s'éveiller en lui, quelque chose qu'il réprimait depuis des années. Pourtant, il s'était soigneusement armé contre l'idée de s'attacher à cette fille qui continuait à nier son identité et à prétendre qu'elle était à moitié bohémienne.

Tous ceux qu'il avait aimés l'avaient toujours abandonné. Pourquoi serait-elle différente ? Pourquoi diable irait-il risquer de tomber amoureux de Céline ? Il ne la laisserait pas emporter avec elle ce qui restait de son cœur.

C'était déjà assez terrible qu'elle lui ait fait prendre conscience que ce cœur vibrait encore.

9

Céline s'agenouilla sur la malle pour regarder à travers le hublot les rayons de lune danser sur les eaux. Ils étaient arrivés aux Antilles. L'astre de la nuit semblait assez proche pour qu'on le touche. Elle n'avait jamais pu dormir les nuits de pleine lune, et cette nuit ne faisait pas exception à la règle.

Elle enfila une robe verte sur la chemise qui lui tenait lieu de tenue de nuit depuis que Tim avait déchiré la sienne. Elle fut surprise de ne pas le trouver écroulé sur la table en ouvrant la porte qui donnait dans le salon.

Il buvait beaucoup depuis le jour de la tempête et, la veille, il avait dépassé toutes les bornes. Elle s'en sentait en partie responsable. En lui demandant d'évoquer St. Stephen, elle avait ressuscité tout un passé profondément enfoui en lui.

Elle sortit sur le pont. Maintenant qu'il ne lui restait plus que quelques heures de traversée, elle avait enfin le pied marin. Elle s'appuya au bastingage pour observer la mer. La brise embaumait. Quelque part, une mouette lança son cri rauque. La terre n'était pas loin.

Un marin passa avec un rouleau de cordages sans lui adresser un regard. L'équipage l'évitait depuis qu'elle avait lancé un sort au capitaine Dundee. Foster lui avait raconté qu'ils y croyaient dur comme fer. « Tant pis pour eux ! avait-il ajouté, si ce sont tous des analphabètes superstitieux ! »

Depuis l'ouragan, Tim s'était fait rare. Ses visites se résumaient à quelques brèves questions sur sa santé. Jamais il n'avait reparlé d'exercer ses droits. Jamais non plus il n'avait manifesté de tendresse particulière. Heureusement, Foster et Edward se mettaient en quatre pour lui faciliter la traversée.

Le bateau avait quelque chose de magique dans la nuit, avec ses rangées de lumignons verts et rouges indiquant bâbord et tribord. La rampe de teck était aussi froide et lisse que du verre sous ses paumes. Céline aspira l'air marin à pleins poumons, jouissant de ne plus être enfermée entre les quatre murs de sa cabine. Vraiment, elle était impatiente d'atteindre la terre ferme !

Alors qu'elle fixait les rayons de lune qui jouaient sur l'eau, l'image d'Alyce Dunstain dansant sous le ciel étoilé lui revint en mémoire. Une image volée à Tim, songea-t-elle en lâchant la rambarde pour gagner l'échelle qui menait à la dunette. L'homme de quart était à la barre, comme elle s'y attendait, mais il n'était pas seul. Tim se tenait devant le bastingage et fixait l'eau au-dessous de lui. Les bras tendus, il serrait la rampe entre ses mains.

Elle s'approcha derrière lui. Le remous de l'eau et le claquement des voiles masquaient le bruit de ses pas.

— Avez-vous envie de danser sous la lune ? interrogea-t-elle, s'apercevant trop tard qu'elle faisait référence à un souvenir secret.

Il sursauta avant de se retourner.

— Je suis sorti guetter les premières lumières de l'île. Venez voir.

Elle s'avança et se pencha par-dessus le bastingage. L'eau s'ouvrait contre la coque dans une gerbe d'écume phosphorescente. C'était magnifique.

— On dirait des éclairs sous l'eau.

— C'est un peu cela.

— Vous devez être impatient d'être à demain.

— Non.

Elle savait qu'il mentait mais qu'il se serait fait couper en morceaux plutôt que de l'avouer.

— Eh bien, moi, je suis impatiente ! annonça-t-elle.

— C'est idiot ! Vous serez vite déçue.

— Votre description était pourtant vraiment excitante !

— Je cherchais juste à chasser vos idées noires et à vous faire oublier la tempête. Rien de plus.

— Eh bien, vous avez réussi !

Il l'ignora un moment, et le silence s'installa entre eux.

— Vous semblez enfin avoir le pied marin, remarqua-t-il au bout d'un moment.

— Foster l'a noté lui aussi, acquiesça-t-elle et, comme il continuait à fixer les jets d'écume, elle demanda : Cela vous ennuie que je reste là ?

— Comme il vous plaira.

— Vous avez tellement bu au dîner que je craignais de vous voir passer par-dessus bord.

— Ce que je bois ne vous regarde pas !

Il la fixa de ses yeux bleus indéchiffrables et ajouta :

— La mégère reprendrait-elle le dessus ?

— Non !

Elle se détourna un instant pour cacher son sourire.

Il s'adossa au bastingage et l'étudia si attentivement qu'elle finit par lever les yeux. Son regard la troubla.

Il s'attardait sur sa bouche.

Céline fut troublée. La nuit où Tim l'avait tenue dans ses bras, elle avait éprouvé la même sensation. Elle se sentait glacée et brûlante à la fois, et habitée par un désir brutal. Sans réfléchir, elle ébaucha un pas vers lui et rougit violemment en prenant conscience de ce qu'elle se proposait de faire. Heureusement, la nuit cacha son émotion.

Tim espérait l'affoler suffisamment pour qu'elle prenne ses jambes à son cou et s'enferme à double tour dans sa cabine. Il faisait tout son possible pour l'éviter ces derniers jours et noyait son désir dans l'eau-de-vie du capitaine. Mais ses efforts semblaient avoir eu le résultat opposé. Elle ne l'obsédait que davantage.

Le clair de lune donnait des reflets argentés à sa peau et jouait dans ses cheveux d'ébène. Ses lèvres étaient pulpeuses et tentantes. Il n'arrivait pas à oublier la chaleur de son corps quand il l'avait tenue serrée contre lui pendant la tempête. Ils s'emboîtaient parfaitement l'un dans l'autre. C'était facile d'imaginer qu'ils se seraient bien entendus dans un lit.

Pendant un quart de seconde, il faillit aborder de nouveau le sujet, puis il comprit que si elle ne le repoussait pas franchement, c'est qu'elle n'avait pas le choix. Il faudrait qu'il laisse Céline venir à lui quand elle le voudrait, et non qu'il l'y oblige.

Des yeux, il caressa sa bouche, ses joues et ses longs cils noirs, puis il descendit le long de la gorge jusqu'aux épaules. Le décolleté découvrait juste assez la naissance de ses seins pour échauffer ses sens. La robe était retenue sous la poitrine, ce qui en accentuait la courbe, et le vent complice plaquait le tissu contre ses hanches.

Tim déglutit avec difficulté et, se détournant, il serra la rambarde entre ses doigts. L'eau phosphorescente avait vraiment l'air d'être éclairée de l'intérieur. Un banc de poissons volants les suivait, sautant, rasant la surface, puis disparaissant comme une multitude de traits argentés.

— Oh, non !

Il se retourna. Céline était agenouillée auprès d'un poisson qui gisait inerte sur le côté, son unique œil noir reflétant la lune.

— Il est mort, déclara-t-il avec indifférence.

— Ce n'est pas possible.

Céline porta le poisson jusqu'au bastingage, puis le fit glisser dans la mer, où il flotta entre deux eaux.

— Comme c'est triste !

— Ce n'est qu'un poisson, Céline. Avec un cerveau de la taille d'un petit pois.

— C'est une seconde nature chez vous de paraître toujours aussi insensible ?

— Est-ce que vous me reprocheriez de ne pas me lamenter sur un poisson mort ?

— Non, juste de vous moquer de moi parce que je manifeste mes sentiments !

— Qu'est-ce que cela veut dire ?

— Pourquoi fuyez-vous vos émotions, Tim ? s'enhardit-elle à demander en pesant soigneusement ses mots. Pourquoi noyez-vous votre chagrin dans l'alcool ?

Son analyse était si juste qu'il fut momentanément réduit au silence.

— Je commence à croire que vous êtes réellement une sorcière.

Il lâcha la rampe et avança vers elle.

Avec sa chevelure agitée par le vent et son visage baigné de lune, elle semblait irréelle. Il n'aurait pas été étonné d'apprendre qu'elle avait des pouvoirs magiques. En tout cas, elle lui avait déjà jeté un sort.

Il s'attendait qu'elle recule pour se mettre hors de sa portée mais elle ne bougea pas, se contentant de le regarder approcher.

Quand il la prit dans ses bras et s'empara de sa bouche, son baiser n'avait rien de la tendre étreinte d'un soupirant. Ses lèvres mordirent sa bouche tandis qu'il enfouissait les doigts dans ses cheveux. Elle gémit et se pressa contre lui. Comme s'il nageait dans des eaux inexplorées, Tim réagit plus violemment que cela ne lui était jamais arrivé avec une femme. Il en fut si effrayé qu'il la lâcha instantanément.

Céline se laissa aller mollement contre la rambarde, le temps de retrouver ses esprits. Elle fixait Tim. Son baiser l'avait rendue plus légère que les nuages qui flottaient entre les rayons de lune.

Jamais elle ne s'était sentie aussi vivante. Les bruits du bateau, le claquement de l'eau sous la coque, l'odeur de la mer et la brise parfumée des îles proches la submergèrent, se mêlant à l'âcre saveur de rhum des lèvres de Tim.

— C'était merveilleux ! avoua-t-elle sans réfléchir.

C'était bien plus que merveilleux. Elle ne trouvait pas de mots pour l'exprimer.

Le compliment ne sembla pas lui faire plaisir.

— Il est tard, remarqua-t-il brutalement.

Il jeta un coup d'œil par-dessus son épaule. Elle suivit son regard. L'homme de quart était toujours à la barre, mais il ne paraissait pas s'intéresser à eux.

— En effet, il est tard.

C'était une réponse stupide, mais c'est tout ce qu'elle réussit à articuler, le cœur chaviré.

— Restez donc ici la nuit entière si cela vous chante, moi je rentre.

Et là-dessus, il tourna les talons sans rien ajouter.

Elle le regarda disparaître en cherchant à comprendre ce qui avait bien pu le mettre dans cet état. Aurait-il éprouvé la même chose qu'elle ? Quel choc pour un homme qui s'efforçait avec un tel acharnement de ne rien ressentir !

St. Stephen ne ressemblait en rien aux lieux qu'elle avait connus jusqu'à présent. Tout en attendant à côté d'une pile de malles et de caisses, Céline regardait avec intérêt autour d'elle. Ils avaient accosté dans la baie dont les eaux étaient aussi claires et bleues que le ciel au-dessus d'eux. Baytowne était le port principal et centralisait toute l'activité de l'île. Des goélettes attendaient d'être carénées. De nombreux entrepôts bordaient les quais. Une foule bigarrée se frayait un chemin entre les échoppes.

Sur la place, un peu plus loin, se dressait une petite église dont la flèche montait fièrement vers le ciel. Derrière l'édifice, un muret délimitait le cimetière avec ses tombes aux croix de pierre moussues où reposaient les citoyens importants de St. Stephen. Quatre gigantesques banians ombrageaient chaque angle de la place.

L'air humide était imprégné du parfum des fleurs. Une profusion de feuillages aux couleurs vives recouvraient les collines autour de la baie, où la mer venait mourir sur des plages de sable blanc.

Elle passa d'un pied sur l'autre pour tromper la sensation de chaleur qui l'assaillait, puis s'assit sur l'une des malles en attendant le retour des hommes. Ses joues et son nez commençaient à cuire sous le soleil. Timothy avait disparu sans un mot. Edward et Foster, partis à la recherche d'un véhicule pour se rendre à Dunstain Place, avaient promis d'être rapidement de retour. Apparemment, *rapidement* n'avait pas pour eux la même signification que pour elle.

Un homme élégant passa devant elle. Quand elle leva les yeux et lui sourit, il s'arrêta brutalement. Il n'avait pas cinquante ans malgré sa crinière de cheveux blancs et dégageait un certain charme. Il l'évalua d'un œil de maquignon, comme s'il avait affaire à une bête dans une foire et son regard s'arrêta sur les bagages. Elle avait assez vu sa mère vendre ses charmes dans les rues de Londres pour reconnaître la convoitise dans un regard.

— Mais voyons, que fait une aussi charmante personne toute seule ? s'étonna-t-il avec un impeccable accent anglais. Je serais heureux de vous accompagner jusqu'à l'hôtel de votre choix et de veiller à votre installation.

— Ce ne sera pas nécessaire, Monsieur ! J'attends mon mari et ses domestiques qui sont allés louer une voiture pour nous conduire à la maison.

Elle releva le menton. Une lueur de curiosité brillait maintenant dans les yeux tournés vers elle.

— Permettez-moi de me présenter : Collin Ray. Mon frère, l'honorable Sir Simon Ray, est gouverneur et je suis son bras droit.

Déjà agacée par la manière dont l'homme l'avait dévisagée, elle sentit l'exaspération la saisir en le voyant faire ainsi l'important. Elle aurait bien aimé l'envoyer promener, mais refréna son impulsion en songeant que cela pourrait nuire à Tim et à ses futures relations avec la bonne société locale.

— Céline Moreau. Je suis ravie de faire votre connaissance. Mon mari est...

— Moreau ? répéta-t-il en écarquillant les yeux et en reculant sous le coup de la surprise. Le fils d'Auguste Moreau ?

— Sans doute, si c'est le précédent propriétaire de Dunstain Place. Timothy est venu reprendre la propriété.

— Oh, vraiment ? Cela risque d'être intéressant.

Collin Ray croisa les bras en rejetant son buste en arrière.

— Je ne comprends pas.

Il la regarda avec commisération.

— Votre mari risque d'avoir quelques problèmes. Comme vous le découvrirez bientôt, Dunstain Place est en ruine. Auguste s'est suicidé après la mort de sa femme et son régisseur est parti peu après. Je suppose qu'il reste encore quelques esclaves mais la plantation ne doit pas être belle à voir.

Céline eut le cœur brisé pour Tim. S'il n'avait pas déjà appris la nouvelle, elle devrait trouver le courage de la lui annoncer.

— Avez-vous été vous-même à Dunstain Place ? s'enquit-elle.

— Non. Ni moi ni personne de ma connaissance. Cet endroit se trouve pratiquement de l'autre côté de l'île, sur des collines, déclara-t-il, le regard fixé sur sa poitrine, ce qui eut le don d'exaspérer Céline.

Elle contre-attaqua :

— Peut-être la situation n'est-elle pas aussi dramatique que vous le laissez entendre, Monsieur Ray ?

— Elle est sans doute pire.

Il chassa un grain de poussière sur le revers de son coûteux veston avant de la dévisager de nouveau, avec indifférence cette fois-ci.

— Je crains que vos domestiques ne trouvent aucun véhicule aujourd'hui, en cette période de festivités.

— Quelles festivités ?

— L'inauguration du bronze de Wellington qui doit orner la place. Les gouverneurs et les dignitaires des autres îles ainsi que certains colons sont venus à

St. Stephen pour cette occasion. Ce qui me rappelle que j'ai un rendez-vous urgent.

Il toucha son chapeau avec un petit signe de tête.

— Je suis enchanté d'avoir fait votre connaissance, Madame Moreau.

Il commença à s'éloigner puis se retourna.

— A propos, quand vous aurez vu l'endroit misérable où votre mari compte vous installer, souvenez-vous que je considérerai comme un honneur de vous apporter ma protection.

Il se détourna avec un sourire hypocrite et s'éloigna cette fois-ci pour de bon.

Céline était furieuse. Elle allait se rapprocher du bateau pour attendre le retour de Foster quand elle aperçut ce dernier qui marchait vers elle à grands pas. Deux géants noirs, vêtus de pantalons en loques, le suivaient.

— Mon Dieu, je suis affreusement désolé, Madame ! Mais il est impossible de partir pour Dunstain Place avant demain. Il y a des festivités à Baytowne en ce moment, et j'ai été obligé de chercher un logement pour la nuit.

— Je suis au courant ! dit-elle, se gardant bien de narrer sa rencontre avec l'odieux individu.

Elle attendit que Foster donne des instructions aux porteurs et, quand il emboîta le pas aux deux hommes, elle le suivit.

— Auriez-vous aperçu Timothy ?

Foster fut incapable de cacher son embarras.

— Pas depuis qu'il est entré dans un débit de boissons, sur le chemin.

Foster et Edward avaient tout fait pour lui faciliter le voyage. Mais elle comprenait seulement maintenant toute la considération dont le premier l'entourait. Foster ne cherchait pas d'excuses à son maître et la traitait avec le même respect que celui qu'il montrait à son patron.

L'auberge avait piteuse allure avec sa peinture écaillée et son enseigne rouillée. Les marches de l'escalier qu'ils empruntèrent pour monter aux chambres s'affaissaient en leur milieu. Foster se confondit en excuses, ignorant qu'elle avait connu bien pire quand elle vivait avec sa mère.

Edward s'affairait dans sa chambre. Il avait déjà aéré les draps et mis les oreillers au soleil sur le balcon. Il époussetait une table de nuit en piteux état quand elle entra.

— Oh, Madame ! s'exclama-t-il en se précipitant vers elle. Nous sommes désolés. Absolument désolés ! C'est une honte de vous installer dans cet endroit mais nous n'avons rien trouvé de décent ! Et ne parlons pas des moyens de locomotion ! C'est à cause de…

— … de l'inauguration d'une statue, termina-t-elle à sa place, puis elle parcourut des yeux la misérable pièce, notant la moustiquaire défraîchie et le sommier en pitoyable état. Cet endroit m'importe peu. A côté de ce que j'ai appris sur les quais…

Dès que Foster eut payé les deux porteurs et qu'ils furent sortis, elle regarda successivement les deux fidèles domestiques.

— J'ai besoin de votre avis.

— Nous ferons de notre mieux, Madame.

Le visage d'Edward s'affaissa. Il était incapable de cacher son inquiétude.

— Nous sommes ici pour vous aider, déclara Foster en s'approchant d'Edward.

Elle fut réconfortée par leur réaction à tous les deux.

— Pendant que j'attendais sur le quai, un homme s'est présenté comme étant Collin Ray et m'a offert son… aide.

— Il ne vous a pas fait d'avances, au moins, Madame ? Si c'est le cas, nous allons avertir Timothy sur-le…

Céline écarta la suggestion de Foster d'un signe de la main.

— Ce qui me tracasse, ce sont les propos qu'il a tenus sur Dunstain Place. Il affirme que la plantation est en ruine et qu'il n'y a plus de régisseur depuis des années.

Edward se laissa tomber sur le bord du lit. Visiblement dans tous ses états, il pressa le chiffon à poussière sur son front. Foster fronça les sourcils et secoua la tête.

— Ce n'est pas possible. Timothy continue à toucher des revenus de la propriété chaque mois. C'est là-dessus qu'il nous paye nos gages.

Céline marcha jusqu'à la porte-fenêtre donnant sur le balcon sans se rendre compte qu'elle pensait tout haut.

— Ray prétend que l'endroit est en ruine. Que va-t-il se passer si Timothy n'a plus un sou ?

— Je vous demande pardon, Madame, mais Henry Moreau nous aurait renvoyés depuis longtemps si Tim avait dilapidé tout son argent. Miss Alyce nous a couchés sur son testament, et ce que nous recevons vient de la propriété en Angleterre. Mais ce que rapporte Dunstain Place, je l'ignore.

Céline fronça les sourcils tout en observant les gens qui s'affairaient sur les quais.

— Que faire s'il n'est pas encore au courant ? Faut-il le lui apprendre ?

— Et si la situation n'était pas si grave ? objecta Edward, dont l'inhabituel sursaut d'optimisme ne dura pas. Et si c'était pire ? ne put-il s'empêcher de rectifier.

— L'idée du mal que cela pourrait lui faire me glace, commenta Céline.

— Il n'y a pas de meilleur endroit qu'une taverne pour glaner des informations.

Foster enfonça ses mains dans les poches de sa veste.

— Pas de meilleur endroit non plus pour se saouler, murmura Céline.

— Nous savons bien qu'il est loin d'être parfait, Madame ! fit Edward.

— Il est sans doute en train de sonder le terrain, ajouta Foster.

— Sans aucun doute, gémit Céline, qui n'ignorait aucune des tentations offertes par les tavernes.

Avant qu'ils puissent discuter le sujet plus avant, des bruits de pas résonnèrent dans le couloir, et la silhouette de Timothy se profila dans l'embrasure de la porte. Ce n'était pas seulement la chaleur qui empourprait son visage et faisait briller ses yeux. Il avait un paquet glissé sous le bras et une bouteille de rhum à moitié vide à la main.

— Je serais bien rentré mais la pièce est trop petite pour contenir une personne de plus.

Foster lissa le devant de sa chemise. Edward agita une dernière fois son chiffon au-dessus de la table. Puis les deux hommes se précipitèrent vers la porte. Ils abandonnaient Céline avant qu'elle ait pu prendre une décision.

Timothy s'écarta pour les laisser passer, puis entra et jeta son paquet sur le lit.

— Alors, et cette taverne ?

Elle ne voulait pas avoir l'air d'une harpie, mais le voir si beau et si nonchalant mettait ses nerfs à rude épreuve.

— Parfaite ! J'y ai appris quelque chose d'intéressant, annonça-t-il en fixant le lit.

— Les choses ne sont pas toujours aussi graves qu'elles le paraissent.

— Non. Je suppose qu'en y réfléchissant, je découvrirai les avantages d'avoir pour femme une vraie sorcière.

— Après tout, beaucoup de gens commencent avec rien...

Céline s'immobilisa et le fixa.

— Qu'avez-vous dit ?

— Peut-être devrais-je vous demander à quoi *vous* faites allusion ?

Loin d'être soulagée, elle insista :

— Cela n'a pas d'importance. Que vouliez-vous dire par : « une vraie sorcière » ?

— Eh bien, je ne parlais pas seulement de votre tempérament. Il se trouve que j'étais assis non loin de marins qui venaient de jeter l'ancre. Une semaine plus tôt, ils ont croisé les restes d'un bateau naufragé du côté de la Barbade. Parmi les corps, il y en avait un qu'ils ont pu identifier...

— Oh, non ! s'exclama-t-elle en couvrant sa bouche de la main.

— Tout le monde a reconnu le capitaine Dundee.

Elle eut un haut-le-cœur.

Tim s'assit au pied du lit et croisa les bras.

— Dundee était attaché au gouvernail. Il restait assez de pourpre et de jaune pour être sûr de son identité.

— Noyé ?

— Noyé et déchiqueté par les oiseaux de mer. Ce n'était pas un joli spectacle. Personne ne sait combien de temps il a flotté ainsi avant de mourir — une mort horrible, s'accorde-t-on à dire.

Il l'observait attentivement. Elle se rendait compte qu'il était prêt à croire qu'elle avait vraiment maudit Dundee.

— Est-ce que tous les marins sont morts ? Pourquoi m'aurait-on associée à tout cela ? chuchota-t-elle, craignant d'entendre la réponse.

— Ils ont retrouvé un survivant un peu plus tard, qui ne demandait qu'à raconter la confrontation de Dundee avec une sorcière à bord de *l'Adélaïde*. La sorcière, bien entendu, c'était vous !

— Qu'est-ce que cela signifie ?

Elle sortit sur le balcon et mit sa main en visière au-dessus des yeux pour se protéger du soleil. Elle ignorait tout des coutumes de l'île. D'ici quelques minutes, peut-être devrait-elle se remettre à fuir?

— Brûle-t-on toujours les sorcières ici?

— Non, la rassura Tim en riant. Mais je doute que nous soyons en mesure de garder un seul esclave s'ils ont vent de l'affaire. Ils sont très superstitieux et ont une peur bleue des fantômes qu'ils appellent *jumbies*...

Il renversa légèrement la tête en arrière et la fixa d'un air méditatif.

— Ils peuvent aussi vous respecter pour vos pouvoirs surnaturels.

— Vous n'y croyez pas, n'est-ce pas?

Elle marcha jusqu'au lit et s'assit sans réfléchir à côté de lui. Il la scrutait.

— Non, je n'y crois pas. Le devrais-je?

— Vous ne devriez même pas le demander. Je n'ai rien à voir avec la mort de Dundee. Rien, grand Dieu! Je ne pourrais jamais faire de mal à quelqu'un...

Elle se tut brutalement. Elle avait déjà tué une fois, même si c'était pour se défendre. Maintenant, voilà que Dundee n'était plus. Bien qu'elle n'y fût pour rien, cela lui faisait deux morts sur la conscience. Elle était heureuse, en tout cas, que Tim n'accorde aucun crédit à ces racontars.

L'association de la chaleur et du manque de nourriture lui donnait des éblouissements. Céline enfouit sa tête entre ses mains. Soudain elle sentit la main de Tim lui caresser l'épaule. Surprise par cette manifestation de tendresse, elle le regarda dans les yeux.

— Je ne crois pas un mot de tout cela, Céline. Je sais que vous avez seulement essayé de l'impressionner.

— Merci de votre confiance.

— Vous n'avez aucune raison de mentir, ajouta-t-il.

La culpabilité l'assaillit. Elle n'avait jamais prétendu être Jemma O'Hurley, mais elle ne lui avait pas non plus avoué toute la vérité. Elle baissa les yeux sur la main de Tim qui reposait toujours sur son épaule. Il se leva alors brusquement et, le cœur gros, elle se souvint des propos de Ray.

— Est-ce tout ce que vous avez appris à la taverne ? J'imagine que vous étiez occupé à boire et à courir... les filles ?

— Je reconnais avoir bu un rhum ou deux, mais je ne me suis pas encore occupé des filles.

Elle regarda la bouteille.

— Plus d'un verre ou deux, à vue d'œil !

— Mégère ! fit-il presque en souriant.

— Tim, il faut que je vous dise... c'est important.

Elle joignit les doigts et respira profondément.

Tim remarqua sa nervosité. Plus il l'observait, jouant avec le ruban vert qui soulignait la taille de sa robe, plus il était persuadé qu'elle voulait rompre ce mariage avant qu'il ne soit trop tard.

Qui pouvait l'en blâmer ? Peut-être vaudrait-il mieux d'ailleurs pour tous les deux qu'elle le quitte avant qu'il ne tombe amoureux d'elle.

— Finissons-en, Céline. J'ai des choses à faire.

— Et la plus urgente est de vous précipiter à la taverne ?

— Pourquoi pas ?

— Vous y êtes pourtant resté assez longtemps tout à l'heure.

Il haussa un sourcil.

— Sapristi ! Vous êtes bien une mégère ! Vous disiez donc...

— Cela ne va pas vous plaire.

— Laissez-moi en juger seul.

C'était sûr : elle avait décidé de le quitter. Bon débarras ! Au moins, elle ne serait plus près de lui à le torturer. Il se rendrait dans le bordel le plus proche et choisirait de préférence une grande blonde avec une poitrine épanouie.

— Allons, Céline ! Videz votre sac.

Il faillit ajouter qu'il savait ce qu'elle voulait lui annoncer, mais préféra la laisser se débrouiller. Elle était visiblement affolée et paraissait prête à se jeter à l'eau.

Il la regarda cligner des yeux, frotter ses mains l'une contre l'autre, puis elle prit une profonde inspiration.

— Vous êtes ruiné, jeta-t-elle. Je veux dire, la plantation est en ruine.

10

— De quoi parlez-vous ?

Il laissa tomber sur son visage un masque impénétrable. Elle s'était levée et faisait les cent pas dans la pièce.

— Pendant que j'attendais sur le quai, un homme s'est présenté. Quand il m'a proposé son aide, je l'ai remercié en lui disant que j'attendais mon mari.

— Céline, pour l'amour du ciel, restez tranquille ! Vous allez me donner le vertige.

Elle continua à déambuler.

— C'est le rhum qui vous fait tourner la tête, Tim. Quoi qu'il en soit, votre nom lui était familier et il a paru surpris de votre intention de vous installer à Dunstain Place. C'est alors qu'il m'a dit...

Elle s'arrêta et lui lança un coup d'œil apitoyé.

— Terminez donc !

— Que l'endroit était tombé en ruine. Il prétend que le régisseur est parti et que les esclaves se sont enfuis.

Elle baissa les yeux sur ses mains jointes, attendant qu'il dise quelque chose.

— J'ai réfléchi...

Elle cessa d'aller et venir.

— C'est inquiétant en effet, marmonna-t-il.

— Je me demande s'il n'exagérait pas un peu.

— Qui était-il, ce messager de malheur ?

— Il s'appelle Collin Ray. Son frère est un magistrat local ou quelque chose de ce genre. Il semblait très content de lui.

Elle était si proche qu'il put remarquer les quelques taches de rousseur qu'une heure de soleil avait fait apparaître sur son nez. Il se força à étudier chacune d'elles, ce qui l'empêcha de se laisser emporter par la colère.

— Dites quelque chose ! le pressa-t-elle.

Il marcha jusqu'à la table sur laquelle il avait posé la bouteille de rhum, la déboucha et regarda le liquide doré à l'intérieur.

— Il n'y a pas grand-chose à dire, non, Céline ?

Il avala une bonne rasade. L'alcool lui brûla agréablement la gorge.

— Vous pourriez essayer de savoir si quelqu'un d'autre est au courant de ce qui s'est passé à Dunstain Place ?

Elle posa la main sur son bras, l'empêchant d'avaler une autre gorgée.

— Vous pourriez faire mieux que vous imbiber de rhum.

— Le rhum est encore le remède le plus rapide.

— C'est bien plus facile de boire que d'affronter les difficultés et de décider si cela vaut la peine de remettre la plantation en état.

Elle le regarda un moment avant d'ajouter :

— Je sais que vous devez être accablé.

Il reposa brutalement la bouteille sur la table qui, sous le choc, vacilla sur ses pieds branlants.

— Pas le moins du monde. Mon grand-père m'avait averti que je revenais sans doute sur l'île pour rien.

— Vous recevez toujours votre pension mensuelle...

— Qu'en savez-vous ? aboya-t-il, et, détestant la pitié qu'il lisait dans ses yeux, il s'écarta d'elle.

— Je... Foster et Edward m'en ont parlé quand je leur ai répété les propos de Collin Ray.

Il passa la main dans ses cheveux et se dirigea vers la porte.

— Alors vous avez tenu un conciliabule en mon absence ? Vous vous êtes bien amusés à caqueter comme de vieilles poules ?

— Ils se préoccupent sincèrement de vous.

— Je n'ai besoin de personne. Je ne veux pas qu'on s'occupe de moi.

— Je pense le contraire.

— Restez hors de ma vie, Céline !

De quel droit se mêlait-elle de ses affaires ?

— Bien sûr. Cela vous plairait, n'est-ce pas ? Vous seriez ravi de taper du pied et de vous couper du monde extérieur. Mais je sais que vous aimez votre île, que vous aimez Dunstain Place...

— Et qu'est-ce qui vous rend si sûre de cela, Miss Je-Sais-Tout ?

— La manière dont vous m'en avez parlé la nuit de l'ouragan.

— Cela vaudrait mieux pour vous d'oublier cette nuit !

— L'avez-vous oubliée ?

Sa question le surprit.

— Bien sûr, mentit-il. Elle n'avait rien de mémorable.

Elle parut froissée. Il passa le seuil. Il fallait qu'il s'éloigne de cette pièce et de ce regard meurtri. Baytowne était en liesse. L'alcool coulait à flots et il n'aurait aucun mal à trouver une fille.

Sur une impulsion, il se retourna et annonça :

— C'est l'occasion rêvée pour partir, Céline. Comme nous n'avons pas consommé le mariage, il sera annulé sans problème.

Elle resta muette, le fixant comme si elle comprenait qu'il faisait tout son possible pour la heurter.

— Vous n'êtes pas d'accord ?

Elle ne répondit pas, attendant une excuse.

— C'est pour vous, déclara-t-il alors en indiquant du doigt le paquet sur le lit, et il sortit.

Céline ne bougea pas jusqu'à ce qu'elle entende ses pas décroître dans le couloir. Il avait essayé de la mettre en colère, de lui offrir un moyen facile de l'abandonner, mais Timothy Moreau ne la connaissait pas. Ce genre de vulgarité la laissait de marbre !

Elle prit le paquet sur le lit et défit la ficelle. Le papier s'ouvrit en crissant, laissant apparaître une chemise de nuit de batiste blanche, similaire à celle qu'il avait déchirée.

La chemise, adaptée au climat, n'avait pas de manches mais une rangée de minuscules perles boutonnaient le corsage. Contrairement à l'ancienne, celle-ci était parfaitement à sa taille.

Cet homme qui cherchait à convaincre tout le monde qu'il n'avait aucun sentiment avait pris le temps de lui trouver une chemise.

Enfouissant son visage dans les plis du tissu, Céline se fit une promesse. Le sort ne l'avait pas envoyée vers Timothy Moreau sans raison — et si cette raison était de redonner vie au cœur meurtri de Tim, elle était prête à soutenir le défi.

Foster s'arrêta dans la cage d'escalier et fit signe à Edward qui se glissa rapidement vers lui.

— Qu'y a-t-il ?

— J'ai organisé le dîner de Madame Céline. Elle peut prendre son repas dans une salle à manger privée avec un vieux monsieur, un libraire de la Barbade. Je vais la chercher, annonça Foster.

— Où est Timothy ?

— Je ne l'ai pas vu depuis qu'il a appris la ruine

de Dunstain Place. J'ai bien l'impression que nous ne le verrons pas avant demain matin.

Edward jeta un regard soucieux vers l'escalier.

— Plus tôt nous serons à Dunstain Place, mieux cela vaudra. Il y a trop de tentations ici pour Timothy, et si ces mauvaises nouvelles...

— Cela paraît invraisemblable que la propriété soit tombée en ruine. Il faut que je voie cela de mes propres yeux pour y croire.

— Pauvre Madame Céline! On ne peut pas dire qu'elle ait beaucoup profité du voyage, et maintenant cette histoire! Je suis étonné qu'elle soit encore là.

Edward secoua la tête d'un air désespéré.

— Elle n'a pas cessé de me surprendre, déclara Foster en passant un doigt à l'intérieur de son col rendu poisseux par la chaleur. Je n'aurais jamais cru qu'une fille de marchand accepterait de mettre les pieds dans la chambre en haut. Crois-tu qu'il y aurait une part de vérité dans l'histoire qu'elle nous a racontée en Louisiane? Venait-elle proposer ses services comme domestique?

Edward s'éventa le visage avec ses deux mains. La chaleur était suffocante dans la cage d'escalier.

— Je ne sais plus que penser, dit-il en fronçant les sourcils. En tout cas, ils forment un beau couple.

— Ils ne s'en sont pas encore aperçus, c'est tout! approuva Foster.

— C'est à nous de le leur faire découvrir.

Foster appuya un index sur son menton.

— Partager une cabine sur le bateau n'a pas eu l'air d'accroître leur intimité.

— Et il y a huit chambres à Dunstain Place! soupira Edward.

— Alors, il faudra que nous veillions à ce qu'ils terminent dans la même chambre... ou au moins dans deux chambres contiguës, déclara Foster en attrapant la rampe. Je monte la chercher pour le dîner. Je te rejoins au bar. Après le repas, nous nous mettrons à la recherche de Timothy.

Edward secoua la tête et entreprit de descendre l'escalier.

— J'ai l'impression que nous allons renouer avec les dessous de Baytowne ce soir.

Il faisait trop humide pour manger. Après quelques bouchées du poisson à la sauce au poivre, Céline renonça. Son compagnon était un vieux monsieur maigre avec un teint rouge et des yeux bleus perçants. Il était venu à St. Stephen pour l'inauguration de la statue.

Bien qu'elle eût d'abord préféré dîner seule, elle s'aperçut vite qu'Howard Wells était un homme du monde agréable et divertissant. Après avoir plaint Céline pour son voyage mouvementé, il se lança dans un long soliloque sur tous les aléas des traversées en mer. Puis il s'arrêta assez longtemps pour vider sa chope de bière et se carra dans sa chaise.

— Vous me disiez que votre mari revenait à St. Stephen après une longue absence ?

— C'est bien cela.

Elle s'interrompit pendant que des rires retentissaient dans le bar à côté.

— Il a été élevé à La Nouvelle-Orléans.

— Ah, je comprends maintenant !

Il semblait si compatissant qu'elle demanda :

— Que comprenez-vous ?

— Que personne ne vous ait invités ici. Apparemment, votre mari n'a pas de relations à Baytowne. Pas de famille ?

Elle secoua la tête.

— Pas à ma connaissance.

Une jeune serveuse bien en chair entra et prit leurs assiettes, promettant d'apporter un café à Céline et une autre chope de bière à M. Wells.

— Dans les îles anglaises, la bonne société se tient les coudes. Si votre mari avait été élevé ici, vous n'auriez pas eu besoin de chercher un hôtel, on vous aurait accueillis à bras ouverts et invités aux différentes soirées organisées tout au long de la semaine.

— Dès qu'on apprendra son retour, nous serons certainement conviés partout.

— Vous dites qu'il est né ici ?

— En effet. La famille de sa mère possédait une plantation dont il a hérité. Son père était un créole de La Nouvelle-Orléans.

— Et vous ?

— Moi aussi, je suis de La Nouvelle-Orléans.

La serveuse apporta le café, auquel on avait ajouté une bonne dose de chocolat comme elle l'avait demandé. Elle remua le breuvage brûlant et attendit qu'il refroidisse. Comme ils étaient assis dans un silence amical, les pensées de Céline revinrent naturellement vers le sujet auquel elle avait réfléchi toute la soirée : y avait-il un moyen d'aider Timothy à rendre Dunstain Place de nouveau rentable ?

— Monsieur Wells, connaissez-vous quelque chose à la culture de la canne à sucre ?

— On ne peut pas avoir passé sa vie à la Barbade et l'ignorer. Pourquoi me demandez-vous cela ?

— J'ai peur de ne rien y connaître et je suis pourtant sur le point de m'installer dans une plantation. J'aimerais pouvoir être utile à quelque chose quand nous serons là-bas.

Il la regarda comme si elle appartenait à une espèce nouvelle.

— Voilà qui est original. Une femme de planteur qui veut s'impliquer dans les affaires !

— Est-ce si surprenant ?

— Si je me réfère à celles que j'ai rencontrées, c'est en tout cas inhabituel.

— Peut-être, mais j'ai toujours été un peu originale, Monsieur Wells.

Elle se savait en dessous de la vérité. Il sourit.

— Que voulez-vous savoir ?

— Faut-il beaucoup d'argent pour remonter une plantation et la faire tourner ?

— Une petite fortune en esclaves. Pas tant que cela en équipement — c'est-à-dire, si vous avez déjà une raffinerie, une distillerie et un contrat avec un dépôt.

Céline se demanda où Tim trouverait l'argent nécessaire pour remonter Dunstain Place. Howard Wells poursuivit :

— Il faut nourrir les esclaves, les loger et les habiller. Cela nécessite toute une organisation avec un médecin, une couturière, un charpentier, un forgeron, un maçon, sans oublier les tonneliers pour faire des barriques et des cuves...

Il marqua une pause avant d'ajouter :

— Ma chère, vous semblez abasourdie.

— Je ne sais pas comment Timothy va faire.

— Un pas à la fois, j'imagine. Il peut commencer par obtenir des crédits, comme la plupart des planteurs.

— Mais la dette...

— La dette est le fondement de l'industrie sucrière. Chacun a une dette envers quelqu'un. Il n'y a que les planteurs stupides pour perdre de l'argent... même dans les pires moments. Avec un peu de chance, la plantation ne sera pas totalement en ruine, dit-il, et il porta sa chope à ses lèvres. Il y a bien quelques dangers : les insectes qui creusent les racines et tuent la plante, ceux qui s'abattent sur les champs et saccagent la récolte. Il y a aussi les ouragans, le manque ou la surabondance de pluie, les rats...

Céline posa ses coudes sur la table et appuya son menton sur ses mains. C'était inutile de tenter de stopper Howard Wells maintenant.

— Votre meule peut casser, le fourneau tomber en panne, les cuves brûler, les tuyaux des réservoirs se rompre. Tous ces ennuis risquent de vous coûter une année de rendement. Il suffit de deux jours de retard pour que le jus tourne et que la récolte soit perdue.

— Tout cela est bien accablant !

— Je suis persuadé que votre mari sait ce qu'il risque.

Rien n'était moins sûr, songeait Céline. En outre, Timothy était convaincu qu'il n'était pas à la hauteur de la tâche. Il serait tout à fait capable de s'asseoir sous un palmier et d'attendre des jours meilleurs en s'imbibant de rhum comme son grand-père l'en avait accusé.

— Eh bien, ma chère, je me fais vieux et il est temps pour moi d'aller me coucher. Puis-je vous reconduire à votre chambre afin de vous éviter de traverser le bar toute seule ?

— Bien volontiers. J'ai peur que nos domestiques ne m'aient oubliée.

Foster lui avait garanti qu'ils seraient de retour dès qu'ils auraient trouvé Timothy. Apparemment, ils n'avaient pas encore eu cette chance.

Elle laissa Howard Wells la reconduire. Le bruit des conversations montait dans la cage d'escalier et rendait tout échange impossible.

Il l'accompagna jusqu'à sa porte et lui souhaita bonne nuit. Espérant que Timothy ne lui en voudrait pas, elle invita M. Wells à leur rendre visite à Dunstain Place. Il l'assura que ce serait un plaisir et lui souhaita bonne chance.

Céline pénétra dans sa chambre et referma la porte derrière elle. Sans allumer, elle alla sur le balcon et regarda les bateaux se balancer dans le port. L'*Adélaïde* était toujours là. Seules une ou deux embarcations étaient éclairées. Les mâts nus se dressaient contre le ciel sans étoiles.

Une pluie fine se mit à tomber, la chassant dans l'embrasure de la porte-fenêtre. Elle entendait les gouttes s'écraser sur le toit. L'atmosphère lourde lui rappelait douloureusement les chaudes nuits d'été de La Nouvelle-Orléans.

Jamais les années avec Persa ne s'effaceraient de son cœur, c'était certain. Elle espérait seulement que ce passé l'aiderait à affronter les jours à venir.

— Avance donc et frappe! ordonna Edward en donnant un coup de coude à Foster qui venait de s'immobiliser dans le couloir mal éclairé de la plus célèbre maison close de l'île.

— Je ne vois pas d'autre solution, et toi? répéta Foster pour la troisième fois comme si cela risquait de changer quelque chose à la réponse de son ami.

— Non, je n'en vois aucune autre. Si nous devons le ramener à Madame Céline, il n'y a que ce moyen. Frappe!

Foster regarda par-dessus son épaule et inspecta le couloir. Il n'y avait personne. Des gloussements suivis d'un gémissement leur parvinrent de la chambre voisine. Edward pinça les lèvres et secoua la tête d'un air dégoûté. Foster frappa plusieurs coups à la porte.

— Tu es sûr que c'est la bonne porte?

— Vingt-quatre, confirma Edward en pointant son doigt vers le numéro doré inscrit sur le panneau d'un rose vif.

— Personne ne répond.

Foster était près de faire demi-tour quand Edward l'écarta pour frapper à nouveau.

Soudain la porte s'ouvrit toute grande sur une blonde à la trentaine généreuse. Elle dépassait d'une bonne tête la moyenne des hommes. Sa poitrine était inoubliable pour qui aime ce genre d'attraits. Et son expression révélait son impatience.

— Qu'y a-t-il? demanda-t-elle.

— Nous... avons... c'est-à-dire... nous pensions...

Edward n'arrivait pas à trouver ses mots. Foster s'avança et prit la parole.

— Nous devons voir Timothy Moreau. On nous a dit qu'il était ici.

Ils pouvaient tous les deux l'apercevoir, un verre à la main, couché tout habillé sur le lit qui occupait pratiquement la pièce entière. Mais l'amazone leur barrait le chemin et Timothy faisait semblant d'être sourd.

— On ne donne jamais le numéro des chambres ! se plaignit-elle.

— C'est Mme Felicity elle-même qui nous l'a indiqué, répondit Foster sans préciser que pour un gros billet, l'énorme Noire sanglée dans des mètres de soie pourpre et de dentelle aurait été disposée à donner bien plus à Foster s'il avait été preneur.

— Laisse-les rentrer, Bonnie, jeta Timothy, et dis bonjour à mes deux consciences. J'ai de la chance, la plupart des hommes n'en ont qu'une.

Quand ils pénétrèrent dans la chambre, Timothy leva son verre en portant un toast.

— Messieurs, qu'est-ce qui vous amène ici par cette nuit pluvieuse ? Rien d'urgent, j'espère.

— Je pense que vous le savez, Monsieur, déclara Foster.

— Bien au contraire, je n'en ai aucune idée.

— Nous pensions juste, Monsieur…

— Vous n'êtes pas payés pour penser… mais j'aimerais bien entendre ce que vous avez à dire.

— Nous croyons que ce n'est pas prudent d'abandonner Madame Céline seule à l'auberge.

Timothy termina son verre, en inspecta le fond pour s'assurer qu'il ne restait plus une goutte de rhum, puis fixa Foster.

— Si vous ne l'aviez pas laissée, elle ne serait pas toute seule là-bas, n'est-ce pas ? déclara-t-il en fronçant les sourcils. Vous êtes-vous au moins inquiétés de son dîner ?

— Oui, Monsieur.

— Très bien. Alors pourquoi ne pas retourner là-bas et vous relayer devant sa porte jusqu'à ce que je rentre demain matin ?

— Demain ?

Edward lança un regard inquiet en direction de la prostituée, qui, les poings sur ses hanches généreuses, attendait leur départ avec impatience.

— Je rentrerai demain matin, pas avant. Vous savez très bien que ce mariage n'était pas mon idée.

Alors qu'Edward restait muet et abattu, Foster ne put s'empêcher d'ajouter un commentaire de son cru :

— Ce n'était pas son idée à elle non plus, si je puis me permettre. Nous sommes au courant au sujet de Dunstain Place. Et nous sommes tout aussi bouleversés que vous.

— Je ne suis pas bouleversé, moi ! Je m'y attendais à moitié. Maintenant, sortez. Je vous verrai demain.

Tandis que Timothy regardait les deux hommes partir, Bonnie s'approcha en balançant ses hanches. Quand elle atteignit le bord du lit, elle s'agenouilla près de lui, prit son verre vide, le posa sur la table et se mit à déboutonner sa chemise.

— J'imagine que cette Céline dont ils parlent est ta femme ? fit-elle en se penchant pour déposer un baiser à la base de son cou.

— De nom seulement, précisa-t-il en passant son bras autour de sa taille et en l'attirant à lui.

Elle était bien en chair, contrairement à Céline. Il avait indiqué à Mme Felicity qu'il voulait une blonde bien enveloppée et avait payé pour toute une nuit.

Tout en laissant Bonnie lui retirer sa chemise, Timothy maudissait Edward et Foster de lui avoir rappelé l'existence de Céline au moment où il espérait enfin la chasser de ses pensées.

C'est vrai qu'il avait cherché à l'insulter à l'hôtel. Et prétendre que le rhum lui ferait oublier Dunstain Place en ruine était un énorme mensonge. Il s'attendait à cette nouvelle, mais en avoir ainsi la confirmation était pour lui un coup dur presque aussi pénible que si Henry le lui avait assené lui-même.

Depuis qu'il avait quitté l'auberge, il ne cessait de ruminer. Il y avait bien la dot de Céline, mais elle était déjà sérieusement entamée et ne suffirait pas à remonter la plantation. Quant au revenu mensuel de la propriété de sa mère, il n'était même pas sûr qu'il lui permettrait de vivre. Surtout avec une femme...

— Ta femme doit être à moitié folle pour ne pas partager son lit avec un homme comme toi, marmonna Bonnie en laissant ses lèvres courir sur son torse nu.

— Seulement à moitié ?

— Complètement folle...

Timothy fixa la blonde qui se donnait beaucoup de mal pour éveiller son désir. Il aurait dû être plein d'ardeur à l'heure qu'il était, au lieu d'imaginer Céline toute seule à l'hôtel ; dans sa nouvelle chemise de nuit. Cela l'exaspérait de s'apercevoir que la lascive Bonnie, avec ses longues jambes, ses seins inoubliables et sa langue si habile, ne soutenait pas la comparaison avec cette image.

— Pourquoi ne me sers-tu pas encore un peu de rhum ? demanda-t-il d'une voix cassante, aussi furieux contre lui que contre Céline.

Bonnie se recula, incapable de cacher son irritation.

— Je ne suis pas une serveuse, protesta-t-elle en dégageant ses cheveux frisottés de ses yeux.

— Tu es payée pour être ce que je veux pendant toute la nuit.

Le rhum était par terre, du côté de Timothy. Elle s'étendit sur lui, frottant d'une manière provocante sa poitrine contre ses cuisses, pour attraper la bouteille. Ensuite, elle prit tout son temps pour se redresser et s'asseoir sur ses talons. Elle attrapa le verre posé sur la table de nuit.

— Et voilà, Votre Altesse !

Quand le verre fut plein, elle garda la bouteille contre sa poitrine et put constater d'un coup d'œil l'inutilité de ses efforts. Elle fronça les sourcils et fit une moue que la plupart des hommes auraient trouvée aguichante.

— Sans doute as-tu quelque chose de nettement plus stimulant en tête ?

— En fait, ce que j'ai en tête est tout à fait ennuyeux. J'aimerais finir mon verre et dormir.

— Dormir ? Tu veux dire fermer les yeux et ronfler ?

— Si c'est ainsi que tu vois les choses...

Elle secoua la tête d'un air incrédule.

— Dormir ? C'est cela ?

— Dormir. J'ai payé pour être avec toi toute la nuit, mais cela ne me gêne pas du tout que tu descendes et prennes un autre client, tant que tu me laisses tranquille ici.

— Mais...

— Si cela pose un problème, je vais en parler à Felicity. Elle a l'air tout à fait accommodante.

— Non, répondit rapidement Bonnie.

Elle s'appuya contre la tête du lit et l'observa comme s'il lui était poussé deux têtes.

— Maintenant que j'y réfléchis, ce n'est pas désagréable d'être payée pour une longue nuit de sommeil réparateur. C'est plutôt original, en tout cas.

Elle remplit de nouveau son verre à ras bord et posa la bouteille vide sur le sol, puis elle s'allongea sur le lit et s'étira en faisant face à Timothy.

Ce dernier finit son verre. Il regarda la femme qui lui souriait et songea qu'il lui faudrait plus d'une nuit pour récupérer.

— Tu veux quelque chose de particulier ? Je peux faire comme si j'étais ta gouvernante, par exemple, proposa-t-elle.

— Tout ce que je veux, déclara-t-il en croisant ses

jambes l'une sur l'autre, c'est dormir. Tu peux rester et faire de même — mais de ton côté du lit.

— Vous êtes sûr que vous ne préférez pas les garçons ?

— Non, merci.

— Et un canard qui...

— Pas ce soir, articula-t-il en retenant un rire.

Avant de fermer les yeux, il remarqua que Bonnie continuait à froncer les sourcils, toujours perplexe devant sa requête. De toute façon, ce qu'elle pouvait penser à son sujet n'avait aucune importance. Il était encore plus troublé qu'elle par son propre manque d'enthousiasme.

Quand il ferma enfin les yeux, le regard améthyste de sa femme recommença à le hanter.

— Sorcière ! marmonna-t-il, et il sentit Bonnie se redresser à côté de lui.

— Sorcière ? Tu veux que je fasse semblant d'enfourcher un balai au lieu de...

— Éteins la lumière et dors, ou va-t'en !

11

La chaleur était étouffante. Il n'y avait pas un souffle d'air.

Depuis des heures, Céline voyageait à l'arrière d'un chariot délabré — le seul moyen de transport qu'ils avaient trouvé pour traverser l'île — avec Foster, Edward, tous leurs bagages et diverses provisions. Sa peau était moite. L'humidité rendait chaque mouvement pénible. Elle avait les bras et les jambes en coton.

En dehors des auréoles de transpiration qui marquaient leurs vêtements, Foster et Edward ne paraissaient pas affectés outre mesure par la température.

Ils étaient si impatients de revoir Dunstain Place qu'ils en oubliaient les conditions pénibles du voyage. Le cocher, un homme édenté avec des touffes de poils dans les oreilles, n'avait pas ouvert la bouche de la journée. Penché sur ses rênes, il fixait un point sur la route entre les deux oreilles du cheval.

Avant de quitter les champs et de pénétrer dans la forêt tropicale, Céline avait espéré y trouver un peu de fraîcheur, mais le fouillis végétal de chaque côté de la route empêchait toute circulation d'air et lui donnait la sensation de devoir se refermer sur eux.

D'humeur sombre depuis son retour à l'auberge le matin même, Timothy avait choisi d'utiliser le cheval qu'il venait d'acheter pour voyager — soi-disant pour les précéder et les prévenir de l'état de la route. On ne l'avait pas revu depuis.

Il n'avait donné aucune explication en reparaissant pour le petit déjeuner. Mais, quoi qu'il eût fait, son absence lui avait valu la condamnation silencieuse de Foster et d'Edward, qui s'étaient montrés d'une totale froideur à son égard.

Quand des cris rauques et bruyants résonnèrent dans les branches au-dessus de leurs têtes, Edward se réveilla en sursaut.

— Qu'est-ce que c'est? demanda Céline en scrutant les arbres.

— Des sagouins. Ils peuvent dévaster un champ en quelques minutes, répondit Edward. Aussi les planteurs n'hésitent-ils pas à en tuer autant qu'ils le peuvent.

Les singes qui jacassaient en se balançant dans les frondaisons n'avaient pas du tout l'air belliqueux. Rassurée, elle abaissa son regard et aperçut Tim qui se dirigeait vers eux. La végétation avait envahi la piste et il semblait sortir directement de la forêt.

Il montait comme s'il était né sur le dos d'un cheval. Il ne portait pas de veste. Un chapeau à large bord protégeait son visage du soleil. Sa chemise de lin blanc était largement ouverte sur son torse, les manches roulées sur ses avant-bras puissants. Ses cheveux noirs étincelaient au soleil et son regard, habituellement impénétrable, brillait d'excitation.

— Nous sommes presque arrivés ! annonça-t-il, et il mit sa monture au pas pour avancer au rythme de la voiture.

— Je l'espère bien ! soupira-t-elle, ballottée par les cahots.

— La chaleur vous incommode, remarqua-t-il.

Elle souffla sur une mèche de cheveux qui pendait devant ses yeux et tira sur le col de son costume de voyage, beaucoup trop chaud pour ce climat tropical. Elle ne devait pas être jolie à voir.

— Ma garde-robe n'est pas exactement adaptée à la température.

— Il faudra vous trouver quelque chose de plus léger.

Elle jeta un coup d'œil vers Edward et Foster et baissa la voix.

— Soyez prudent. Quelqu'un pourrait découvrir que vous n'êtes pas aussi insouciant que vous voulez le paraître.

— Vous, en tout cas, vous n'avez pas l'air en forme, aujourd'hui !

— Vous non plus ! répondit-elle du tac au tac, refusant de se laisser attirer par son côté séducteur.

— Regretteriez-vous déjà votre décision ?

La voiture passa sur une ornière. Céline s'accrocha de toutes ses forces aux montants et le regarda sans un mot.

— Vous avez toujours la ressource de retourner à Baytowne avec le cocher, suggéra-t-il.

— C'est ce que vous désirez, n'est-ce pas ?

— Cela m'est un peu égal, déclara-t-il, les yeux fixés sur la route.

— Vous ne vous en êtes pas caché la nuit dernière.

Il tourna brusquement la tête vers elle.

— N'essayez pas de me faire croire que vous m'attendiez pour chauffer votre lit!

Elle se sentit violemment rougir.

— J'ai eu bien assez chaud, je vous remercie!

Il détourna les yeux vers la forêt.

— C'est ce que je pensais, marmonna-t-il. On peut voir le toit de la maison d'ici.

Elle suivit son regard et finit par apercevoir la ligne d'un toit entre les arbres, au sommet d'une petite éminence.

— Dunstain Place, annonça-t-elle doucement, et Timothy acquiesça d'un signe de tête. Allez donc en avant. Je sais combien vous êtes impatient d'arriver.

— Pas le moins du monde, nia-t-il en laissant son cheval au pas.

Céline sentait qu'il était inquiet. Elle savait aussi qu'elle ne pouvait rien faire pour calmer son anxiété.

Elle tourna son attention vers la route, guettant l'apparition de la maison qui allait être son foyer, du moins pour le moment. Ils prirent un chemin à droite. Une rangée de palmiers bordait l'allée qui menait à la demeure. Ils montaient toujours et elle commença à sentir la brise de mer.

On avait fait de timides efforts pour contenir la végétation. Des tas de branchages déjà secs étaient alignés le long de la piste. Le jacassement des singes se mêlait au bruissement des feuilles de palmier.

La maison apparut enfin. L'édifice lui fit penser à une vieille dame dont la garde-robe serait un peu défraîchie. La peinture était fanée et s'écaillait par endroits. Le toit de la véranda était délabré. Des fougères poussaient çà et là entre les lattes. Les longues persiennes étaient ouvertes, certaines de guingois à cause de gonds cassés ou rouillés.

Malgré son irritation, elle ne put s'empêcher d'observer Timothy. Il ne dit pas un mot quand ils s'arrêtèrent devant l'entrée et il descendit lentement de son cheval. Elle s'attendait qu'il marche à grands pas vers la maison, mais il l'aida d'abord à sauter à terre. Il reculait le moment fatal.

Elle le regarda dans les yeux et comprit qu'il était en proie à de violentes émotions. Elle ne connaissait qu'un seul moyen pour l'aider. Elle saisit sa main. La forêt s'estompa tandis qu'elle ressentait la sensation familière de vide et la tête lui tourna.

Dans un tumulte d'images, elle découvrit la maison telle qu'il l'avait connue.

Le jardin est parfaitement entretenu. Les persiennes et les montants des fenêtres sont d'un vert brillant. Une femme chante. Le son mélodieux d'une voix angélique. Des pas sur le parquet. Le grincement d'un siège. L'odeur du sucre et du citron. Une ravissante femme blonde. « Viens, Tim, mon cœur. Maman t'aime, tu le sais, n'est-ce pas ? » Elle prend sa main. Ils marchent dans le jardin. « J'ai planté quelque chose de nouveau. »

Sa main est douce. Réconfortante. Son sourire brille d'amour.

L'amour et la sécurité. Le bonheur et la paix.

— Vous allez bien ?

Tim retira sa main et la posa sur son épaule.

Le son de sa voix rompit le lien avec le passé. Céline dut combattre le vertige causé par ce brutal retour dans le présent.

— Tout va bien ! Ce doit être la chaleur.

Ils se dirigèrent vers la maison. Timothy laissa tomber la main de son épaule mais continua à marcher à côté d'elle. Céline attira son attention en tirant sur sa manche.

— Le jardin devait être bien entretenu autrefois.

— C'était l'orgueil et la joie de ma mère.

Elle tenta de sourire.

— Je serais prête à parier que vous étiez, vous, son orgueil et sa joie.

Ses yeux reflétaient une indicible tristesse. Il regarda droit devant lui.

— Croyez-vous qu'elle serait heureuse que vous rentriez à la maison ? demanda-t-elle.

Il s'arrêta net.

— Êtes-vous obligée de continuer sur ce registre ?

— Je pensais tout haut.

— Je vous serais reconnaissant de ne pas penser du tout.

— J'en suis persuadée, mais cela m'est impossible. En regardant cet endroit, en imaginant comme il a dû être beau et comme il peut l'être à nouveau, je sais que votre mère serait heureuse.

— Je ne suis pas comme vous. J'ai d'autres choses à penser.

Des choses sans risque, songea-t-elle. Des choses qui ne réveillent aucune émotion.

Ils remontèrent l'allée empierrée jusqu'à la véranda. Elle remarqua ses mâchoires crispées et la manière dont ses yeux notaient chaque détail.

Foster et Edward descendirent de la voiture et restèrent côte à côte à fixer la maison, ses deux étages avec ses larges vérandas et ses fenêtres qui donnaient sur la mer.

— Mon Dieu ! s'exclama Edward.

Céline se retourna et crut qu'il allait éclater en sanglots.

— Ce n'est pas si terrible, murmura Foster d'un ton sinistre. Tout va s'arranger. Tu verras, dès que nous aurons eu le temps de remettre un peu d'ordre — il jeta un regard autour de lui —, tailler les arbres, donner un coup de pinceau...

— Non, c'en est trop. Il faut que je m'allonge, gémit Edward.

Le cocher avait déjà commencé à décharger la voiture et empilait les caisses et les malles sur le sol. Céline repéra celle de Jemma O'Hurley. Sa garde-robe risquait d'être tout à fait inutilisable par cette chaleur.

— Êtes-vous prêt? s'enquit Céline en regardant Timothy.

Elle ne voyait pas de raison de bouger avant qu'il se sente capable de rentrer dans la maison.

Tim savait qu'ils l'observaient tous les trois. Foster et Edward ne lui avaient prêté aucune attention de toute la matinée. Alors pourquoi s'intéressaient-ils à lui maintenant? Leur sollicitude ne faisait qu'ajouter à sa culpabilité pour sa démission de la nuit précédente.

Et il y avait aussi Céline. Elle se tenait à ses côtés, fixant ce qui était devenu une ruine. Ce soutien injustifié le mettait mal à l'aise. Mais, pire encore, pour quelque inexplicable raison, sa présence auprès de lui le réconfortait.

— Vous n'avez pas besoin de me traiter comme un invalide. C'est ma maison qui est tombée en ruine, pas moi!

Il mentait. Il se sentait infirme, incapable de bouger. Il n'arrivait pas à se décider à rentrer et à affronter le passé, surtout avec Céline auprès de lui, et en même temps, il détestait sa lâcheté.

Il se mit brutalement à aboyer des ordres au conducteur, puis à Edward et à Foster.

— Mettez cela à l'intérieur avant que la pluie ne tombe. Déballez les provisions, organisez la cuisine comme vous pourrez. Je vais jeter un coup d'œil sur la propriété et voir si je trouve quelqu'un.

Quand il se tourna vers sa femme, elle le regardait comme si c'était la première fois qu'elle le voyait.

— Me croyiez-vous juste capable de m'imbiber de rhum?

— Non, mais j'étais sûre que vous le pensiez, vous!

— En mémoire d'Alex, je me suis juré de faire tout mon possible pour faire revivre cet endroit. Et je suis bien décidé à tenir parole.

Avant que Céline puisse ouvrir la bouche, ils furent interrompus par une voix perçante venant de la maison.

— Oh, regarde ! Nous avons des visiteurs, Gunnie ! Prépare du thé !

Des pas rapides retentirent.

Céline jeta un coup d'œil vers Tim, espérant une explication qu'il était incapable de lui donner. La voix ne lui disait absolument rien, et la dame allègre qui se dirigeait vers eux non plus. Elle était majestueuse, avec des yeux bleus qui brillaient, et n'avait pratiquement pas de rides, mais on devinait à ses cheveux, entièrement gris en dehors de quelques mèches, qu'elle n'était plus toute jeune. Ils étaient enroulés en nattes épaisses autour de sa tête. Sa robe autrefois bleue était fanée, son col et ses poignets de dentelles en mauvais état. Elle semblait avoir vieilli avec la maison.

— Bienvenu à Dunstain Place ! lança-t-elle. C'est si agréable d'avoir des visiteurs. Bien sûr, je n'attendais personne... Ô mon Dieu ! s'exclama-t-elle quand elle aperçut les malles et les sacs. Mais vous venez pour un moment ! C'est une bien agréable surprise ! Gunnie, poursuivit-elle sans marquer de pause, nous aurons des invités pour le dîner !

— Je ne reste pas, grogna le cocher en déchargeant la dernière caisse, et il remonta sur son siège.

Edward alla à l'arrière de la voiture détacher le cheval de Tim. Tandis que le cocher faisait demi-tour et reprenait la direction du port, Timothy fixait la femme sur la véranda.

— Qui êtes-vous ? demanda-t-il abruptement.

— Mais je suis Ada Dunstain. Et vous, Monsieur ?

— Timothy Moreau.

— Timothy !

Ses yeux se remplirent de larmes et, avec une surprenante agilité, Ada Dunstain descendit les marches en courant et se précipita vers Tim. Elle jeta ses bras autour de lui, immobilisant les siens le long de son corps. Il ne pouvait rien faire d'autre que fixer le sommet de sa tête tandis qu'elle pressait sa joue contre son torse.

— Timothy, je suis ta tante Ada. Ta mère t'a sans doute parlé de moi ?

Elle se recula et dut tordre le cou pour le regarder tant il était grand. Il était si stupéfait par la spontanéité de cette femme pendue à son cou qu'il en resta muet. Elle finit par le relâcher et aperçut alors Foster et Edward.

— Mais n'est-ce pas Arnold et Lang ! s'exclama-t-elle, utilisant leurs noms de famille. Je vous ai vus pour la dernière fois le jour où Père vous a envoyés chez Alyce à St. Stephen.

Edward et Foster lui sourirent en l'assurant du plaisir qu'ils avaient à la revoir.

— Depuis combien de temps êtes-vous ici, tante Ada ? s'enquit Tim.

— Je ne sais plus. Presque onze ans, je suppose.

— Onze ans ? répéta Timothy avec un coup d'œil vers Céline qui observait Ada avec autant de curiosité que lui.

— Et qui est cette exquise jeune femme ? interrogea Ada.

— Voici Céline... ma femme. Vos disiez que vous étiez là depuis onze ans, tante Ada...

— En effet, cela fait beaucoup de choses à raconter. Si vous rentriez vos affaires avant qu'il ne se mette à pleuvoir, j'enverrais Gunnie préparer un repas froid et nous pourrions discuter.

Ada tournoya sur elle-même et monta les marches en soulevant soigneusement le bord de sa robe. Elle trébucha sur la dernière marche qui était abîmée mais se rattrapa à temps.

— Cet endroit requiert un peu plus de soins que je n'ai pu lui en donner, annonça-t-elle alors par-dessus son épaule en riant. La femme de Timothy.! Alyce sera si heureuse!

Elle se tut immédiatement, comme si elle en avait trop dit, et se dépêcha de rentrer avant qu'on ne lui pose des questions.

— Vous croyez qu'elle parlait de votre mère? demanda Céline.

— Ma mère est morte.

Dans cet endroit que cette femme avait rempli de son rire et de son amour, c'était une torture pour lui de prononcer ces mots à voix haute.

— Je suis sûre qu'elle a dit Alyce *sera* heureuse... insista Céline d'une voix douce.

— J'ai l'impression qu'elle est un peu folle.

— Elle l'a toujours été, confirma Foster en se dirigeant vers les escaliers, un sac à la main.

— C'est agréable d'avoir enfin une bonne surprise, ajouta Edward en le suivant dans la maison.

Timothy regarda Céline. Il ne pouvait repousser plus longtemps le moment tant redouté. Tôt ou tard, il serait obligé d'entrer. Tante Ada attendait. Il offrit son bras à la jeune femme avant même d'en prendre conscience et elle se laissa guider vers les marches délabrées comme si c'était la chose la plus naturelle du monde.

Située sur la crête de la colline, la maison était construite de manière que toutes les pièces donnent sur la mer turquoise. A l'intérieur, les papiers étaient fanés et tachés autour des fenêtres, là où l'eau s'était infiltrée. Les sièges avaient besoin d'être retapissés et les rideaux étaient bons à faire des chiffons. Edward était si affecté que Foster l'avait envoyé dans sa chambre. Mais Céline imaginait facilement comment réhabiliter l'endroit, avec un peu d'huile de coude.

Ada avait insisté pour qu'ils se rendent directement à la salle à manger, où la servante avait préparé un buffet froid. Un assortiment de salades était disposé sur la desserte, avec du jambon coupé en tranches. Il y avait de grandes coupes remplies de papayes en morceaux, d'ananas, de melons, de mangues. Les couverts en argent étaient piquetés et noircis par endroits, le plateau du buffet éraflé.

Les pieds de la table et du buffet reposaient sur des soucoupes remplies d'eau. Quand Céline en demanda la raison, Ada haussa les épaules et répondit d'un air dégagé :

— Une précaution nécessaire, ma chère petite, les mille-pattes sont venimeux. L'eau les empêche de monter le long des pieds de la table. Nous en avons aussi sous les pieds des lits.

La perspective d'en trouver un entre ses draps la fit frissonner, et elle chassa immédiatement cette idée.

Une brise rafraîchissante soufflait de la mer. Céline en fut revigorée. Pendant qu'elle dînait en silence, elle avait tout le loisir d'observer Tim, qui discutait avec sa tante.

Bien qu'Ada entretînt une conversation complètement décousue, Tim semblait se détendre peu à peu. Son regard se posait souvent sur la fenêtre qui ouvrait sur la mer.

Il interrompit la vieille demoiselle au milieu d'une longue et interminable digression sur les plats de maïs, le gombo et les condiments.

— Tante Ada ?

Ada cligna des yeux comme si on venait de la réveiller.

— Oui, Timothy. Qu'y a-t-il ?

— Parlez-moi de Dunstain Place.

— Par où veux-tu que je commence ?

— Comment était-ce quand vous êtes arrivée ? Je crois que le régisseur de mon père était encore là ?

Ada essuya soigneusement sa bouche avec sa serviette avant de répondre.

— Un homme épouvantable. Nous n'étions d'accord sur rien. Si je me souviens bien, je n'étais pas là depuis trois jours que je l'avais déjà renvoyé.

Ada se tourna vers Gunnie, la servante noire qui venait d'entrer pour enlever les plats de la desserte. Elle était maigre et osseuse avec des cheveux courts.

— C'était bien trois jours, Gunnie, ou cela a-t-il duré un peu plus longtemps ? demanda-t-elle.

— Trois jours seulement.

La tête haute et les bras chargés de plats, Gunnie quitta la pièce sans paraître s'apercevoir de la présence des nouveaux arrivants.

— C'est bien ce que je pensais. Il s'appelait Philpot, je crois, et c'était un véritable tyran. Totalement intolérant, Timothy. Tu aurais été consterné de la façon dont il menait les choses, j'en suis sûre.

— Que s'est-il passé après qu'il est parti ?

— Mais rien, mon petit.

Timothy s'éclaircit la gorge et remua sur sa chaise.

— Avez-vous engagé quelqu'un pour le remplacer ?

— Non.

— Sans régisseur, qui surveillait les esclaves et dirigeait la plantation ?

Ada cligna des yeux. Elle fronça légèrement les sourcils et secoua la tête dans un geste qui fit trembler son double menton.

— Quelques-uns se sont enfuis. Cela fait si longtemps que j'ai du mal à me rappeler combien. Mais ils n'étaient pas nombreux. J'imagine que tu penses que c'est moi qui dirige, mais Bobo m'aide.

— Bobo ?

— Oui. C'est lui qui semblait le plus compétent. Il est venu me voir et m'a dit de ne pas m'inquiéter, qu'il allait m'aider à faire tourner la plantation. Je n'avais pas de raison de refuser.

— Et les autres ?

Timothy croisa les bras sur sa poitrine et poussa un soupir.

— Ils sont toujours installés dans le village, près de la raffinerie ?

Céline l'observait pendant qu'il interrogeait sa tante. Elle voyait bien combien il se retenait pour ne pas exploser. La malheureuse innocente semblait bien avoir ruiné à elle seule cette plantation autrefois florissante.

— De quoi vivez-vous, tante Ada ?

— Oh, j'ai un petit revenu de la propriété de famille en Angleterre. Ne crois pas que je dilapide l'argent du sucre, mon petit. L'avoué de ta mère continue à s'occuper de cela, mais il est justement absent. Parti en Angleterre, je crois. La famille de sa femme...

— Vous continuez à faire pousser de la canne ? la coupa Timothy qui n'avait trouvé que ce moyen pour forcer son attention.

Une ride barra le front d'Ada.

— Mais bien entendu. Que veux-tu que nous fassions ? Dunstain est une plantation de canne à sucre, non ?

— Mais nous avons entendu dire à Baytowne...

— Pfff ! soupira-t-elle avec un geste fataliste. Qu'en savent-ils ? Je n'ai aucun rapport avec qui que ce soit là-bas.

— Vous voulez dire que vous avez géré cet endroit toute seule et qu'il continue à produire du sucre ?

Incapable de cacher plus longtemps son impatience, Timothy se leva de table et marcha jusqu'à la fenêtre où il resta à fixer la mer. Céline le connaissait assez bien maintenant pour savoir qu'il était à bout de nerfs.

Quand Ada lui jeta un regard implorant, Céline ne put lui refuser son secours.

— Je suis sûre que votre tante a fait ce qu'elle croyait le mieux...

— Ma tante a renvoyé le régisseur, la coupa Tim. Elle n'en a pas pris d'autre pendant toutes ces années. Vous voulez me faire croire qu'une femme, restée demoiselle de surcroît et arrivée directement d'Angleterre sans expérience, est capable de diriger une plantation ? Ne me dites pas que vous le croyez ! Vous avez vu l'état de cette maison et des abords.

— C'est vrai que je ne me suis jamais mariée... dit Ada sur un ton d'excuse en tordant sa serviette entre ses mains.

Céline se leva et alla se placer derrière Ada.

— Vous ne croyez pas qu'une femme soit capable de diriger une plantation ?

— Et vous ? riposta-t-il.

Céline croisa les bras et leva le menton.

— Bien sûr que je le crois.

Ada fit son possible pour apaiser Timothy.

— Je vous en prie ! Je ne veux pas être la cause d'une dispute entre vous...

— Nous n'avons pas besoin de vous pour trouver des motifs, riposta Tim sans quitter Céline des yeux. Nous en avons bien assez comme ça.

Les deux femmes l'observaient. Les yeux d'Ada brillaient de larmes retenues. Ceux de Céline étincelaient. Elles lui faisaient perdre la raison toutes les deux, mais pour des raisons bien différentes. Les réponses vagues d'Ada l'avaient fait sortir de ses gonds, mais Céline, elle, le rendait littéralement fou. Il était conscient du moindre de ses mouvements, de chacun de ses regards. Elle l'excitait au dernier degré et le mettait au supplice.

Chaque fois qu'il la regardait, il la désirait davantage. Il se sentait idiot. Il désirait sa propre femme de façon si déraisonnable qu'il devait se faire violence pour ne pas sauter par-dessus la table et la prendre au milieu des mangues.

— Il faut que je sorte, annonça-t-il sans s'adresser à personne en particulier, et il passa machinalement ses mains dans ses cheveux et tira sur le col de sa chemise.

Ada était de nouveau au bord des larmes.

— Je suis désolée, Timothy. J'ai renvoyé Philpot il y a si longtemps. J'avais l'intention d'engager un autre régisseur.

— Je suis désolé moi aussi, ma tante. Mais je ne vous en veux pas.

Il se sentait terriblement coupable devant l'air misérable d'Ada, mais il ne pouvait imaginer d'autre issue que la dérobade, même si Céline devait y voir encore une fuite en avant.

Et cette fois elle aurait raison, dut-il reconnaître en son for intérieur.

Il quitta la pièce à grands pas et traversa l'immense salon où trônait encore un portrait de sa mère. Au moment de sortir de la véranda, il s'aperçut que Céline le suivait. Elle l'attrapa par le bras.

— Tim, comment pouvez-vous la mettre dans cet état et vous enfuir ensuite ?

Il fixa la main de Céline crispée sur la manche de sa chemise. Elle le lâcha.

— Vous avez blessé cette pauvre femme sans raison.

— Je lui ai posé quelques questions et me suis fait une opinion. Si cela la heurte, c'est son problème.

— C'est bien dommage que personne ne vous ait jamais appris que nous récoltons toujours ce que nous semons.

— C'est vraiment aussi simple que cela pour vous, Céline ?

— Oui, parce que j'y crois. Cela pourrait l'être aussi pour vous, si vous vous laissiez aller à ressentir autre chose que de la colère.

Il se remit en marche.

— Où allez-vous ?

— Qu'est-ce que cela peut bien vous faire tant que je n'exige pas des faveurs que vous ne voulez pas m'accorder ?

Sa question eut l'effet désiré. Le saisissement remplaça immédiatement la colère.

Elle était si proche qu'il sentait le parfum de fleur de ses cheveux. Il voyait chaque détail de ses yeux et se sentit soudain cloué au sol, comme s'il était au bord d'un précipice.

Mais une telle perspective ne l'avait jamais effrayé.

Avant de changer d'avis, il glissa un bras derrière la nuque de la jeune femme et l'autre autour de sa taille. Puis il l'attira brutalement contre lui et prit ses lèvres.

Ce corps souple si près de lui, cette bouche qui s'offrait si facilement décuplèrent son désir. Céline trembla légèrement puis ébaucha une faible tentative pour se libérer. Mais il ne relâcha pas son étreinte, forçant au contraire son avantage, l'enveloppant de toutes parts. Quand il fouilla sa bouche, il l'entendit gémir. Elle avait un goût de mangue et de miel. Sa main emprisonna un de ses seins, dessinant de ses doigts le renflement de la poitrine sous le profond décolleté de la robe. Elle gémit de nouveau et se plaqua contre lui.

Il s'arracha à sa bouche et, les mains sur ses épaules, il resta le souffle court, emprisonnant le regard violet. Il devait impérativement s'écarter d'elle, sinon il la prendrait là, sur le seuil.

Son cheval, qu'il avait laissé devant la maison, hennit bruyamment. Le bruit suffit à rompre la magie. Il s'écarta sans un mot.

Céline le regarda fuir. Ses pas retentirent si fort sur le plancher pourri de la véranda qu'elle crut bien qu'il allait passer au travers. Il attrapa les rênes, sauta en selle et s'éloigna sans un regard.

Encore sous le choc, Céline suivit du doigt le contour de ses lèvres, puis pressa ses mains sur son cœur qui battait à se rompre. Il ne l'aimait pas. Si elle se donnait à lui, ne risquait-elle pas de réveiller en elle la fièvre qui avait conduit sa mère à vendre ses charmes ?

Tim n'avait pas dit un mot, mais il n'y avait aucun

doute : il ne se contenterait pas de sa bouche ni de sa poitrine.

Céline était incapable de bouger. Elle n'arrivait pas à réfléchir. L'allée qui disparaissait sous un fouillis de mauvaises herbes était déserte, mais elle avait encore devant les yeux l'image de Tim s'éloignant à cheval. Elle ferma les paupières et le revit dans la petite cabine de *l'Adélaïde*, penché sur elle, nu et plein de fougue, puis attentif et la serrant dans ses bras pendant toute la durée de la tempête, et enfin assez téméraire pour l'embrasser à en perdre le souffle.

Elle était prête à se donner à lui. Mais en se rappelant avec quelle facilité son corps avait répondu à ses caresses, elle comprit qu'elle risquait de perdre son âme pour un homme qui ne saurait jamais l'aimer en retour.

12

Tim se tenait à l'ombre des bananiers et observait les allées et venues des esclaves du village, sentant leur regard peser sur lui.

Au-dessus de sa tête, les feuilles bruissaient sous la caresse des alizés, tandis que les enfants nus jouaient au milieu des cabanes rudimentaires groupées autour du moulin à broyer la canne. Ils parlaient un anglais émaillé de mots africains typique des Caraïbes.

De là où il était, Tim pouvait voir les femmes labourer les quelques arpents de maïs, de patates douces et de manioc qui entouraient chaque maison. Dans un appentis, non loin, trois d'entre elles, assises sur une natte, tressaient un panier pendant qu'un homme fabriquait une corde.

Son grand-père, Tim le savait, ne comprendrait

jamais pourquoi les planteurs d'ici autorisaient leurs esclaves à cultiver leurs propres légumes et à posséder du petit bétail et des volailles. Le dimanche, ils pouvaient se promener librement sur l'île et vendre ou troquer leurs surplus au marché. Henry n'aurait pas non plus accepté la décision d'établir les papiers nécessaires pour libérer ces gens aussitôt que l'avoué de son père serait de retour.

Tim quitta l'ombre et se dirigea vers le moulin. Quelques enfants arrêtèrent leurs jeux et coururent vers lui. Un homme d'une trentaine d'années, grand et bien bâti, apparut sur le seuil d'une cabane et vint à sa rencontre.

Il était torse nu avec un pantalon de grosse toile bleue coupé aux genoux. On lisait la curiosité sur son visage, mais aucun sourire de bienvenue n'illumina ses traits quand il s'adressa à lui.

— Vous êtes Moreau, le propriétaire de Dunstain Place, dit-il.

Ce n'était pas une question.

— C'est moi, acquiesça Timothy.

— Je suis Bobo. Chef d'équipe et bouilleur.

— Depuis que le régisseur est parti, c'est toi qui surveilles la plantation.

Tim observa attentivement Bobo. Il désirait être accepté sans perturber personne, et son succès dépendait de la manière dont il s'entendrait avec cet homme.

— C'est Miss Ada qui dirige ici.

Tim ne pouvait pas croire une chose pareille, mais pour le moment l'important était de parler avec Bobo.

— Combien d'esclaves reste-t-il ?

Bobo regarda un nuage filer dans le ciel bleu.

— Peut-être cent vingt. Divisés en trois équipes. Plusieurs groupes travaillent le sucre, d'autres le tabac et le maïs, certains s'occupent des animaux. Et il y a aussi quelqu'un chez Miss Ada. C'est Gunnie.

Bobo jaugeait Tim. Ses yeux d'ébène étudiaient intensément le nouveau venu.

— Du tabac et du maïs, dis-tu ?

Bobo acquiesça d'un signe de tête.

— Un peu de bétail et quelques chevaux.

Tim croisa les bras et jeta un coup d'œil vers son cheval qui broutait l'herbe sur la colline.

— Tu veux dire que ma tante a diversifié la production ?

— Je ne sais rien de cela. Je vous dis la vérité, c'est tout.

— Tu n'as eu aucune aide de l'extérieur ?

Bobo secoua la tête sans aucune hésitation.

— Personne ne nous a aidés.

— J'ai entendu dire à Baytowne que les esclaves s'étaient enfuis.

— Quelques-uns, peut-être. Une demi-douzaine. Cela fait longtemps maintenant, ajouta Bobo avec un haussement d'épaules. La plupart aiment rester à l'endroit où ils sont nés. Et puis on est sur une île, où est-ce qu'ils iraient ?

— J'aimerais que tu me fasses visiter. Je serais heureux de voir ce que... ma tante... a fait.

Bobo lui montra le moulin où la canne était écrasée entre trois énormes meules dentées. Rien n'avait changé depuis son départ, jusqu'aux sillons creusés dans la terre par les bêtes de trait qui actionnaient le moulin.

Un jus marron foncé jaillissait dans le réservoir, acheminé aussitôt par un tuyau jusqu'aux chaudières où il se cristallisait après ébullition et évaporation.

Mais l'opération était longue et compliquée car le liquide devait passer progressivement dans des cuves plus petites et plus chaudes au fur et à mesure que les impuretés étaient éliminées. Il devenait enfin épais et visqueux. Quatre litres de jus donnaient une livre de cassonade ou de sucre brut qu'on devait encore raffiner.

Le travail du bouilleur était capital. Il devait être non seulement un expert mais en quelque sorte un artiste.

La fortune d'un planteur ne dépendait pas seulement de la main-d'œuvre agricole, mais aussi et surtout de ceux qui s'occupaient de l'extraction du jus et de son travail. Tim savait que Bobo avait gagné son autorité à la sueur de son front. Il savait aussi qu'en dernier lieu, le sucre devait être entreposé et vendu.

— Est-ce ma tante qui s'occupe de la vente du sucre et du rhum ?

Timothy avait l'impression de tourner autour du pot, mais apparemment, Bobo, lui, connaissait la musique.

Le chef d'équipe fronça les sourcils. Il passa la main dans ses cheveux, se gratta la tête puis haussa les épaules.

— Le voisin, l'homme qui habite à côté, il entrepose et vend le sucre pour elle.

— Et ce voisin, tu connais son nom ?

Bobo frotta l'arête de son nez.

— Reynolds.

— Reynolds.

— Il s'appelle Roger Reynolds. Mais il n'est jamais là, ajouta-t-il rapidement.

Bien que détestant être redevable à quiconque, Timothy était pourtant reconnaissant que quelqu'un ait surveillé sa propriété. La plupart des plantations avaient appauvri leur sol par une culture intensive de la canne. A Dunstain Place, on avait varié les cultures, et les rendements s'en portaient bien.

— Alors ce n'est pas vraiment ma tante qui gère la propriété, n'est-ce pas ?

Bobo paraissait hésiter à reconnaître quoi que ce soit, mais il finit par incliner la tête.

— Elle l'a cru pendant des années. Maintenant, c'est vous le patron.

— Je ne suis pas sûr de réussir mieux qu'Ada Dunstain.

Il voulait essayer malgré tout, le désirant non seulement par amour-propre, ou pour vexer son grand-père, mais surtout à cause d'Alex.

Il suffit d'une heure à Céline pour tomber amoureuse de la maison. Comme la brise était plus sensible au-dessus des arbres, le premier étage était plus frais que le rez-de-chaussée. Une douzaine de chambres donnaient d'un côté sur un long couloir et de l'autre sur un large balcon qui les reliait entre elles.

Même si elle avait besoin d'un coup de peinture, de nouveaux rideaux et de quelques touches personnelles ici et là, la chambre qu'elle s'était choisie était pratiquement aussi grande que la maison qu'elle partageait avec Persa. La vue lui plaisait tant qu'elle ne cessait de s'arrêter devant la double porte pour regarder la mer.

— Madame Céline ?

Elle reconnut la voix de Foster et l'aperçut debout sur le seuil. Edward se tenait derrière lui, une expression inquiète sur le visage.

— Entrez ! dit-elle, tournant le dos à la vue.

Elle attendit qu'ils posent le coffre sur le plancher.

— Qu'est-ce que c'est ? s'étonna-t-elle en s'approchant de la vieille malle au couvercle bombé.

La garde-robe de Jemma O'Hurley était déjà rangée dans la penderie.

— Quelques affaires ayant appartenu à la mère de Timothy. Nous avons pensé que vous y trouveriez des tenues plus appropriées au climat, expliqua Foster.

Céline le regarda s'agenouiller devant la malle pour l'ouvrir. Edward ne le quittait pas d'un pas et, quand Foster souleva le couvercle, il posa ses mains sur son cœur et soupira.

— Voilà cette merveilleuse robe bleue qu'elle

aimait tant, murmura-t-il en palpant le tissu soyeux de la jupe. Elle était de la couleur de ses yeux.

Foster et Edward se penchèrent sur la malle qui exhalait un parfum suranné, poussant des exclamations ravies à chaque robe qu'ils en sortaient, accompagnée de la paire de gants et des chaussures assorties.

— Tout est si joli ! s'extasia Céline en caressant la soie bleue de la robe que Foster venait de lui tendre.

— Certaines sont un peu démodées, mais nous allons aérer celles que vous désirez porter, déclara Foster. Je vois que vous avez des pieds beaucoup plus petits que ceux de Madame Alyce, ajouta-t-il en se mettant à rempaqueter les chaussures dans le fond de la malle.

Céline plaça la robe bleue devant elle et se balança de droite à gauche.

— Ce sera certainement beaucoup plus frais que tout ce que j'ai apporté, reconnut-elle.

C'est à ce moment qu'Ada entra dans la chambre. Son air absent se mua en stupéfaction quand elle aperçut Céline tenant la robe devant elle.

— Alyce ? murmura-t-elle. Qu'as-tu fait de tes cheveux ?

— Non, tante Ada, c'est Céline. La femme de Tim.

Désolée, Céline tendit la robe à Foster et alla rejoindre Ada qui s'était juchée sur le lit.

Ada secoua la tête et sourit.

— Bien sûr, chère petite. Mais pendant un instant je vous ai prise pour Alyce. Bien qu'en y réfléchissant, je n'aie jamais parlé à Alyce dans cette chambre.

Céline jeta un coup d'œil à Foster et à Edward. Le premier paraissait simplement surpris mais Edward écarquillait les yeux, et il pressa le bout de ses doigts sur ses lèvres. Ada avait éveillé leur curiosité.

— Elle a toujours dormi dans la grande chambre avec Auguste. Ils étaient très amoureux, vous savez. Ce que j'aurais dû dire c'est que je n'ai jamais entendu son esprit me parler dans cette pièce. Bien sûr, je n'y suis pas souvent ; il y a tellement de choses à voir dans cette maison.

Edward s'avança derrière Foster. Ils étaient dans l'expectative.

— Son esprit ? répéta Céline.

Ada essaya de faire bouffer ses cheveux collés par l'humidité.

— Le fantôme d'Alyce, je suppose. Les esclaves parleraient de *duppie*...

— Est-ce la même chose qu'un *jumbie* ?

— Je le crois. De merveilleux mots, vous ne trouvez pas ?

— Vous avez parlé à Alyce dans cette maison ?

— Oh oui, bien sûr, et dans le jardin aussi.

Ada regarda vers la mer qu'on apercevait au loin par la double porte.

— Elle aimait tellement le jardin. J'ai essayé de l'entretenir tel qu'il était, mais c'est trop de travail pour une personne seule et les esclaves ont bien assez à faire avec la récolte et leurs propres lopins.

Ainsi, un fantôme arpentait les couloirs de la maison et la maîtresse des lieux, depuis plus de dix ans, hésitait à déranger les esclaves. C'était vraiment surprenant. Céline alla jusqu'au lit et s'assit. Foster et Edward restaient immobiles, attendant la suite de l'entretien sans même feindre de travailler.

— L'entendez-vous souvent ? s'enquit Céline, qui espérait que la voix d'Alyce Moreau était seulement le fruit de l'imagination d'Ada.

Si les esprits des morts pouvaient hanter la terre, cela signifiait que celui de Jean Perot — sans parler celui du capitaine Dundee — risquait de la retrouver ici, à St. Stephen.

Ada secoua la tête, et une lueur d'amusement brilla dans ses yeux.

— Seulement quand j'ai besoin de parler à quelqu'un.

— Répond-elle ? ne put s'empêcher de demander Edward, qui tremblait de peur.

— Bien sûr.

— Ça, par exemple ! s'exclama-t-il.

— La présence d'Alyce n'est en aucun cas maléfique, intervint Céline pour le rassurer.

— C'est exactement ce que j'ai dit à l'*obi*, mais il ne veut pas m'écouter, remarqua Ada, et son sourire se fana.

— L'*obi* ? s'étonna Céline.

— Un vieil homme que les esclaves dotent de dons magiques. Une sorte de sorcier, si vous voulez. Il a une position très puissante parmi eux. Je l'ai vu essayer de guérir les malades en agitant une baguette et en jetant des potions à l'odeur exécrable dans le feu. Quand je suis arrivée, personne ne voulait venir travailler dans la maison. L'endroit était fermé depuis que la pauvre Alyce était morte et qu'Auguste s'était noyé. Les esclaves croyaient dur comme fer que la maison était maudite. Finalement, Bobo, craignant un soulèvement, m'a convaincue de laisser ce sorcier venir et faire quelques incantations. Mais Alyce est toujours ici.

Le sourire béat d'Ada manifestait sa joie.

Edward poussa quelques cris plaintifs.

— Ce n'est pas la peine de vous inquiéter, Lang, Alyce vous aimait bien, assura Ada. D'ailleurs, elle ne s'adresse qu'à moi.

Céline épousseta sa jupe, repoussa ses cheveux en arrière et s'éventa avec la main.

— Ah, mais je suis venue ici dans un but précis. De quoi s'agissait-il donc ? marmonna Ada ; puis elle claqua des doigts. Vous n'avez pas l'intention de dormir ici, n'est-ce pas, Céline, ma chérie ? Si Timothy ressemble tant soit peu à son père, il sera furieux quand il découvrira que vous campez, si l'on peut dire, dans cette chambre. Pourquoi ne demandez-vous pas à Lang et à Arnold de porter vos affaires dans la grande chambre ?

Céline rougit et regarda Foster et Edward.

— Je crois qu'elle a raison. Pas toi ? remarqua Foster en donnant un coup de coude à Edward.

— Au sujet du fantôme ?

— Non, au sujet du déménagement dans la chambre de Timothy, expliqua Foster avec quelque impatience.

— Ah, oui. Une bien meilleure idée ! approuva Edward en hochant vigoureusement du chef.

— Je reste ici, dans cette pièce ! déclara alors Céline sur un ton qu'elle espérait convaincant. Tim sera trop occupé à gérer la plantation. Je suis sûre qu'il ne m'en voudra pas si je préfère ne pas être dérangée.

Ada la regarda d'un air choqué.

— Mais vous venez de vous marier. Ne désirez-vous pas...

— Bien sûr qu'ils veulent ! Aussi allons-nous transporter cette malle... commença Foster en remettant hâtivement les toilettes à l'intérieur.

— Arrêtez, s'il vous plaît, protesta Céline en levant la main, et Foster cessa de ranger les robes dans la malle. C'est décidé, je reste dans cette chambre, et j'aimerais que vous respectiez ma décision.

Foster ressortit les robes et les posa sur les bras d'Edward. Ada fronça les sourcils, cherchant à comprendre. Puis son visage s'illumina.

— Au moins, Timothy sera tout près.

Céline sentit son cœur battre la chamade.

— Que voulez-vous dire ?

Ada montra du doigt la porte en face du lit de Céline.

— Voyons, la grande chambre est de l'autre côté de cette porte.

Timothy se déplaçait dans la maison plongée dans les ténèbres avec autant d'aisance que quand il était enfant. L'obscurité cachait les dégradations du temps. Il traversa la salle à manger, et les souvenirs affluèrent à sa mémoire quand il aperçut les ombres du buffet et de la longue table avec ses chandeliers. Il pouvait presque entendre la voix de son père, à laquelle faisait écho le rire cristallin de sa mère.

Un instinct de conservation l'empêcha d'exhumer tous ces souvenirs du temps passé, qui risquaient de le faire souffrir. Il les avait fuis tout à l'heure, de la même manière qu'il avait fui Céline. Mais il se faisait tard, maintenant, et il ne pouvait éviter plus longtemps de rentrer.

Il avait passé la journée à parcourir le domaine à cheval avec Bobo, du flanc de la colline couverte de canne jusqu'à la large plage en forme de croissant en contrebas.

Étonnamment, Dunstain Place s'était développée pendant toutes ces années. Le tabac d'abord planté à l'usage des esclaves était devenu une culture à part entière. On avait ensemencé les champs de manière que la moisson s'échelonne de janvier à mai, les mois les plus secs. Un maigre troupeau paissait sur une zone herbeuse en bordure de mer.

A la fin de la journée, Tim était convaincu que la propriété avait prospéré sous la direction d'une vieille fille écervelée aidée d'un esclave bouilleur et chef d'équipe et d'un voisin souvent absent du nom de Roger Reynolds.

Fatigué mais rafraîchi par un bain dans une piscine naturelle, sous une chute d'eau, Tim s'arrêta au pied de l'escalier et resta la main sur la boule en merisier. Les bruits de la nuit entraient par la fenêtre ouverte et l'odeur un peu écœurante du jasmin l'enveloppait. Il ferma les yeux et prit une profonde inspiration. La brise agitait les rideaux de dentelle devant un ciel constellé d'étoiles.

Il se mit à gravir l'escalier et s'aperçut qu'il n'avait aucune idée de l'endroit où il allait. Il se souvenait de sa chambre d'enfant, mais supposait que Foster et Edward avaient dû l'installer dans la grande chambre. L'image fugitive de Céline l'attendant dans le lit que ses parents avaient amoureusement partagé traversa son esprit. Puis une moue ironique plissa ses lèvres. Elle avait certainement investi la chambre le plus éloignée possible de la sienne.

Il monta les marches deux à deux et enfila rapidement le couloir. Ses pas résonnaient sinistrement dans le silence, rendant l'endroit totalement différent de ce dont il se souvenait.

La porte de la grande chambre était entrouverte. Il marqua une pause, le temps de dominer ses émotions. La dernière fois qu'il y était entré, son père, étendu sur le lit, fixait la mer. Une barbe de trois jours assombrissait la moitié de son visage, l'autre moitié était cachée par un bandage. Il avait le regard aussi vide que si Alyce avait emporté son âme avec elle dans la mort. C'était ce jour-là qu'il avait appris qu'il devait partir chez son grand-père.

Mû par sa vieille rancune, il poussa la porte. Bien que la pièce fût plus noire que le ciel nocturne, il remarqua tout de suite que Céline n'était pas dans le lit. Une vague de solitude l'envahit alors.

Il marcha jusqu'au pied du lit, massif et surmonté d'un dais drapé d'une moustiquaire. Timothy le considérait toujours, même maintenant, comme le terrain réservé de ses parents.

Incapable de prévoir ses réactions face à Céline, il préféra ne pas chercher à savoir où elle était. Il enleva sa chemise et la jeta sur la chaise la plus proche. Puis il s'y assit pour retirer ses bottes. Il ôta ses chaussettes, se leva et remua les épaules. Joignant les mains, il étira ensuite ses bras au-dessus de sa tête. La balade à cheval l'avait laissé fourbu mais heureux.

Il mourait d'envie de boire un bon verre de vin

pour se détendre mais, plutôt que de se mettre à la recherche d'une bouteille, il préféra aller écouter le grondement de l'océan sur le balcon. Il se pencha par-dessus la rambarde. Au-delà du jardin et des champs, sous le flanc de la colline, on apercevait la mer baignée de lune. Les étoiles dansaient sur l'eau. Le ressac déferlait tout le long du rivage.

Une exclamation étouffée domina le bruit des vagues. Il se tourna. La silhouette de Céline se découpait dans l'embrasure de la porte-fenêtre voisine.

— J'ignorais que vous étiez là, murmura-t-elle, incapable de dominer le tremblement de sa voix.

La chemise de nuit blanche sans manches qu'il lui avait donnée ondoyait autour de ses chevilles. Elle repoussa en arrière les cheveux que la brise ramenait sur son visage.

— La sorcière se serait-elle transformée en nymphe ?

Son ton acide aurait dû la renvoyer dans sa chambre, mais elle ne bougea pas. Elle choisit de rester là, les cheveux balayés par le vent, innocente et silencieuse.

— Pourquoi avez-vous fait cela ? finit-elle par demander.

— Qu'ai-je fait encore ?

— Pourquoi m'avez-vous embrassée de cette façon tout à l'heure ?

Il regarda la mer au loin, incapable de supporter l'idée qu'elle était nue sous le tissu diaphane.

— Vous ne songez qu'à me tourmenter, n'est-ce pas ?

— C'est si facile. Vous adorez vous délecter de vos souffrances. Si vous changiez de tactique, Tim ?

Il traversa le balcon en deux enjambées et s'arrêta devant elle, craignant d'être incapable de contrôler son désir.

— Vous n'êtes qu'une fille de marchand qui s'est acheté un mari avec sa fortune. Pour vous amuser, vous vous inventez un père gitan et une vie à Londres. Que savez-vous de la souffrance ?

— Assez pour ne pas l'amasser comme un trésor ainsi que vous le faites !

— Alors que me conseillez-vous, ma très chère épouse ?

— Oubliez le passé, Timothy, et vivez dans le présent. Vous avez une maison et une terre, des serviteurs fidèles et une tante qui vous aime. Soyez-en reconnaissant. Laissez-les vous aimer et aimez-les en retour. Et n'imaginez surtout pas que j'ignore tout de la souffrance seulement parce que j'ai choisi de ne pas l'afficher comme un trophée gagné à la force du poignet.

Elle voulut se détourner mais il la saisit par les épaules, la pressa brutalement contre son torse nu et enfouit son visage dans ses cheveux. Fermant les yeux, il respira son parfum. Il laissa alors courir ses mains le long de ses hanches, puis la serra contre lui afin qu'elle sente la violence de son désir.

Reculant légèrement, il prit son visage entre ses mains, étonné qu'elle soit si petite et si fragile. La lumière des étoiles dansait dans ses yeux. La respiration de la jeune femme s'était accélérée comme si elle craignait pour sa vie même. Le battement précipité de son cœur faisait écho au sien. Il caressa son oreille de son souffle.

— Je vous veux, Céline. Je vous veux comme jamais je n'ai voulu personne sur terre. Et je vous veux maintenant.

13

Je vous veux maintenant.

Tim avait emprisonné son regard, et Céline se sentait incapable de lui refuser quoi que ce soit. Elle posa la main sur son torse, fermant son esprit à toute vision. Ni le passé ni le futur ne devaient interférer entre eux ce soir, seul l'instant présent comptait, le scintillement des étoiles, le grondement de la mer… et Timothy.

A son contact, il frissonna et ferma les yeux. Elle l'entendit soupirer avant de prendre ses lèvres. Le baiser de l'après-midi n'était rien comparé à l'ardeur avec laquelle sa langue fouilla sa bouche.

Il relâcha son visage et l'étreignit. Ses mains étaient partout à la fois. Elle hoqueta quand il saisit ses seins et gémit quand il en agaça la pointe entre le pouce et l'index jusqu'à ce qu'elle se tende vers lui.

Il s'inclina alors, prit le mamelon dans sa bouche et le mordilla à travers le tissu diaphane. Céline referma ses mains sur la nuque de Tim, fit courir ses doigts au milieu de la tignasse brune, pressant sa tête contre elle et balbutiant des mots incohérents.

Elle s'effondra bientôt, pantelante, dans ses bras. Jamais elle n'avait ressenti un désir aussi violent et elle crut défaillir. Elle s'accrocha à lui, près d'exploser.

Il la repoussa doucement pour plonger son regard dans le sien. Un regard brûlant qui dura une éternité. Puis il la souleva dans ses bras et l'emporta dans la chambre.

Il écarta la moustiquaire et l'allongea sur le lit. Ses mains maladroites d'homme se firent légères quand il déploya sa chevelure sur l'oreiller. Elle gémit de frustration quand il s'écarta pour retirer ses vêtements. Impatiente qu'il revienne près d'elle, elle tentait de se convaincre qu'elle ne ressemblait pas à sa mère, qu'il était son mari et qu'elle n'était pas une prostituée.

Elle le regarda approcher du lit. La lune découpait des ombres sur son torse musclé et soulignait la ligne ferme de sa mâchoire. Il n'y avait rien de mou ni de doux chez lui. Il ne parlait pas le langage des fausses promesses d'amour ni des lendemains sans fin, mais son corps donnait un témoignage silencieux de son désir.

Il saisit le volant de sa chemise, et Céline se cambra vers lui. Alors il fit glisser le léger tissu le long de ses cuisses jusqu'à sa taille. Puis il s'étendit à côté d'elle, l'enfermant dans sa chaleur. Il posa ensuite sa paume sur son ventre et la laissa descendre lentement jusqu'à ce qu'il atteigne la douce vallée entre ses cuisses.

Personne ne l'avait caressée avec cette douceur ; elle avait l'impression de se liquéfier. Il inclina alors la tête et ses lèvres suivirent le chemin tracé par ses mains. Elle ferma les yeux et s'accrocha à ses épaules. Quand il atteignit le point le plus secret de son être, plus rien n'exista pour elle. Elle cessa de raisonner, de s'inquiéter, de rêver, même.

Elle se laissa aller au battement frénétique de son cœur et au rythme fou qui faisait onduler ses hanches au contact de sa bouche. Effrayée par l'urgence de son désir, elle s'agrippa à la tête du lit. Bientôt tout chavira autour d'elle, elle gémit et poussa un cri étranglé qui se perdit dans le vent.

Timothy referma ses bras autour de ses hanches et posa sa joue sur son ventre. Il attendit qu'elle cesse de trembler et retombe sur son oreiller. Il sentit les doigts de Céline se glisser dans ses cheveux. Curieusement, maintenant qu'elle était comblée, son désir à lui avait atteint une intensité qu'il n'aurait pas crue possible. Elle le rendait fou.

Il la relâcha, se mit sur les genoux et remonta doucement la chemise de Céline sur sa poitrine. Elle avait les yeux fermés. Une trace de larme brillait dans un rayon de lune. Il la chassa d'un baiser.

Je ne l'aime pas ; je ne l'aimerai jamais, se répétait-il alors qu'il la soulevait doucement pour faire passer la chemise par-dessus sa tête. Prenant soin de ne pas accrocher ses cheveux, il envoya la chemise par terre.

C'est ma femme. Nous sommes unis par des liens vides de sens, rien de plus.

Il s'étendit sur elle, faisant porter tout son poids sur ses coudes, de chaque côté de sa tête, et fit bouger ses hanches jusqu'à être tout à fait prêt à entrer en elle. Elle le fixait dans l'obscurité. Il resta là un instant immobile, souffrant mille morts de devoir surseoir à l'accomplissement de son désir.

C'est ma femme.

Il s'autorisa à descendre un peu plus bas, mais la chaleur qui l'accueillit lui fit perdre toute raison. Il s'enfonça en elle d'une seule et violente poussée. Elle cria. Il la saisit par les hanches et la maintint immobile. Il savait qu'il lui faisait mal mais il voulait rester là aussi longtemps qu'il le pouvait — l'éternité si c'était possible.

Céline crut qu'elle allait s'ouvrir en deux quand il la pénétra. Les doigts de Tim rentraient dans sa chair, l'emprisonnant sous lui. Elle essaya de se libérer, puis comprit soudain qu'il l'incitait silencieusement à rester immobile. Elle ferma les yeux et s'accrocha à lui, effrayée à l'idée que la douleur allait revenir.

La respiration rapide de Tim lui caressait l'oreille. Des frissons remontèrent le long de son dos, et elle trembla. Il gémit. Il l'envahissait de partout, en elle et au-dessus d'elle, tendu comme un arc.

Elle lui appartenait maintenant. Céline laissa courir ses doigts sur son dos musclé, sur ses côtes, le long de ses hanches. L'idée qu'ils étaient intimement liés stimulait ses sens. La douleur s'évanouissait. Ils étaient étroitement serrés l'un contre l'autre. La brise du large les caressait. La moustiquaire s'agitait autour d'eux comme un cocon transparent.

Tim avait peur de la relâcher, craignant qu'elle ne veuille le chasser pour atténuer la douleur. Il essaya de la calmer par un baiser et laissa sa langue glisser le long de son oreille, puis de son cou.

Il sentit une douce chaleur l'envelopper. Il se mit à bouger en elle, doucement d'abord, de peur de lui faire de nouveau mal. Elle s'immobilisa en retenant sa respiration. Il se retira alors avec une lenteur qui le mit à l'agonie.

— Non, s'il vous plaît... restez, chuchota-t-elle.

Tim jeta alors sa tête en arrière avec une plainte et se fraya un chemin en elle. Il accéléra son rythme jusqu'à ce que le plaisir déferle en lui.

Les battements de son cœur s'apaisèrent, et il se maintint au-dessus d'elle en s'appuyant sur ses coudes. Il la regarda ouvrir les yeux, puis tourner son regard vers les portes-fenêtres.

— Vous étiez vierge, dit-il, embarrassé.

— A vous entendre, cela sonne comme un péché.

— Vous n'aurez plus jamais mal ainsi.

Sa bouche était trop tentante. Il ne put résister à l'envie de l'embrasser. Cette fois en s'attardant sur ses lèvres, en en goûtant toute la saveur.

Quand il roula sur le côté, une sensation de manque l'envahit. Ils étaient nus, côte à côte, appréciant la brise qui rafraîchissait leurs corps brûlants. Céline aurait voulu lui demander ce qu'il ressentait. Éprouverait-elle de nouveau cette explosion de sensations qui l'avait assaillie un peu plus tôt ? Avait-il expérimenté la même chose à l'instant ?

— A quoi pensez-vous ? s'enquit Tim.

— Est-ce toujours ainsi ?

— Cela ne vous fera plus mal, répéta-t-il, à moins que l'on ne vous force.

Elle tourna la tête sur l'oreiller pour le regarder.

— Vous ne me forcerez jamais.

Il fut une fois de plus stupéfait de sa confiance en lui. Elle le connaissait mieux qu'il ne se connaissait lui-même.

— Je ne parlais pas de la douleur, murmura-t-elle. Je parlais de l'autre chose, le...

— Le plaisir?

— Oui.

Tim se demandait comment il pourrait lui promettre la même sensation quand lui-même n'avait jamais ressenti un plaisir aussi intense.

— C'est toujours différent, et pourtant toujours pareil.

Elle aurait aimé qu'ils soient plus intimes afin d'oser lui poser davantage de questions. Dans la situation présente, c'était trop embarrassant.

Une chose était sûre en tout cas. Elle avait compris qu'elle n'avait rien de commun avec sa mère — il lui aurait été impossible d'agir comme elle venait de le faire avec des étrangers, nuit après nuit, même pour tout l'argent du monde.

La moustiquaire cessa de s'agiter comme la brise se calmait. Le silence de la nuit n'était troublé que par le bourdonnement des insectes derrière la mousseline et la respiration régulière de Tim. Elle songea au moment qu'ils venaient de partager. Comment cela se serait-il passé s'ils avaient été un couple d'amoureux? Comment aurait-ce pu être plus intense?

— Ne vous attendez pas que je vous aime, Céline. Je n'ai pas d'amour à donner.

Si elle ne l'avait pas si bien connu, elle aurait cru qu'il avait déchiffré ses pensées.

— Nous avons tous de l'amour à donner. C'est juste plus difficile pour certains que pour d'autres, remarqua-t-elle.

Il faisait tant d'efforts pour durcir son cœur qu'elle fut tentée de lui assurer qu'il n'était pas seul. Mais elle se contenta de demander :

— Votre cousin Alex aurait-il désiré que vous vous enfermiez sur vous-même et cessiez d'avoir des sentiments ? Vous dites qu'il vous aimait. Aurait-il souhaité que vous viviez toute votre vie avec un cœur de pierre ?

— Un cœur de pierre ne sent rien, ni l'amour ni la souffrance. J'ai perdu tous ceux que j'ai jamais aimés.

— Et alors vous préférez vivre sans amour ?

— Pourquoi êtes-vous si avide de m'aider ?

— Je suis assez naïve pour croire encore à ce que m'a enseigné une personne très sage.

— Que disait-elle ?

— Que l'amour soigne tous les maux, panse toutes les blessures.

— Je ne suis pas blessé.

— Mais vous souffrez.

— Cela suffit, Céline.

De peur qu'il ne retourne dans sa chambre, elle cessa de discuter mais ne put s'empêcher d'ajouter :

— Je serais heureuse de vous voir sourire plus souvent.

Il ignora sa remarque. Céline tapa sur son oreiller, le remit en place et remonta le drap sur ses épaules.

— Avez-vous fini de vous agiter ?

Elle s'étendit et ferma les yeux avant de murmurer « oui ».

Tim écoutait sa respiration profonde et régulière. Il n'avait jamais dormi toute la nuit avec une femme. Même si Céline était sa femme — ou justement parce qu'elle l'était —, il ne voyait pas de raison de commencer maintenant. Aucune raison, sinon qu'il n'avait pas envie de la quitter.

L'amour. Une perte de temps et une source de souffrance. L'amour était bon pour les imbéciles, ou pour les téméraires qui désiraient être blessés.

Elle remua dans son sommeil. Sa main glissa sur le drap et vint se poser sur son torse. Le contact était léger, innocent et inconscient, mais plein de signification pour Tim. Ils étaient désormais unis par autre chose que des mots sur un papier. Ils étaient devenus mari et femme dans un échange aussi vieux que le monde.

Ils étaient mari et femme. Il n'y avait pas de mal à ce qu'il dorme dans son lit. D'ailleurs, dans cette pièce, aucun souvenir ne risquait de venir le hanter comme dans la grande chambre. Il dormirait auprès d'elle jusqu'à l'aube, décida-t-il.

Mais il ne tomberait pas amoureux d'elle.

Foster et Edward, jambes nues, en chemise de nuit et chaussures, longèrent furtivement le couloir, une bougie à la main. Dès qu'ils eurent atteint la chambre d'honneur, Edward plaqua son oreille contre la porte.

— Je n'entends rien, chuchota-t-il.

— Tourne la poignée, le pressa Foster.

— Tourne-la toi-même, Fos.

Avec force, Edward souffla sa chandelle, et Foster fit de même. Apparemment, la grande chambre était plongée dans les ténèbres et le silence. Foster attrapa la poignée et la tourna doucement. La lourde porte pivota sans un bruit. Les deux hommes passèrent le seuil sur la pointe des pieds et fixèrent le lit vide sous le dais.

— Il n'est pas là, annonça Foster, un peu surpris.

— Tu ne crois pas... commença Edward sur un ton plein d'espoir.

— Peut-être qu'avec un peu de chance...

Foster se dirigea vers la porte communicante.

— Je n'entends rien, souffla de nouveau Edward et, cette fois, il fit jouer la poignée lui-même.

Foster se pressa contre lui tant il était impatient de voir ce qui se passait. Les lames du parquet grincèrent sous leurs pieds. Les deux hommes se figèrent et retinrent leur respiration. Aucun bruit ne filtrait de l'intérieur.

Edward poussa la porte et elle s'ouvrit avec un craquement.

— Je ne vois rien ! gémit Foster, frustré, en se penchant sur l'épaule d'Edward. Ça, par exemple !

— Quoi ? Raconte-moi, le pressa Edward qui tremblait d'excitation.

— Là, sur le plancher...

— Je le vois. Le pantalon de Tim...

— Et une chemise de nuit.

Foster ferma rapidement le battant, se souvenant au dernier moment de ne pas faire de bruit. Il marcha jusqu'au milieu de la pièce, jeta un coup d'œil vers la chambre de Céline et essaya de contenir sa joie.

— Ça y est, Eddie ! Ça y est ! Nous pouvons espérer maintenant que ce mariage tiendra.

Edward secoua la tête.

— J'allais perdre tout espoir. Cela fait des semaines qu'ils n'ont même pas échangé un baiser, pour autant que je le sache. Oh, Fos, c'est la meilleure idée que notre Tim ait jamais eue. Peut-être que les choses vont changer pour lui maintenant.

— Nous pouvons seulement le souhaiter. Il a franchi les douves et enlevé la forteresse, pour ainsi dire.

Edward tapota le bras de Foster.

— Tu as un vrai talent pour les mots, Fos. C'est de la pure poésie.

Céline n'espérait pas trouver Tim dans son lit en se réveillant, mais elle fut étonnée d'en ressentir une telle déception. Elle écarta la moustiquaire et rougit en apercevant sa chemise jetée sur une chaise. Elle la saisit et l'emporta vers la grande armoire dans un coin de la pièce.

Toutes les robes de Jemma étaient pendues là, ainsi que deux ou trois ayant appartenu à la mère de Tim. Après avoir pris l'une de celles-ci et s'être brossé les cheveux, elle quitta la pièce, attirée par l'arôme délicieux du café. La perspective de rencontrer Timothy après ce qu'ils avaient partagé la nuit dernière la mettait mal à l'aise.

Elle le trouva encore à table, un bras nonchalamment appuyé sur le dos de sa chaise et les yeux dans le vague. Ada semblait en plein milieu d'une recette.

— Ensuite, je prends un morceau de pain grillé, c'est meilleur grillé mais ce n'est pas obligatoire...

Apercevant Céline sur le pas de la porte, Ada cligna des yeux et sourit.

— Bonjour, ma chère. Nous espérions bien que vous descendriez avant que Timothy ne s'en aille. C'est si merveilleux qu'il s'occupe de tout à ma place ! Je ne sais pas ce que je ferais si je devais continuer à surveiller la plantation moi-même. Voyons, je me rappelle une année, juste après l'ouragan... Quand a-t-il donc eu lieu, Gunnie ?

— Il y a huit ans, peut-être bien neuf, répondit Gunnie en portant à Céline une assiette dont le contenu aurait pu facilement nourrir trois personnes. Elle la posa sur la table et quitta la pièce.

Quand Ada marqua une pause pour reprendre son souffle, Tim se leva et avança une chaise pour Céline. Elle rassembla les plis de sa jupe et s'assit sans pouvoir s'empêcher de piquer un fard. Elle osa lui jeter un coup d'œil par-dessus son épaule et remarqua qu'il fronçait les sourcils.

— Que se passe-t-il ? demanda-t-elle.

— N'est-ce pas une robe de ma mère ?

Céline acquiesça d'un signe de tête.

— Foster et Edward ont pensé que certains vêtements de votre mère seraient plus adaptés au climat que les miens, expliqua-t-elle en se levant. Si vous ne voulez pas que je les porte...

Il lui fit signe de se rasseoir.

— Pas du tout. J'avais juste l'impression de l'avoir déjà vue. Elle est démodée, ajouta-t-il.

— Cela m'est égal. C'est une si jolie robe.

— A propos d'Alyce, lança Ada, elle est ravie que vous soyez tous les deux ici et que je ne sois plus seule.

— C'est une plaisanterie, tante Ada?

Le ton de Timothy était menaçant.

— Mais non, mon petit, ce n'est pas une plaisanterie. Je pensais que Céline t'avait mis au courant.

Ce fut au tour de Céline de récolter un regard scrutateur. Elle se força à sourire.

— Mis au courant de quoi?

Il se tenait raide comme la justice, les mains de chaque côté du corps, le front plissé.

— Votre tante croit être en communication avec l'esprit de votre mère, annonça Céline à mi-voix.

— Ce n'est pas que je le crois, précisa Ada. Je l'entends, tout simplement.

— J'en suis sûre, tante Ada, dit gentiment Céline.

— Eh bien, pas moi! protesta Timothy en fixant sa tante d'un air si chargé de menaces que Céline lui prit la main.

A son contact, sa colère s'évapora. Il concentra son regard sur le ravissant visage de sa femme.

— Elle pense qu'elle parle à ma mère et vous la croyez?

— Qui peut dire que ce n'est pas vrai?

Tim regarda les deux femmes et leva les bras au ciel.

— Je n'ai jamais beaucoup vécu au milieu de femmes mais je commence à croire que vous êtes toutes des écervelées, annonça-t-il en reprenant sa place au bout de la table. Je ne veux plus entendre parler de cela, tante Ada, si cela ne vous ennuie pas, conclut-il une fois assis.

— Racontez-nous ce que vous avez appris hier, l'encouragea Céline, aussi bien pour changer de sujet que pour satisfaire sa curiosité.

Tout en prenant son petit déjeuner, elle l'écouta raconter en détail tout ce qu'il avait vu et entendu la veille. Il loua sa tante pour sa gestion avisée et vanta les qualités d'un esclave nommé Bobo.

Céline observait Timothy, attentive à la façon dont il bougeait les mains ou remuait sur son siège. Le souvenir des caresses de la nuit précédente lui remonta à la mémoire. Elle se sentit rougir en se rappelant comment elle s'était abandonnée entre ses bras.

Comment pouvait-il paraître si impassible ?

— Vous vous sentez bien, Céline ?

Penché sur elle, Timothy la considérait avec attention. Elle ne put fuir le regard perçant de ses yeux noirs.

— Je... voyons, je...

— Vous êtes rouge comme une pivoine.

— Je vais bien. Vraiment, s'excusa-t-elle en baissant les yeux sur son assiette.

— Vous avez dormi, au moins, chère petite ?

Ada se pencha en avant, les mains appuyées sur la table, et Céline piqua un nouveau fard.

— Mais oui, bien sûr.

Heureusement, Timothy ne fit aucun commentaire, mais quand elle leva les yeux vers lui, elle remarqua une ombre de sourire sur ses lèvres.

— Que disiez-vous juste à l'instant ? demanda Céline, ravie de faire diversion.

— Que j'allais estimer le travail supplémentaire que l'entretien de la maison exige. Vous pourriez superviser l'équipe qui s'occupera du jardin à ma place, n'est-ce pas ?

Céline opina, ravie de participer à la remise en état de la propriété.

— Aimeriez-vous le retrouver comme autrefois ?

— Nous n'avons aucun plan pour nous aider.

Il était évident que cela lui importait, mais il ne voulait pas le montrer. Céline était heureuse d'avoir ses visions pour la guider.

— Je peux demander à Alyce à quoi ressemblait l'endroit ? proposa Ada.

Tim se frotta l'arête du nez et soupira.

— Je vais au moulin, déclara-t-il. Je ne peux perdre davantage de temps à consulter les fantômes.

Sur ce, il repoussa sa chaise et se leva.

— Oh, Timothy mon chéri, tu es furieux ?

Ada agitait ses mains dodues et une larme brillait au coin de son œil. Tim s'en aperçut. Il fit le tour de la table et s'accroupit à côté d'elle pour lui prendre la main. Comme il souriait à Ada, Céline fit une découverte significative. Cet homme qui s'efforçait par tous les moyens de ne pas montrer sa vulnérabilité avait un sourire ensorceleur.

— Je ne suis pas furieux, tante Ada.

— Mais tu ne me crois pas au sujet d'Alyce ?

— J'ai bien peur que non.

— Ta mère sera déçue de l'apprendre ! soupira Ada.

Timothy se leva et remarqua que Céline l'observait. Un sourire entendu remontait les coins de sa bouche, la plus désirable qu'il ait jamais goûtée. Elle était assise devant la fenêtre, et le soleil jouait dans sa longue chevelure déployée sur ses épaules.

Quand elle était entrée un peu plus tôt dans la pièce, un désir violent l'avait étreint. Sans la présence de sa tante, il l'aurait soulevée de sa chaise et emportée en haut jusqu'au lit, sous la moustiquaire.

Ayant surpris son regard, Céline, les joues en feu, feignit de l'ignorer. Elle baissa la tête sur son assiette comme si son contenu comptait plus que tout au monde. Il fit le tour de la table, s'arrêta derrière sa chaise et faillit prendre sa main comme il l'avait fait pour sa tante, mais il se reprit, déterminé à garder ses distances.

— Je n'ai aucune idée de l'heure à laquelle je rentrerai, annonça-t-il.

Elle leva la tête, les joues comme deux pivoines, les yeux étincelants de promesses et de vie. Malgré ses résolutions, il était prêt à s'enfermer avec elle dans sa chambre pour le reste de la journée.

Mais avant qu'il ne puisse bouger, la porte s'ouvrit à la volée et Gunnie fit irruption dans la salle à manger.

— L'*obi* est là. Y a du grabuge dans l'air.

La peur qui agrandissait ses yeux en disait plus que tous les discours.

Céline reposa sa fourchette avec un bruit sec. Ada se leva et passa nerveusement ses doigts sur sa coiffure pour la remettre en place. Timothy suivit Gunnie dehors.

Ils étaient une trentaine rassemblés devant la porte de derrière, entre la véranda et le bâtiment qui abritait la cuisine. Il avait rencontré plusieurs d'entre eux la veille mais aucun n'arborait alors cette mine sinistre.

Les hommes avaient un air menaçant, les femmes étaient apeurées et les enfants étonnamment silencieux ; certains s'accrochaient même aux jupes de leur mère. Au milieu du groupe se tenait un vieil esclave courbé et édenté. Dans ses mains déformées par l'arthrite, il serrait un bâton orné de dents de chat et de coquillages. Une peau de chèvre était drapée sur ses épaules squelettiques. A ses côtés, Bobo le dominait de toute sa taille.

Céline passa son bras autour de la taille d'Ada, tandis que Tim marchait jusqu'au bout de la véranda. Le chef d'équipe prit immédiatement la parole :

— Certains sont allés au marché hier. On leur a parlé d'une sorcière. On dit qu'elle vous a accompagné ici. Elle a fait couler un bateau. L'*obi* est venu voir.

Timothy jeta un coup d'œil par-dessus son épaule. Céline était blanche comme un linge.

— Venez à côté de moi, Céline, dit-il sur le ton le plus neutre possible afin de ne pas l'effrayer davantage.

Quand elle le rejoignit au bout de la véranda, un murmure étouffé parcourut la foule. Tim glissa son bras autour de sa taille et la serra légèrement pour l'encourager.

Le sorcier s'avança d'un pas, tendit le cou pour l'observer en tenant son bâton devant lui pour se protéger.

— C'est ma femme, annonça Tim à la foule en prenant la main de Céline. C'est une bonne sorcière. Une bonne sorcière très puissante.

Sa voix était pleine d'autorité.

— Que dites-vous ? demanda-t-elle dans un souffle.

— Faites-moi confiance, chuchota-t-il.

Céline le fixa, ahurie, puis se tourna vers la foule. Des regards pleins de suspicion convergeaient vers elle. Celui du sorcier était insondable. Elle comprit tout de suite qu'il possédait des pouvoirs surnaturels mais sans distinguer s'il les utilisait à de bonnes ou à de mauvaises fins. En tout cas, quelle que soit sa puissance, elle ne s'étendait pas à son corps, qui était si délabré que Céline souffrait de le voir marcher. Tout en avançant, il agitait son bâton d'une manière menaçante.

— *Je va jter dla salté de tombe sur vous!* cria-t-il.

— Qu'est-ce qu'il dit ?

Céline serra plus fort la main de Tim.

— Qu'il va jeter de la terre de tombe sur vous. Si la terre touche des coupables, ils s'affaiblissent et meurent. Avec sa magie, il arrive à tuer ceux qui y croient.

Céline se raidit. Elle ne se laisserait pas effrayer par ce sorcier et ses sinistres manipulations.

— Je le soupçonne de faire de la surenchère

pour montrer qu'il a plus de pouvoir que vous, chuchota Tim.

— C'est ridicule. Je n'ai pas l'intention de lui prendre sa place. Dites-leur que je ne suis pas une sorcière.

— On leur a dit le contraire et ils ne me croiraient pas. Ils ont besoin d'être sûrs que vous ne leur ferez pas de mal et ils ont été lui demander sa protection. La magie remplit le vide de leurs vies. Ces croyances puisent leur racines très loin.

Elle acquiesça d'un signe de tête, lâcha sa main et s'avança pour pouvoir parler directement aux esclaves.

— Vous êtes là depuis bien plus longtemps que moi. C'est ici votre foyer aussi bien que le mien maintenant. Je jure de ne jamais faire de mal à aucun d'entre vous. Et mon mari non plus, ajouta-t-elle après lui avoir lancé un coup d'œil.

Tim était fier de son courage. Elle se tenait toute droite, tandis que le vent de la mer agitait ses cheveux autour de ses épaules. Il vint la rejoindre et reprit sa main. Elle sentit une bouffée de chaleur et de gratitude l'envahir.

— Je suis revenu vivre ici pour rendre cet endroit plus agréable pour tout le monde, commença-t-il. Ma femme m'aidera. Elle...

Un cri à fendre l'âme retentit. Une femme affolée surgit entre les massifs qui entouraient le terre-plein. Elle courut vers Bobo, lui attrapa les mains et se mit à lui parler d'une voix terrifiée, entrecoupée de sanglots.

— Que se passe-t-il? s'enquit Céline en tirant la main de Tim.

La foule avait oublié Céline. Tous les regards convergeaient maintenant vers la femme hystérique.

— C'est l'épouse de Bobo. Son petit garçon a disparu.

Timothy dévala l'escalier et Céline s'élança à sa

suite. La foule s'écarta pour les laisser rejoindre Bobo. Plus personne ne s'intéressait au sorcier qui se tenait un peu à l'écart. La menace non déguisée qu'elle lut dans ses yeux glaça Céline jusqu'à la moelle.

— Mon Dieu, mais qu'y a-t-il? Qu'est-il donc arrivé? s'enquit Ada, qui avait suivi Céline.

— Le fils de Bobo a disparu, expliqua Céline, le cœur chaviré.

Tim regarda la foule massée autour d'eux. Il passa son bras autour des épaules de Céline et l'attira contre lui.

— Le petit garçon a disparu depuis presque deux heures. Il n'a que six ans, expliqua-t-il.

Tout en fixant la jeune mère qui n'était pas beaucoup plus âgée qu'elle, Céline vivait un terrible conflit. Elle avait une chance d'apprendre quelque chose du passé de l'enfant qui aiderait à orienter les recherches, mais cela risquait d'accroître les craintes dont elle faisait déjà l'objet. Pourtant, devant le désespoir de Bobo et de sa femme, elle se sentit incapable de laisser passer la moindre chance de sauver l'enfant, même si elle devait le payer cher. Persa l'avait prévenue qu'elle se trouverait peut-être un jour confrontée à de cruels dilemmes.

— Faites-moi confiance, souffla-t-elle à Timothy. Dites-leur que je veux tenir la main de la mère.

— Qu'est-ce qui vous prend? Ce n'est pas le moment de faire du théâtre! protesta-t-il avec un regard qui ne laissait à Céline aucun espoir de le voir changer d'avis.

Bobo était sa dernière chance. Elle se tourna vers lui.

— Si je pouvais tenir la main de votre femme, je serais peut-être capable de vous aider à retrouver votre fils, murmura-t-elle. (Et quand il la fixa d'un air vide, elle répéta sa proposition en ajoutant:) Je ne ferai jamais de mal à aucun de vous, surtout pas à un enfant.

Bobo observait sa femme. Céline voyait bien qu'il était malade de peur et d'indécision.

— Je vous en prie. Il n'y a pas de temps à perdre.

Le chef d'équipe attrapa son épouse par le bras, lui prit la main et la tendit à Céline. Elle la serra entre les siennes. Elle dut la tenir ferme, car la femme était si effrayée qu'elle tentait de la retirer.

— Dites-lui de se détendre et de penser à un endroit où l'enfant aime jouer.

— Céline…

Une note d'avertissement perçait dans la voix de Tim.

— Dites-le-lui ! insista-t-elle.

Bobo parla précipitamment à sa femme. Céline se concentra sur les souvenirs de la jeune esclave. D'abord, elle ne sentit rien, puis son esprit s'obscurcit.

Les entrailles d'un bateau. Sous l'entrepont. Des rangées d'étagères. Non, pas des étagères, des lits. Tous occupés. Des corps, les uns à peine vivants, les autres morts. La misère, la crasse et le rebut. Le grincement des chaînes. Des gémissements, des êtres perdus, trop faibles pour crier. Tout suinte la peur…

— Céline !

Elle sentit les doigts de Timothy étreindre son épaule. Elle s'était engouffrée sur une mauvaise voie. Elle dut ouvrir les yeux et attendre que ses visions s'estompent. Aspirant de longues bouffées d'air, elle tentait de chasser de son esprit le bateau d'esclaves.

— Que diable s'est-il passé ? interrogea Tim avec une intonation plus inquiète que contrariée.

— Je vais bien. Dites-lui de penser à l'enfant, uniquement à l'enfant et à ses cachettes favorites.

— Cessez tout de suite !

Malgré son ton sec, sa voix trahissait son inquiétude.

— C'est impossible. Surtout quand la vie d'un enfant est en jeu !

Timothy se tourna rapidement vers la foule. Ils étaient pressés tout autour et observaient la sorcière blanche. Bobo parla rapidement à sa femme puis inclina la tête en direction de Céline.

— Essayez encore, dit-il.

Un cheval. Gris, avec un nom rude. Un coquillage rose et brillant. Des bananes. De l'eau claire. Pas la mer. De l'eau transparente. Qui tombe, qui saute sur les rochers et s'écrase plus bas avec un bruit retentissant. Une cascade. Une joie débordante. Un enfant escalade les rochers glissants. Non ! Ne va pas près du vide ! Pas trop près. Ne tombe pas !

Céline chassa les images, lâcha la main de la femme et inspira l'air à pleins poumons. Quand elle eut retrouvé son équilibre, elle lança un coup d'œil vers Tim. Il la fusillait du regard.

— J'ai une idée de l'endroit où se trouve l'enfant.

14

— A quoi jouez-vous ? gronda Tim au creux de son oreille. Seriez-vous devenue folle ?

— Je joue à sauver un enfant.

— Ou à vous faire tuer. Regardez, murmura-t-il avec un signe de tête en direction du vieil homme.

Elle suivit son regard et devina que le sorcier ne lui pardonnerait jamais si elle réussissait. Mais cela n'avait pas d'importance étant donné l'enjeu. Ignorant le vieil homme, Céline s'adressa directement à Bobo :

— Y a-t-il une chute d'eau près d'ici ?

Bobo recula d'un pas. La suspicion avait quitté son visage. Il acquiesça lentement d'un hochement de tête et jeta à sa femme quelques mots que Céline ne comprit pas. Puis le couple se fraya un chemin au milieu de la foule et disparut rapidement derrière une haie touffue. Les esclaves se dispersèrent. Les uns se hâtaient à la suite de Bobo, tandis que les autres entouraient le sorcier en décochant à Céline des regards inquiets.

— Vous connaissez l'existence d'une chute, dans le coin ?

Elle posa sa main sur la chemise de Timothy.

— Je veux savoir ce qui vous trotte dans la tête.

— Je n'ai pas le temps de vous expliquer. S'il vous plaît, Tim. Vous saurez plus tard.

— Prenons mon cheval.

L'attroupement avait attiré Foster et Edward. Ils prirent position de chaque côté de Céline et d'Ada pendant que Tim détachait la jument blanche attachée près de l'abreuvoir. Il sauta en selle et rejoignit rapidement Céline. Dès qu'il fut à sa hauteur, il l'attrapa par la main et la hissa devant lui. Puis il passa comme l'éclair devant le sorcier et les quelques rares personnes qui s'étaient attardées.

Ils doublèrent des hommes et des femmes qui couraient le long de la route, Bobo à leur tête, et ils eurent vite fait de les dépasser. La forêt tropicale se clairsema de chaque côté de la route comme ils grimpaient le flanc d'une colline. Le paysage se fit plus accidenté quand ils eurent franchi la crête, et le vent souffla plus fort. Le chemin qu'ils prirent pour redescendre serpentait au milieu de roches volcaniques parsemées de buissons desséchés par le soleil avant de plonger dans un ravin envahi par la végétation.

La chute d'eau et le bassin sans fond qui la recevait avaient été un des lieux de prédilection de Tim autrefois. Tandis que son cheval franchissait les derniers mètres, le rugissement de la cascade devint assourdissant. Une bruine légère flottait sur l'étroite vallée. Le pourtour du bassin était luisant d'humidité. Timothy ne put retenir un mouvement de colère.

— Autant chercher une aiguille dans une meule de...

— Regardez !

Son regard suivit la direction indiquée par Céline. Il mit un moment à découvrir la silhouette de l'enfant nu devant les roches noires. A mi-chemin du sommet de la chute, figé par la peur sur une étroite saillie rocheuse, il s'agrippait à une plante grimpante en roulant des yeux terrifiés.

Céline sauta à terre et se précipita vers le bassin. Timothy connaissait la moindre fente, la moindre prise où s'accrocher sur la paroi et il courut à sa suite.

— Céline, attendez. Je vais le chercher !

Il s'assit, enleva ses bottes et ses chaussettes, arrachant un bouton de sa chemise à vouloir la retirer si vite.

Céline était au bord du bassin, fixant les eaux noires, quand il la rejoignit. Il posa une main sur son épaule et elle sursauta.

— J'y vais. Vous vous sentez bien ?

— Bien sûr. Dépêchez-vous, Tim. Il est si près du bord. Au moindre faux pas, il tomberait sur les rochers en dessous.

Tim se prépara à plonger pour traverser. Il fendit la surface de l'eau, incapable de goûter sa fraîcheur. Dès qu'il eut atteint l'autre berge, il commença à grimper. L'eau rugissait à ses oreilles. La pierre suintait d'humidité. Il avait escaladé ces mêmes rochers un nombre incalculable de fois, sensiblement au même âge que l'enfant.

Il l'entendait geindre. Maintenant, le malheureux devait faire face non seulement à ses craintes de tomber mais à l'homme blanc qui montait inexorablement vers lui. Timothy était si absorbé dans ses pensées qu'il finit par prendre un mauvais appui. Il glissa et son menton alla cogner contre la pierre. Il sentit le sang couler sur son pied, mais poursuivit son escalade jusqu'à ce qu'il soit tout près du fils de Bobo.

— Approche-toi et je t'aiderai à descendre ! cria-t-il pour dominer le grondement des chutes. N'aie pas peur !

Le garçon fixa le mur rocheux derrière Tim. Il jaugea la distance jusqu'en bas et secoua vigoureusement la tête.

— Je te porterai jusqu'en bas et tu pourras revoir ta maman.

Il secoua de nouveau la tête.

Timothy pressa son front contre le roc et soupira. Il réussit à se soulever suffisamment pour s'asseoir sur la corniche à côté de l'enfant.

— Que dirais-tu de grimper sur mon dos ? proposa-t-il, et il se tourna, espérant que le petit garçon se déciderait à s'agripper à ses épaules. Allons, qu'est-ce que tu attends ?

Bobo et sa femme étaient arrivés. Ils se tenaient à côté de Céline et fixaient la scène.

— Je ne te laisserai pas tomber. C'est promis !

Le garçon regarda son père et sa mère, puis avança avec précaution vers Tim. Il se hissa sur son dos et jeta les bras autour de son cou en l'étreignant si fort qu'il l'étrangla.

— Serre un peu moins fort, protesta Tim. Voilà ! Maintenant, c'est mieux.

Il était plus difficile de descendre que de monter. Un mauvais appui, un faux pas, et il irait s'écraser avec l'enfant sur les rochers.

Céline était toujours près de Bobo et de sa femme au bord du bassin. Ils regardaient Tim effectuer sa descente. Elle tremblait de peur, et ses paumes étaient moites. Le colossal chef d'équipe était tombé à genoux et se balançait doucement d'avant en arrière, ses mains jointes levées vers le ciel. La sueur luisait sur son visage d'ébène et il suivait chaque geste de Tim.

Sa femme pleurait doucement, la tête enfouie dans ses mains, incapable de suivre le difficile parcours de l'homme. Céline ne quittait pas Timothy des yeux. S'il était inquiet, il le cachait bien. Sa progression était régulière et sûre. Quand il atteignit le bord du bassin, il agita la main en direction de Céline. Jamais elle ne l'avait vu si heureux.

— Ils sont sains et saufs ! lança-t-elle tandis que Tim traversait le bassin.

La mère lui arracha l'enfant, le serra dans ses bras et enfouit son visage contre son cou.

Timothy les observait, incapable de détacher son regard de cette scène de bonheur familial. Ils ne possédaient rien, pas même leurs vêtements, et ils rayonnaient de bonheur. C'était un luxe que Tim ne pourrait jamais s'offrir.

L'esclave croisa le regard de Tim par-dessus la tête de sa femme et branla doucement du chef en signe de connivence.

Céline courut vers son mari. La sueur perlait à son front et le vent avait emmêlé ses cheveux. Sa jupe relevée était attachée par un nœud de chaque côté, découvrant ses jambes galbées. Elle tenait serrées sa chemise et ses bottes et lui décocha un sourire empli d'admiration, plein de quelque chose d'autre, aussi, sur quoi il préférait ne pas mettre de nom.

— Vous avez été merveilleux...

Le bruit de la cascade décrut, mais pas les battements de son cœur. Le fils de Bobo était sauf, mais désormais Céline serait encore plus suspectée de sorcellerie. L'*obi* n'avait pas seulement perdu la face ; son pouvoir serait sérieusement menacé quand on apprendrait les exploits de la jeune femme.

— Comment saviez-vous où était l'enfant ? J'aimerais avoir une réponse claire cette fois, Céline. Je veux la vérité, pas ces inepties dont vous m'avez abreuvé sur le bateau.

Elle essuya un filet de sueur sur sa tempe, puis pressa les paumes contre ses joues brûlantes.

— Tout va bien ? interrogea-t-elle en fixant la coupure sur son menton.

— Ce n'est rien. J'attends votre réponse.

— Y aurait-il un endroit plus frais pour discuter ?

— Si c'est un subterfuge pour me faire oublier...

— Je vous promets que non. Je vais tenter de vous expliquer, mais il fait si chaud que je n'arrive pas à me concentrer.

— Partons d'ici, dit-il.

Il détacha son cheval et le tint immobile jusqu'à ce que Céline soit montée. Il enfila alors sa chemise, puis attacha ses bottes à la selle et sauta derrière elle sans un mot.

Cette fois-ci, l'allure était paisible. Céline avait réussi à réunir ses cheveux sur sa nuque et à les tordre de façon à dégager son cou. Sa peau était douce et presque translucide à cet endroit ; elle semblait si vulnérable que sa force intérieure et son entêtement n'en étaient que plus difficiles à croire.

Il chemina sur la crête de la colline avant d'atteindre les champs de canne dont le moutonnement descendait jusqu'à la mer. Une multitude de passages s'ouvraient au milieu des cultures. Quand il s'aperçut qu'il avait pris un chemin qui les ramenait vers la maison, il bifurqua brusquement dans la direction opposée.

L'air était chargé d'humidité entre les rangs de canne à sucre. Au-dessus d'eux, les extrémités souples des tiges chuchotaient au gré des alizés. Il sentit Céline frissonner contre lui et, sans qu'elle s'en doute un instant, un désir brutal s'éveilla en lui. Elle passa le dos de sa main sur son front.

— Nous sommes presque arrivés, assura-t-il.

Quelques secondes plus tard, ils quittaient le champ. Devant eux s'étendait un croissant de sable blanc ourlé d'eau turquoise. Des vaguelettes taquinaient paresseusement la plage.

— C'est magnifique.

Céline se recula sur la selle pour embrasser le spectacle d'un seul coup d'œil.

Il fit avancer la jument au bord de l'eau et s'arrêta à l'endroit où mouraient les vagues.

— Donnez-moi vos chaussures, demanda-t-il.

Céline regarda par-dessus son épaule, et un merveilleux sourire illumina son visage quand elle devina ses intentions.

Elle retira ses chaussures et les lui tendit. Il s'en empara et les enfonça dans une des sacoches de selle. Puis, comme elle se laissait glisser toute seule au sol, il lui prit le bras et l'aida à descendre.

Sa jupe toujours attachée à hauteur des genoux, elle entra dans l'eau, enfonçant d'abord un pied, puis l'autre.

— C'est le paradis ! annonça-t-elle alors avec un nouveau sourire.

Timothy la laissa barboter pendant qu'il guidait sa monture vers l'ombre d'un banian dont les branches s'étiraient au-dessus de la mer. Il attacha les rênes à une racine qui saillait, roula ses jambes de pantalon, puis traversa le sable chaud pour la rejoindre.

Au moment où il arrivait auprès d'elle, elle se retourna, ne sachant pas très bien ce qu'elle devait attendre de lui. Pouvait-il la blâmer de ce qu'elle avait fait, lui qui ignorait totalement comment se comporter avec sa femme ?

Il passa devant elle et, en pantalon, s'enfonça dans l'eau jusqu'à la taille avant de plonger.

Céline aurait aimé le suivre, mais l'idée de mouiller ses vêtements ou de couler ne lui souriait guère. Elle se contenta de l'observer tandis qu'il émergeait puis disparaissait à la surface de l'eau comme quelque divinité marine.

Il sortit de l'eau sans se préoccuper de son pantalon trempé qui le moulait comme une seconde peau. En passant à côté d'elle, il lui prit la main et l'entraîna vers le sable sec. Il se laissa tomber par terre et l'entraîna avec lui.

— Vous avez des explications à me donner, déclara-t-il. Vous m'avez affirmé que vous n'aviez rien à voir dans la mort de Dundee et que vous aviez eu la chance de deviner certaines choses de son passé. Je vous ai crue, mais il s'agissait d'autre chose, n'est-ce pas ?

Il attendait une explication logique mais elle n'avait que la vérité à lui offrir. Céline remonta les genoux sous son menton et enfonça ses orteils dans le sable.

— Alors ?

Malgré la chaleur, Timothy sentit un frisson lui remonter l'échine. Il avait le pressentiment que tout cela n'augurait rien de bon.

— Oui, il y a autre chose, reconnut-elle doucement, mais je ne sais pas par où commencer.

Il ne fit aucun commentaire. Elle se tourna vers lui. Il l'observait en fronçant les sourcils comme s'il était persuadé qu'elle avait maudit Dundee et se demandait de quelle autre monstruosité elle était capable.

— Pourquoi ne commencez-vous pas par le commencement ?

— Je ne sais pas vraiment quand tout a commencé, et j'ignore totalement pourquoi ou comment. Tout ce que je sais, c'est que depuis mon plus jeune âge j'ai toujours été capable d'avoir des visions.

Elle jeta un coup d'œil vers lui. Si elle lui avait annoncé qu'il lui était poussé une seconde tête, il n'aurait pas eu l'air plus sceptique.

— C'est un peu comme les diseuses de bonne aventure, mais moi je remonte le temps, expliqua-t-elle en se creusant la tête à la recherche d'images compréhensibles. Enfant, je me suis aperçue que ce phénomène se produisait seulement quand je touchais quelqu'un. Cela vous choque-t-il ?

— Disons juste que si je ne vous avais pas vue… à l'œuvre, je serais persuadé que vous avez attrapé une insolation. Mais je vous ai entendue parler à Dundee et j'ai vu ce qui est arrivé ce matin quand vous avez pris la main de la femme de Bobo.

— Et ?

— Cela se produit-il chaque fois que vous touchez quelqu'un ?

Appuyé sur un coude dans le sable, Tim réfléchissait.

— Cela arrive quand je le veux. Seulement quand j'ouvre mon esprit et le laisse envahir par ces visions. Je n'utilise que rarement ce don.

— Ce don ?

— J'utilise les termes que Persa, ma bienfaitrice, employait, bien que parfois j'aie plutôt l'impression que ce soit une malédiction. Autrefois, j'imaginais que tout le monde était comme moi. Ma mère m'a rapidement convaincue du contraire.

— Pendant que vous teniez la main de cette fille, tout à l'heure, j'ai cru que vous alliez vous évanouir. Vous aviez perdu toutes vos couleurs. Cela vous fait-il souffrir ?

— Seulement quand je ressens la douleur de la personne, mais bien moins intensément qu'elle ne l'éprouve elle-même.

— Alors vous avez l'inquiétante faculté d'espionner la mémoire des autres, articula-t-il avec un regard glacial. La première fois que je vous ai vue, j'ai eu l'étrange impression que vous pouviez lire dans mes pensées. Avez-vous déjà utilisé ce… ce don sur ma personne ?

Incapable de le fixer, Céline laissa son regard dériver vers l'horizon.

— Oui, reconnut-elle finalement, cela m'est arrivé.

Il se redressa.

C'était un cauchemar. Timothy s'efforça de l'imaginer fouillant dans sa mémoire, exhumant des souvenirs qu'il avait enfouis au plus profond de lui-même. Savait-elle tout ? Les épreuves et les pertes qui lui avaient causé tant de peine... une peine intolérable qu'il avait tenté de cacher derrière un mur d'indifférence, ou de noyer dans une bouteille.

— Avez-vous vu mon passé ?

— Il ne s'agissait pas de cela, Tim...

Il était visiblement très en colère.

— Quand, Céline ? Quand m'avez-vous volé mes souvenirs ?

— Quand nous étions à bord de *l'Adélaïde*, je voulais savoir quel genre d'homme j'avais épousé. Et la nuit de l'ouragan alors que vous me teniez dans vos bras... Je ne voulais pas que cela arrive. J'étais si épuisée que je ne suis pas restée sur mes gardes et...

Il se releva et la toisa de toute sa hauteur.

— Et la nuit dernière ? Vous êtes-vous glissée dans mon esprit quand nous...

— Non ! Je n'ai rien fait de tel.

— C'était pourtant l'occasion rêvée ! Qu'attendez-vous maintenant pour me toucher et lire dans mon esprit ? vociféra-t-il en lui tendant la main.

— Timothy, je vous en prie, ne faites pas cela...

Il retira sa main et indiqua le champ de canne à sucre vert émeraude, derrière eux.

— J'aurais dû me méfier. Tout allait trop bien pour que cela dure. La plantation est récupérable. J'ai une femme qui me satisfait physiquement. J'aurais pourtant dû savoir depuis longtemps que la chance ne me sourit jamais. Avez-vous encore d'autres petits secrets ou quelques talents cachés à m'avouer ?

Des secrets ?

Il était si furieux qu'elle ne pouvait décemment pas lui avouer pourquoi elle avait été si heureuse de prendre la place de Jemma O'Hurley.

Sans attendre sa réponse, il marcha vers son cheval, effrayé de se sentir à la fois capable de la tuer et de la prendre dans ses bras et de tout lui pardonner pour le seul bonheur de la sentir contre lui.

Céline se leva et se dépêcha de le rattraper en secouant le sable de sa jupe. Il l'ignora. Quand il eut enfilé et boutonné sa chemise, il attacha ses bottes derrière la selle puis saisit les rênes.

Elle l'attrapa par le bras, et il recula comme s'il avait reçu une décharge électrique. Elle croisa ses mains sur sa poitrine dans un geste pacifique. Persa l'avait prévenue qu'elle risquait d'être rejetée à cause de son don, mais la blessure était d'autant plus cruelle qu'il s'agissait de lui.

Elle essaya de se persuader qu'il se calmerait bientôt. Et d'ailleurs, quelle importance cela avait-il puisque leur mariage était fondé sur des bases purement économiques ? Pourquoi accusait-elle ainsi le coup ?

Elle considéra son attitude guindée, le profil dur de sa mâchoire. Puis, quand il se tourna lentement pour la fixer, Céline comprit dans un soudain éblouissement — elle ne savait ni quand ni comment — qu'elle était tombée amoureuse de Timothy Moreau.

Sinon pourquoi diable ce qu'il pensait d'elle lui importait-il autant ? Pourquoi cette douleur lancinante à l'idée qu'il ne la prenne plus jamais dans ses bras ?

— Timothy, s'il vous plaît. C'est promis ! Jamais je ne laisserai vos souvenirs envahir mon esprit sans votre autorisation.

Il tendit les mains vers elle puis les laissa retomber. Il brûlait de l'attirer à lui et de la réconforter. Cette diablesse de sorcière ! Il la désirait alors même qu'il n'ignorait rien de sa perfidie !

— Comment pourrais-je encore vous faire confiance ?

— Nous ne pourrons pas continuer ainsi toute notre vie, articula-t-elle lentement.

Le grondement des vagues qui s'écrasaient sur le

sable rendait sa voix presque inaudible. Des larmes brillaient dans ses yeux — et autre chose qu'il ne voulait pas reconnaître. Il était effrayé de découvrir qu'il comptait vraiment pour elle.

Il lui tourna le dos, décidé à sauter en selle, mais il ne pouvait tout de même pas l'abandonner.

Céline refusait de le laisser partir sans avoir essayé de calmer sa colère. Elle posa la main sur son bras au moment où il allait passer son pied dans l'étrier.

— Timothy, écoutez...

A son contact, il sentit une insidieuse chaleur l'envahir. Il reposa son pied et la saisit par les épaules.

Elle rejeta la tête en arrière et ferma les yeux. Une seule larme brillait sur ses cils, qui roula le long de sa joue et se perdit dans le sable. Le vent avait fait des ravages dans sa chevelure déployée jusqu'à la taille.

Cette femme, cette sorcière, l'avait envoûté.

— Vous avez raison, Céline, reconnut-il, et il resserra l'étreinte sur son épaule, la forçant à ouvrir les yeux et à le regarder. Nous ne pouvons pas continuer ainsi.

Son désir était plus fort que sa peur. Il l'attira plus près et plongea son regard dans ses yeux.

— Vous voulez vous introduire dans mon passé? Allez-y donc! Si c'est là le prix que je dois payer pour m'enfouir en vous, alors allez-y!

Il glissa un bras autour d'elle et la tint emprisonnée pendant qu'il commençait à se déshabiller. Elle ne se débattait pas mais demeurait immobile, le fixant droit dans les yeux.

— Je vous veux, Céline. Que le diable vous emporte, mais je vous désire à en mourir!

Elle était incapable de discuter alors qu'elle sentait son propre désir monter en elle. Il la souleva dans ses bras et la porta à l'ombre du banian. Le sable était étonnamment frais.

Il y avait tant de choses qu'elle aurait voulu lui dire,

mais elle commençait à le connaître suffisamment pour comprendre que les mots d'amour et les promesses pesaient sur lui comme un fardeau supplémentaire.

Il la désirait. Elle avait besoin de lui. La seule façon de lui manifester son amour était de se donner à lui sans serments ni promesses.

Il la relâcha le temps de se débarrasser de son pantalon, puis se débattit avec les nœuds de sa jupe.

— Serrez-moi, Céline. Fermez vos yeux et glissez-vous dans mon esprit, mais écoutez-moi bien : je vous le permettrai seulement quand je ne pourrai refréner mon désir.

Il se laissa aller contre elle, dévoré par la passion.

— Certainement pas ! s'exclama-t-elle en laissant rouler sa tête de droite à gauche. J'ai promis de ne pas...

Les vents étaient chargés de sel et de bruine. L'air embaumait le frangipanier. Incapable d'attendre plus longtemps, il enfouit son visage contre son cou et la fit sienne. Elle était chaude et entièrement à lui, du moins pour cet instant béni.

Elle se souleva à sa rencontre, prête à ressentir la douleur de l'autre nuit. Mais rien de la sorte ne se produisit, comme il le lui avait promis. Elle fut envahie par l'amère certitude qu'en dehors du désir, il n'éprouvait rien, aucun sentiment pour elle...

Fidèle à sa promesse, elle ne s'introduisit pas dans son esprit mais se concentra sur l'infinie variété de sensations qu'il éveillait par ses caresses. Il se mit à bouger en elle à la même cadence que les vagues sur la plage. Elle sentait son souffle chaud contre son oreille et sa langue qui traçait un chemin le long de son cou.

Elle se cambra contre lui et cria son nom de toutes ses forces. Sa plainte fut avalée par le hurlement de la mer, emportée sur les ailes du vent.

Enhardi par la violence des réactions de Céline, il

se laissa aller à la fureur de la passion qui l'emportait. Ses poussées se firent de plus en plus violentes, et elle y répondit avec une énergie qui égalait la sienne. Il sentit son rythme s'accélérer jusqu'à l'explosion finale.

Il ne savait plus s'il entendait les battements fous de son propre cœur ou le bruit des rouleaux qui s'écrasaient sur le sable. Oubliant sa colère, il serra Céline dans ses bras, écarta les mèches humides de son visage, sentit le sable mêlé à ses cheveux.

La mémoire l'arracha brutalement à ce moment de bonheur. Il la relâcha, roula sur le côté et s'assit puis, retirant sa chemise, il courut, nu comme Adam, se jeter à l'eau.

Céline se redressa, refusant de céder à la mélancolie qui l'envahissait. C'était stupide de pleurer la perte de quelque chose qu'elle n'avait jamais possédé. Elle se mit sur les genoux, étala sa jupe autour d'elle et, en plissant les yeux à cause du soleil, regarda Timothy s'éloigner du bord en quelques brasses vigoureuses.

Elle lui enviait cette liberté de s'échapper dans un autre univers, même si cela ne durait que quelques minutes. Elle se leva et marcha le long du rivage pendant qu'il continuait à se défouler en nageant énergiquement. Au bout de la plage, elle souleva ses jupes et entra dans l'eau presque jusqu'à la taille. Elle était tiède mais délicieusement rafraîchissante. Retenant ses jupes d'une main, elle s'aspergea le visage et le cou puis se mouilla les cheveux.

Timothy sortait de l'eau. Elle lui laissa le temps de s'habiller, puis elle rejoignit lentement le rivage et longea la plage à sa rencontre.

— Il est temps de rentrer, annonça-t-il en lui tendant la main pour l'aider à se mettre en selle.

Elle hésita puis glissa sa main dans la sienne.

— Timothy, je vous donne ma parole : cela ne se renouvellera pas...

— J'aimerais mieux que nous ne parlions plus de cela, déclara-t-il aussi froidement qu'il le put.

Une fois qu'elle fut en selle, il se hissa derrière elle et se dirigea vers le chemin qui traversait les champs de canne. Céline était consciente de ses efforts pour ne pas la toucher. Heureusement, ils étaient plus proches de la maison qu'elle ne l'imaginait. Une végétation tropicale remplaça bientôt les champs là où autrefois s'étendait un jardin. Dès qu'ils furent dans la cour, Céline se laissa tomber de la selle sans attendre son aide et se dirigea vers la maison.

Il n'essaya pas de l'arrêter.

Les pieds nus de Céline glissaient sur les pierres qui bordaient l'allée envahie par les mauvaises herbes. Ses cheveux noirs, encore mêlés de sable, se balançaient sur ses épaules. Il aurait voulu être capable de lui parler, mais il n'avait pas encore réussi à surmonter son trouble après la révélation de Céline.

Il avait donc passé toute sa vie à chasser des souvenirs qu'elle pouvait éveiller à volonté sans même qu'il le veuille ! Dire qu'auparavant il pensait pouvoir tenir la promesse faite à Alex !

Elle était si belle, si désirable, si convaincante qu'il avait été tenté de la prendre dans ses bras et de lui pardonner.

Il avait besoin de réfléchir.

Physiquement, il ne pouvait plus se passer d'elle. Il était comme drogué.

Tim ôta de la selle ses bottes et les chaussures de Céline avant de remettre sa monture au garçon d'écurie.

Il était à quelques pas de la véranda quand Ada sortit de la maison d'un air affairé pour les accueillir. Sanglée dans une robe de soie gris perle, elle s'appuya contre le chambranle et observa le désordre de la tenue de Céline. Tim rejoignit sa femme et salua sa tante d'un petit signe de tête.

— Où as-tu mouillé ainsi ton pantalon, Timothy ?

Céline, vous semblez avoir besoin d'un bain. Je vais envoyer Edward vous en préparer un, déclara-t-elle en se détournant, puis elle ajouta brusquement : Nous avons eu des nouvelles du petit garçon de Bobo. Je suis si heureuse qu'il soit sain et sauf ! Quel héros tu fais, Timothy, et quelle journée nous venons de vivre !

Tim n'avait d'autres désirs qu'étancher sa soif et changer de pantalon, mais il y avait des devoirs qu'il ne pouvait écarter.

— Pas d'autres ennuis avec le sorcier, j'espère ?

Ada agita la main.

— Non, non. Rien de ce genre — c'est quelque chose de tout à fait inattendu. Vous ne m'aviez pas avertie que vous attendiez des invités...

— Nous attendions *qui*, ma tante ?

— Voyons, le propre frère du gouverneur, Collin Ray, avec un libraire de la Barbade. Un M. Wells, me semble-t-il. Howard Wells. Céline l'a invité à venir lui rendre visite le soir où ils ont dîné ensemble à Baytowne. A propos, en parlant de dîner, il sera prêt dans une heure.

Elle repoussa de la main les mèches qui s'étaient échappées de ses nattes et continua sans laisser à Tim le temps de placer un mot :

— J'ai demandé à Foster de surveiller la cuisson de quelques petits plats à ma façon. J'ai confectionné un pudding auquel on rajoutera du rhum quand il refroidira. Il faut le faire cuire une heure, mais parfois, si on n'est pas assez attentif...

— Vous nous mettez l'eau à la bouche, tante Ada ! la coupa Céline, venant à la rescousse de Timothy. Cela vous ennuierait-il de m'envoyer Edward tout de suite ?

— C'est qu'il y a tant à faire ! s'exclama Ada.

Excitée à l'idée de superviser tous ces détails, elle repartit dans les profondeurs de la maison avec une démarche de jeune femme, et le sourire aux lèvres.

Timothy laissa passer Céline devant lui puis la suivit dans l'escalier. Il s'arrêta à la porte de sa chambre et, quand elle entra, il remarqua :

— J'ignorais que vous aviez rencontré quelqu'un à Baytowne en dehors de Ray. Maintenant, il semble que vous ayez deux admirateurs sous notre toit.

— M. Wells est assez vieux pour être mon père. C'est un monsieur charmant, instruit et intéressant. Comme vous n'étiez pas là pour m'escorter à la salle à manger cette nuit-là, Foster et Edward m'ont choisi un cavalier au-dessus de tout soupçon. Je l'ai invité sans réfléchir. Si vous avez peur que je m'insinue dans leur mémoire, soyez rassuré. Vous pouvez me faire confiance.

Timothy la scruta un moment, pesant ses mots.

— Je ne vois malheureusement pas d'autre solution. Et vous ?

15

Grâce aux efforts conjugués d'Edward et de Foster, l'argenterie de la famille Moreau étincelait sur la nappe damassée, fraîchement lavée et amidonnée. Le soleil de l'après-midi nimbait la pièce d'une lumière dorée qui réussissait même à donner une nouvelle jeunesse aux tentures fanées. Céline avait insisté pour qu'Ada occupe la place d'honneur au bout de la table, à la droite de Tim, préférant quant à elle s'installer à côté d'Howard Wells plutôt que de Collin Ray.

Le frère du premier magistrat de l'île était assis, l'air guindé, près d'Ada. Ses vêtements témoignaient de sa haute position sociale. Le gilet de brocart, la jaquette et la cravate de soie contrastaient avec la chemise largement ouverte de Tim, ses manches bouffantes et ses pantalons couleur chamois.

Ray pouvait observer Céline tout à loisir et ne prêtait qu'une oreille distraite au bavardage d'Ada. La jeune femme trouvait ce comportement particulièrement déplacé, aussi s'efforça-t-elle d'ignorer Collin Ray et de ne s'occuper que d'Howard Wells. Elle allait lui demander quelles avaient été ses dernières lectures quand Ray mobilisa toute l'attention :

— On raconte en ville que votre femme est une sorte de sorcière, Moreau.

Collin Ray leva son verre de vin et fixa Céline par-dessus le bord en avalant une gorgée.

Céline posa sa fourchette et croisa les mains sur ses genoux. Elle détourna les yeux de l'odieux personnage.

— Ma femme est une mégère, pas une sorcière, déclara Tim sur un ton qui n'encourageait pas la conversation.

— Ma pauvre petite, compatit Ada en s'adressant à Céline. Je ne comprends rien à ces histoires de sorcière à votre sujet. C'est vraiment ridicule ! Ce matin, poursuivit-elle en se tournant vers Ray, visiblement impressionnée par ses manières, il y a eu une scène tout à fait curieuse avec le sorcier.

— Une scène ?

Ray n'eut aucun mal à pousser la brave demoiselle sans défiance à lui donner des détails.

— Je doute que cela intéresse Monsieur Ray, ma tante, remarqua Tim.

— Voyons, mais bien sûr que cela m'intéresse ! Une scène, disiez-vous ?

Ray reprit une gorgée de vin.

— Les esclaves étaient très nerveux. Certains avaient entendu des rumeurs en ville. Et naturellement, tout ce qui est mystérieux les bouleverse.

Ada se mit à raconter la confrontation de Tim et de Céline avec le sorcier.

— J'ignorais qu'il restait autant d'esclaves sur la plantation, déclara Ray en se tournant vers Timothy. Vous n'allez pas laisser ce sorcier continuer à faire ses tours de magie maintenant que vous êtes de retour ? La plupart des planteurs sont persuadés qu'ils incitent les esclaves à la rébellion. Si vous connaissez son identité, vous devriez le vendre.

— Ce n'était pas l'opinion de mon père, remarqua Tim. Et je m'aligne sur son jugement. Il savait combien il était important de procurer aux esclaves une certaine paix de l'esprit. La magie remplit le vide de leur vie. Même si vous prenez le sorcier pour un plaisantin, les esclaves, eux, ont confiance en lui. Où est le mal ?

— Mais votre femme semble en danger.

Tim termina son verre de vin et attendit qu'Edward le lui remplisse de nouveau.

— Ma femme a prouvé qu'elle n'avait pas peur de tenir tête au sorcier. Les esclaves apprécient les manifestations d'autorité. D'autant plus qu'elle a sauvé le fils du régisseur.

— J'ignorais que vous aviez un régisseur.

— C'est un des esclaves. Il est aussi bouilleur et chef d'équipe. Pourquoi ne ferait-il pas office de régisseur ?

— Parce que c'est un esclave ! Vous l'avez nommé régisseur ? fit Ray, stupéfait.

— Non. Je dirais plutôt directeur. Les choses se passaient fort bien avec lui quand je suis arrivé et je n'ai pas voulu tout bouleverser.

Tim termina son verre.

Ray fut incapable de cacher sa désapprobation.

— J'espère qu'on ne vous trouvera pas tous assassinés dans vos lits un de ces jours.

Céline se tourna vers Howard Wells, espérant qu'il pourrait lancer un nouveau sujet de conversation mais il était fort occupé à sourire à Ada. Aucun des deux ne prêtait attention au débat enflammé qui opposait les dîneurs. La tante de Timothy était tout à fait consciente de l'attention du libraire et rougissait timidement.

— Reprendrez-vous un peu de *chocho*, Monsieur Wells ?

— Volontiers. Il est délicieux, acquiesça-t-il.

Ne trouvant pas d'aide de ce côté, Céline étudia attentivement la salle à manger avec sa table massive et ses longues baies qui donnaient sur la mer. Foster et Edward avaient vraiment repris les choses en main, et au-dessus d'eux les cristaux de l'imposant lustre brillaient de mille feux.

Plongée dans ses pensées, elle sirota une gorgée de vin. Timothy était-il toujours furieux contre elle ?

— Qu'avez-vous l'intention de faire ?

La remarque de Ray la fit sursauter et elle renversa un peu de vin sur la nappe. Edward se glissa hors de la pièce.

— Je compte émanciper tous les esclaves de Dunstain aussitôt que l'avoué de ma mère sera rentré d'Angleterre.

— Vous ne pouvez pas... bredouilla Ray.

— Pourquoi pas ? Il y a déjà de nombreux esclaves émancipés installés à St. Stephen. D'ailleurs, ce n'est plus qu'une question de temps avant que l'esclavage ne soit aboli dans les îles. Je suis persuadé que cela arrivera bien plus tôt qu'en Amérique.

— C'est absurde !

— Je suis de l'avis de Timothy, annonça Wells, puis il tourna un visage rayonnant vers Ada.

Timothy demanda l'avis de Céline.

— Vous trouvez cette idée stupide, vous aussi ?

— Pas le moins du monde ! protesta-t-elle avec un sourire et, même s'il ne le lui rendit pas, elle comprit qu'il écartait pour le moment leur querelle. Je dirais même que vous m'avez rarement paru aussi sensé.

A la fin du dîner, la nuit était tombée et des torches avaient été allumées autour de la maison. Ada proposa à Howard Wells de lui montrer la bibliothèque.

Mal à l'aise après leur départ, Céline ne tarda pas à s'excuser, laissant Timothy et Collin Ray devant un cognac et des cigares. Elle se glissa dans la cuisine où Edward et Foster aidaient à ranger les reliefs du dîner. Gunnie avait les bras plongés jusqu'aux coudes dans l'eau savonneuse.

— Merci pour ce délicieux repas ! dit Céline aux deux hommes.

— Miss Ada a quelques merveilleuses recettes, répondit Foster.

— Ce doit être un coucher de soleil extraordinaire, annonça Edward. C'est le meilleur moment pour une promenade dans le jardin. Je peux aller chercher Tim…

— Il est occupé avec M. Ray.

Elle était persuadée qu'une promenade romantique en sa compagnie était la dernière chose que désirât Timothy.

Céline sortit de la pièce par-derrière, traversa la véranda et suivit le chemin envahi par les mauvaises herbes qui aboutissait à une terrasse avec vue plongeante sur la mer. Un vieux banc de pierre près de la balustrade invitait à la détente.

Un sentiment de paix monta en elle tandis qu'elle s'asseyait en croisant les mains sur ses genoux. Elle regarda le ciel se teinter d'orange et de jaune.

Si Timothy n'oubliait pas de lui envoyer le renfort promis, le jardin retrouverait bientôt son ancienne splendeur. Et Céline était prête à remonter ses manches pour participer à la tâche.

Ce moment bienheureux ne dura pas. Une impression de froid la transperça. Elle frissonna et lança un coup d'œil par-dessus son épaule. Un homme se détachait sur le fond de verdure. Elle sourit, pensant qu'il s'agissait de Timothy. Mais quand il sortit de l'ombre, elle reconnut Collin Ray.

Espérant avoir le temps de rejoindre la maison, elle quitta alors son banc, mais Ray, plus leste qu'elle ne l'imaginait, lui bloqua le passage. La manière brutale dont il surgit devant elle lui rappela la scène pénible avec Jean Perot. Un frisson la parcourut des pieds à la tête.

— Vous avez froid ? s'enquit Ray avec un sourire de satisfaction.

— Laissez-moi passer ! On a besoin de moi à l'intérieur.

— C'est ici qu'on a besoin de vous.

— J'ai peur de ne pas comprendre, déclara-t-elle en s'efforçant de le contourner.

— Je suis sûr que si. Vous vous souvenez de notre petite rencontre sur les quais…

— Vous lui donnez une connotation de rendez-vous galant qu'elle n'avait pas du tout.

Elle essaya de le contourner en serrant ses jupes contre elle pour ne pas l'effleurer.

Il l'attrapa par le bras.

— Etes-vous prête à accepter mon offre de protection ?

— Mais de quoi parlez-vous ? Je suis mariée…

— A un homme qui n'a pas jeté un regard sur vous de tout le dîner. Vous n'avez sûrement pas envie de rester ici. L'endroit est en ruine. La vieille femme est sénile. Moreau est criminel de ne pas se débarrasser de ce fou de sorcier qui est prêt à tout pour prouver sa suprématie ! Votre vie est en danger, Céline !

— Voyons, c'est ridicule ! Vous êtes le premier à affirmer que ces sorciers n'ont aucun pouvoir. La description que vous faites de Dunstain Place ne correspond en rien à la réalité. Dans très peu de temps, la propriété aura retrouvé son lustre d'antan grâce à mon mari.

Il l'attira plus près. Elle grimaça et le toisa d'un air méprisant.

— Lâchez-moi ! ordonna-t-elle en se débattant.

Il se pencha vers elle. Elle pouvait sentir les relents d'oignon et de tabac de son haleine. Ses yeux étaient froids comme ceux d'un serpent. Son regard brillait de lubricité.

— Savez-vous où votre mari a passé la nuit quand il vous a abandonnée à Baytowne dans un semblant d'auberge ?

— Non, et cela m'est égal !

— Il était chez Madame Felicity, la plus célèbre maison close des Antilles.

Elle sentit son regard brûlant errer sur sa poitrine, sur ses lèvres, sur sa gorge. Elle tenta de se libérer.

— Vous êtes bien trop jolie pour perdre votre jeunesse auprès d'un mari qui n'a même pas le temps de vous regarder. Mon offre de protection tient toujours.

— D'où tenez-vous que ma femme a besoin de protection, Ray ?

Céline se retourna et aperçut Timothy qui traversait la véranda. Derrière lui, Foster et Edward se profilaient dans l'ombre. Leur présence la rassura.

Tim était furieux. En sortant de la salle à manger, il était prêt à blâmer Céline d'essayer de séduire Ray juste sous son nez, maintenant il en avait entendu et vu suffisamment pour se rendre compte de la réalité. Il approcha à grandes enjambées, faisant sonner ses bottes sur les pavés.

— Je pourrais vous provoquer en duel, Ray.

Tim s'arrêta à côté de Céline. Il lui prit le bras et massa doucement l'endroit où les doigts de Ray avaient laissé une marque rouge.

Collin Ray arrangea la dentelle de ses poignets.

— Je viens de faire une offre à votre ravissante épouse. C'est tout !

— Une offre bien peu honorable !

— Regardez les choses en face ! On ne vous acceptera jamais ici, Moreau. Vous êtes exactement comme votre père. Il frayait avec la lie de la société. Personne n'est près de l'oublier.

— Je me fiche éperdument de votre société ! Je ne suis pas anglais et je ne prétends pas non plus ressembler à vos coloniaux qui, bien que nés ici, considèrent toujours l'Angleterre comme leur patrie. Je n'ai aucun besoin de votre aide pour régler mes problèmes, Ray. Et maintenant, je vous demande de partir avant d'être obligé de vous chasser. Et n'importunez plus jamais ma femme, sinon je serais obligé de vous tuer. Je ne vous le répéterai pas.

— Je lui ai proposé mon aide uniquement parce que vous ne semblez pas l'apprécier à sa juste valeur, Moreau. Je ne demande qu'à m'en aller. Bonsoir, Madame, dit-il en s'inclinant devant Céline.

Elle ne répondit pas à son salut. Dès qu'il eut quitté le jardin, elle se blottit contre le torse de Timothy.

Il fixa d'un air indécis sa chevelure d'ébène. La joue de Céline était pressée contre son cœur. Il était surpris d'être heureux qu'elle se soit tournée vers lui. Il leva lentement la main et se mit à lui caresser les cheveux.

— Il m'effraie, murmura-t-elle.

— Je ne suis pas non plus toujours très gentil, Céline, et pourtant je ne vous effraie pas.

— Mais vous, vous n'avez rien de maléfique.

Elle savait que si Timothy se montrait parfois froid et dur, c'était pour ne rien laisser filtrer de ses émotions. Elle finit par se détendre et s'écarta de lui. Timothy marcha jusqu'à l'extrémité de la terrasse pour admirer le ciel pourpre et les étoiles qui venaient une à une prendre leur place. Il essayait d'effacer l'image des mains de Ray sur Céline.

— Notre mariage était un accord financier. Rien de bien différent de ce que Ray vous a offert...

— Je ne suis pas une prostituée.

— Je le sais ! affirma-t-il sans une hésitation.

Céline tentait de retenir les larmes qui lui brûlaient les yeux. Une légère brise agita les feuilles de l'hibiscus. Elle embaumait le parfum des frangipaniers, et Céline retrouva le sentiment de paix qu'elle avait ressenti tout à l'heure.

Timothy se retourna, sentant son regard peser sur lui. Le contraste entre la fragilité physique de Céline et sa force intérieure lui donnait un charme supplémentaire. Qu'aurait-elle fait s'il n'était pas arrivé à temps pour repousser Ray ? Combien de temps aurait-elle pu le maintenir à distance ?

Tim soupira et, cédant au besoin tout nouveau de la protéger, traversa la terrasse dans sa direction.

— Ne vous inquiétez pas pour Ray. Nous n'avons pas besoin de lui ni des gens de son espèce par ici.

— Vous n'êtes pas invulnérable, Timothy. Un serpent frappe souvent sans prévenir.

Ils s'étaient fait un ennemi de cet homme puissant. Rien de bon ne pouvait en sortir.

— Auriez-vous lu quelque mauvais augure dans ses pensées ? Je commence à entrevoir une certaine utilité à votre étrange talent.

— Persa a toujours affirmé que lire dans le passé n'avait aucun intérêt. Je n'aurais rien pu deviner des intentions de Collin Ray même si je l'avais voulu.

Il s'approcha encore, attiré par sa beauté rayonnante. Bien que les étranges possibilités de Céline le missent mal à l'aise, il la trouvait de plus en plus irrésistible. Quand il était dans ses bras, plus rien n'existait.

Collin Ray était moins dangereux pour lui que ce désir qui menaçait de le rendre fou.

— Ne pensez plus à Ray, conseilla-t-il, puis il se recula brutalement, persuadé que s'il effleurait ne serait-ce que sa main, il serait incapable de ne pas la traîner dans son lit. Il est tard, ajouta-t-il en s'arrêtant sur la première marche de la véranda.

— Bonne nuit, Tim, chuchota-t-elle.

Elle sentit sa gêne et détourna les yeux. Plus aucune lueur n'éclairait le firmament. La Voie lactée éclaboussait un ciel d'encre. Quand elle se retourna pour regagner la véranda, il avait disparu.

Le lendemain matin, une vague de mélancolie s'abattit sur Céline. Effrayée par ses sentiments, elle se répétait qu'il ne s'agissait pas d'un mariage d'amour. Mais dès que le souvenir des merveilleux moments passés sur la plage lui revenait en mémoire, elle ne pouvait s'empêcher d'espérer...

Elle s'habilla rapidement et se dépêcha de descendre. Ada et Howard Wells terminaient juste leur petit déjeuner.

— Je suis désolée d'avoir tant dormi, s'excusa-t-elle.

Elle s'était tournée et retournée dans son lit pendant des heures en songeant à Timothy et à l'avenir, se rendant bien compte qu'il y avait de la folie à vouloir lui faire exprimer ses émotions.

— Voyons, mais cela n'a aucune importance, ma chérie. Timothy nous avait annoncé que vous descendriez tard, déclara Ada en lui adressant un clin d'œil tout à fait malvenu qui la fit rougir et se détourner. Je lui ai promis de vous prévenir qu'il mettait trois hommes à votre disposition. Ils ont déjà commencé à tailler la haie autour de la terrasse. Alyce est ravie, ajouta-t-elle avant d'enfourner une cuillerée de papaye dans sa bouche.

Céline s'assit à côté d'Howard Wells.

— Je suis heureuse de voir que vous n'êtes pas parti avec M. Ray.

— En fait, je n'en ai même pas eu l'opportunité. Il est parti très soudainement d'après ce que j'ai entendu, répondit le libraire, puis il se tourna vers Ada qui rougit sans raison apparente et se mit à tripoter sa serviette de lin. J'ai décidé d'accepter l'aimable invitation de Miss Dunstain de rester quelques jours pour répertorier les livres de la bibliothèque. J'espère que cela ne vous dérange pas ?

Céline ne pouvait manquer de voir l'expression pleine d'espoir qu'arborait Ada.

— Je crois que c'est une très bonne idée, approuva-t-elle. Si vous voyez un ouvrage qui risque de me plaire, surtout, dites-le-moi.

— Mais certainement.

Le sourire d'Howard Wells creusait une multitude de petites rides autour de ses yeux.

Céline avala une bouchée de poisson, mais le trouva trop épicé. Elle s'éclipsa rapidement en promettant à Ada de ne pas travailler sous le soleil trop longtemps.

Elle venait de se changer et allait sortir quand Foster l'intercepta. Edward n'était pas loin.

— Désirez-vous quelque chose ? s'enquit-il.

— Pas pour le moment. Je vais au jardin.

L'air d'intense satisfaction qu'elle lisait sur son visage éveilla sa curiosité. Il s'éclaircit la gorge, joua avec les boutons de sa veste, puis repoussa ses cheveux en arrière.

— Vous vouliez me parler, Foster ?

— Oh, juste vous prévenir que Timothy était parti aux aurores pour surveiller la plantation, annonça-t-il.

— Vous avez sans doute remarqué qu'il avait une excellente assiette à cheval, intervint Edward.

Céline comprit soudain où ils voulaient en venir et retint un sourire.

— Oui, bien entendu !

— Et qu'il nage comme un poisson, ajouta Edward.

— Tout à fait exact ! reconnut-elle sans difficulté.

— Vous avez vu comment il a défendu votre honneur la nuit dernière devant ce mufle ! lui rappela Foster.

— Vous voyez, c'est bien ce que nous vous disions ! Les apparences sont parfois trompeuses... intervint Edward.

— Il n'est vraiment pas aussi mauvais qu'il voudrait le faire croire parfois, poursuivit Foster.

— C'est vrai qu'il possède quelques solides qualités, reconnut volontiers Céline.

Edward se racla la gorge.

— Avez-vous remarqué qu'il a à peine bu un verre hier au dîner ?

— Et après le dîner aussi, surenchérit Foster. Est-ce que je me trompe en pensant qu'il a une place toute particulière dans votre cœur malgré ses défauts ?

Edward avait pris une mine de vieille fille curieuse.

— Disons que mon mari et moi avons trouvé un terrain d'entente depuis que nous sommes ici, déclara Céline en souriant. Nous vivons au jour le jour.

Edward porta les mains à son cœur d'un air béat.

— Que pouvons-nous demander de plus ? remarqua Foster. Au jour le jour.

16

Quelques heures plus tard, Céline se réjouissait d'avoir enfilé la vieille robe que Foster déclarait juste bonne à jeter aux chiffons. Ses mains étaient sales, ses cheveux en bataille, son visage maculé de terre et de sueur. Elle ne s'était pas contentée de superviser le travail et n'avait pas résisté à l'envie d'arracher elle-même les mauvaises herbes ou de couper la haie.

L'air était lourd d'humidité. Les nuages s'étaient amassés au-dessus de leurs têtes, signe que les pluies de l'après-midi n'allaient pas tarder. Fatiguée, elle congédia les esclaves qui regagnèrent le village. Puis, après s'être essuyé le front avec son bras, elle reprit le chemin qui serpentait dans le jardin. Elle attrapa le bas de sa jupe et épongea la transpiration sur sa gorge.

Les singes jacassaient dans les frondaisons, furieux de son intrusion dans leur domaine. Les perroquets se joignirent au concert, presque invisibles avec leur plumage bariolé.

Céline laissa retomber sa jupe et se redressa, croyant apercevoir Timothy entre les arbres. Elle agita la main et il lui répondit, mais quand il s'approcha, elle se rendit compte de son erreur et découvrit un homme plus âgé qui lui ressemblait comme un frère, avec des cheveux d'un noir d'ébène et un bandeau de cuir sur un œil. L'homme était presque aussi grand que son mari et se déplaçait avec la même aisance.

Avant qu'elle puisse ouvrir la bouche, il s'inclina brièvement pour lui baiser la main.

— J'ai entendu dire que Timothy était revenu ici avec une ravissante épouse. Je suis heureux de constater qu'on ne m'a pas menti ! déclara-t-il.

Il y avait quelque chose d'accueillant et de charmeur dans son sourire. Exactement l'homme qu'aurait dû être Timothy si l'amertume ne lui rongeait pas le cœur. Son attitude était si désarmante qu'elle ne put s'empêcher de lui rendre son sourire.

— Vous êtes bien plus que belle. Exquise serait le mot juste. Vous vous appelez Céline, n'est-ce pas ?

— En effet, reconnut-elle, et elle s'excusa pour sa tenue en tentant de remettre un peu d'ordre dans ses cheveux. Et vous, Auguste Moreau ?

Elle ne voyait pas qui d'autre il aurait pu être, à moins que Timothy n'eût oublié de lui signaler l'existence d'un frère aîné.

— Comment avez-vous deviné, ma chère, alors que tout le monde me croit mort ? Vous ne paraissez même pas surprise d'avoir un fantôme devant vous.

Elle pencha la tête sur le côté et l'examina.

— Vous n'êtes pas plus un fantôme que moi. D'où venez-vous ?

— Mon bateau est au mouillage dans une anse qui donne sur la petite plantation voisine. Le propriétaire est un ami proche qui me fait bon accueil à chacune de mes rares visites. Comment m'avez-vous reconnu ?

— Je vous aurais reconnu n'importe où. Mon mari

vous ressemble follement. Il est juste un peu plus grand et a des yeux bleus. Malheureusement, ils ne pétillent pas comme les vôtres.

— Ah! Et pourquoi donc?

— A cause de sa vie depuis que vous l'avez chassé loin de vous.

Il parut surpris de sa franchise.

— J'ai fait ce que j'ai cru le mieux pour lui.

— Pour lui ou pour vous, Monsieur?

Elle vit la lueur d'amusement s'éteindre dans ses yeux.

— Pour lui, bien sûr! Je suis un mauvais sujet, je le reconnais. Un bon à rien qui a épousé une héritière — pas pour son argent, mais parce que nous étions très amoureux. Alyce est morte dans un accident et c'était ma faute. Ma vie était terminée. J'étais incapable de sortir de mon chagrin. Comment aurais-je pu être un père pour mon fils?

Elle s'efforça de se mettre à sa place, désireuse de le comprendre.

— J'ai tenté de me tuer, mais je ne voulais pas que Timothy soit exposé au scandale, aussi l'ai-je envoyé chez mon père, à La Nouvelle-Orléans.

— Comment avez-vous pu le confier à Henry Moreau alors que vous-même ne vous entendiez pas avec votre père? N'avez-vous jamais imaginé que ce dernier risquait de tourner sa colère et sa déception contre votre fils?

— Je ne voyais pas plus loin que ma culpabilité et mon chagrin. J'espérais que là où mon père avait échoué avec moi, il réussirait avec mon fils. Et cela semble être le cas puisque Timothy est revenu s'occuper de Dunstain Place.

— Comment l'avez-vous appris? Si vous êtes encore en contact avec Ada, elle garde bien votre secret.

Il secoua la tête.

— Elle est persuadée que je suis mort, comme tout

le monde. Quand j'ai disparu, j'avais bien l'intention de mourir. Je me suis laissé dériver sur un petit bateau sans eau ni provisions. Eh bien, figurez-vous qu'au lieu d'être englouti par la mer, j'ai été repêché, délirant et presque mort, par un vieux pirate qui m'a légué tout son savoir. J'ai tout abandonné derrière moi, mon passé, tout ce que j'étais. J'ai pris le nom de Roger Reynolds et me suis transformé en corsaire pendant plusieurs années. J'ai un homme de toute confiance qui dirige Dunstain Place depuis ce temps.

— Qui est-ce ?

— Bobo.

— Bobo, l'esclave ?

— Bobo est aussi libre que vous et moi... Si tant est qu'un homme puisse être vraiment libre dans sa vie. Il travaille pour moi et, croyez-moi, il est bien payé.

— Tim sera furieux quand vous le lui apprendrez. Il nourrit déjà une haine féroce à votre égard parce que vous l'avez chassé d'ici, mais s'il apprend que vous lui avez joué la comédie de votre propre mort...

Un chagrin réel assombrit son regard.

— De toute façon, je n'ai pas l'intention de revenir dans la vie de mon fils. Cela me suffit de savoir qu'il vous a et qu'il est de retour chez lui.

— Alors, vous allez l'abandonner de nouveau ?

Elle ne pouvait cacher sa colère plus longtemps. Timothy méritait de connaître la vérité.

— Il me croit mort. J'aimerais mieux que les choses restent ainsi.

— Tout corsaire que vous ayez été, Monsieur, vous êtes un lâche !

— J'ai été le meilleur des corsaires, car cela m'était vraiment égal de vivre ou de mourir. Dans ces conditions, un homme est capable de prendre n'importe quel risque. Mais vous n'avez pas tort sur un point : j'ai été trop lâche pour élever mon fils ! reconnut-il d'une voix pleine de tristesse. Et maintenant, je l'ai perdu, comme sa mère.

Trop consciente de la blessure de Timothy pour être objective, elle refusa de laisser cet homme ignorer le mal qu'il avait fait à son fils.

Elle lui prit le bras et le força à écouter.

— Non, ce n'est pas trop tard! Il faut lui dire la vérité. Vous tenez suffisamment à lui pour lui expliquer pourquoi vous l'avez envoyé chez son grand-père. Ne le laissez pas dans l'idée que vous l'avez chassé parce que vous ne l'aimiez pas assez. Vous n'imaginez pas combien il souffre de votre abandon.

— Mais je ne l'ai jamais abandonné! protesta Auguste avec des accents d'angoisse. Mon fils n'a jamais cessé de me manquer. J'aurais préféré perdre mes deux yeux plutôt que de le perdre, lui. Mais c'est trop tard pour les regrets. Quand il connaîtra la vérité, il ne m'en détestera que davantage.

Céline en aurait pleuré. Elle chassa furtivement l'unique larme qui coulait sur sa joue et se détourna afin de lui cacher son désarroi.

— Je n'avais pas l'intention de vous blesser, Céline, s'excusa-t-il. Je voulais juste rencontrer la femme qui me donnera un jour un petit-fils.

Elle sentit sa main sur son épaule, mais refusa de se retourner pour lui faire face.

— Vous n'aviez pas l'intention de blesser Timothy non plus, mais c'est ce que vous avez fait. Par votre faute, il est incapable de ressentir la moindre émotion, il est incapable d'aimer...

— Mais il vous aime sûrement...

Elle partit d'un éclat de rire amer qui la surprit elle-même.

— Non, il ne m'aime pas. Il ne pourrait pas m'aimer même s'il le voulait. Il ignore ce qu'aimer veut dire. Il n'a jamais appris à ressentir de l'amour — seulement à perdre tous ceux qui lui manifestaient de l'amour.

La mort d'Alexandre, l'incapacité d'Henry à manifester la moindre affection à son petit-fils, tout cela était trop long à expliquer à la sauvette dans le jardin. Craignant qu'Auguste ne parte avant qu'elle ait pu réussir à le convaincre, elle fit une nouvelle tentative :

— S'il vous plaît, Monsieur, je vous en prie, parlez-lui. Expliquez-lui pourquoi vous lui avez fait quitter l'île. Alyce aurait voulu que vous le fassiez, j'en suis sûre !

Auguste essuya délicatement une larme sur la joue de Céline. Il la contempla avec une expression de regret mêlé de résignation. Puis il soupira.

— Ce ne sera pas facile.

— Non, ce ne sera pas facile. J'ai peur que Tim ne soit indigné et furieux. Peut-être vaudrait-il mieux que je l'avertisse d'abord.

— Pas encore. Je dois régler certaines affaires auparavant. Je vous ferai signe par l'intermédiaire de Bobo si c'est nécessaire. Jusque-là, soyez gentille de ne pas révéler mon existence pendant quelques jours encore.

Tim ne voulait pas de secrets entre eux et, en dehors du meurtre de Jean Perot, elle ne lui avait rien caché. Maintenant, Auguste Moreau lui demandait de rompre cette confiance.

— Mais je ne peux pas lui mentir.

— Vous n'avez pas besoin de mentir, ne dites rien pour le moment, c'est tout.

— N'est-ce pas la même chose que de mentir ?

— S'il vous plaît, Céline. Gardez mon existence secrète encore trois jours.

Il lui adressa un sourire qui avait dû briser bien des cœurs sur bon nombre d'îles et elle fut incapable de lui refuser.

— Trois jours, alors.

Il prit sa main et l'embrassa, puis quitta le jardin en agitant le bras. Elle le regarda disparaître au milieu des arbres.

Espérant atteindre la maison avant la pluie, elle

s'engagea à grands pas sur l'allée fraîchement nettoyée. Soudain Gunnie apparut, comme sortie de nulle part, et courut frénétiquement vers elle. Céline craignit qu'elle n'eût aperçu Auguste jusqu'à ce qu'elle remarque la veste de Timothy entre ses mains.

— Venez vite, *Missie* !

— Qu'est-il arrivé ?

L'esclave tremblait. Elle tendit la veste à Céline en roulant des yeux horrifiés. Céline examina le tissu blanc chiffonné. Une grosse tache de sang le maculait.

— Où est Timothy ? A-t-il été blessé ?

Gunnie déglutit avec difficulté et pointa son doigt vers le chemin, derrière Céline.

— Il est allé s'occuper des nouveaux champs là-bas. Il s'est blessé. Il saigne beaucoup. Bobo dit qu'il vaudrait mieux que vous veniez.

Céline étreignit la veste sans prêter attention à la tache de sang qui maculait maintenant le devant de sa robe. Tim était blessé — peut-être mortellement. A voir la quantité de sang absorbé par le vêtement, il n'y avait pas de temps à perdre.

Elle descendit le sentier derrière Gunnie, trébucha sur une racine et tomba à genoux, puis se releva et se remit à courir.

Gunnie s'enfonçait au milieu de la forêt. Dans la touffeur et la pénombre du sous-bois, Céline apercevait juste de temps à autre l'éclair blanc de son corsage tandis qu'elle filait entre les arbres. Céline mit les mains devant son visage pour se protéger des branches basses et du fouillis de plantes grimpantes. Le sol gorgé d'eau aspirait ses chaussures, ralentissant sa course.

— Gunnie ! cria-t-elle, craignant de perdre sa trace au milieu de cette jungle. J'ai peur que nous ne nous soyons trompées, je ne vois rien qui ressemble à un champ de canne.

Et elle regretta de ne pas avoir accordé plus d'attention à Tim quand il lui avait exposé ses projets. Le chemin n'était plus qu'une étroite sente qui s'enfonçait dans des marécages.

Des singes se balançaient dans les arbres, semblant se moquer de sa progression chancelante. La sueur étalait la boue sur son visage et collait ses cheveux à sa nuque. Les grondements du tonnerre se répercutaient contre les montagnes. Elle entendit la pluie tambouriner sur le dais des feuilles au-dessus d'elle.

— Gunnie ! Attends !

A présent, elle ne voyait plus du tout l'esclave. Elle s'élança en avant, inquiète. La tête baissée, le regard fixe, elle ne songeait qu'à rejoindre Tim.

Soudain, elle s'arrêta en hurlant, juste avant de percuter le sorcier. Il se tenait devant un casuarina, aussi noueux que le tronc de l'arbre, et une lueur de triomphe étincelait dans son regard.

Mon Dieu, le piège était soigneusement préparé ! songea-t-elle en serrant la veste de Timothy contre sa poitrine.

— Où est mon mari ? L'avez-vous tué ou est-ce juste à moi que vous en voulez ?

Céline recula d'un pas, près de s'enfuir. Gunnie et un jeune esclave qu'elle ne reconnut pas lui coupèrent la route. Le garçon avait une longue corde de chanvre passée sur son épaule. Les yeux de Gunnie étaient toujours dilatés de terreur.

Céline se retourna pour observer le vieil homme. D'une main, il brandit un os et jeta de la poussière sur elle. Céline ne comprenait pas un traître mot de ce qu'il disait. Cela ressemblait à une mélopée.

Gunnie et le garçon s'approchèrent derrière elle et lui saisirent les bras. La voix du sorcier s'enfla et il devint comme fou furieux. Elle devina qu'il appelait ses dieux pour la maudire, lui retirer son pouvoir, la détruire.

Elle se débattit en vain. Ses ravisseurs lui arrachèrent la veste de Timothy et la lancèrent dans la boue.

Sur un signe du sorcier, ils l'entraînèrent plus profondément dans le marais. Il les suivait en chantant. Les singes poussaient des cris aigus.

La pluie tombait par rafales, et elle commença à frissonner. Ses cheveux et ses vêtements lui collaient à la peau. Elle enfonçait dans la boue jusqu'aux chevilles.

Elle trébucha et cria le nom de Timothy de toutes ses forces, refusant de s'avouer vaincue bien que personne ne pût l'entendre de la maison ni des champs. Ils atteignirent les limites du marais, là où l'eau suintait de partout. Céline chancela et faillit tomber. Le jeune esclave la remit brutalement sur ses pieds. Elle le fusilla du regard mais, contrairement à Gunnie qui refusait de croiser ses yeux, il la fixa d'un air de défi.

Le vieil homme s'arrêta sous un groupe de gigantesques manguiers sauvages. Tandis qu'il jetait des incantations, l'esclave traîna Céline sous l'un des arbres et la poussa contre l'écorce rugueuse. Elle refusa de penser aux insectes nichés dans le bois pourri.

La jeune femme se débattit inutilement contre la poigne vigoureuse de l'esclave. Elle tenta de distribuer des coups de pied, d'ongle et de dent mais il évitait facilement ses attaques.

Gunnie força Céline à ouvrir les bras, enroula la corde autour d'un de ses poignets, la passa derrière un arbre, la noua autour d'un autre et ficela Céline au tronc. Une douleur violente traversa ses poignets et se propagea dans ses épaules. La corde lui rentrait dans la chair chaque fois qu'elle voulait bouger.

Le sorcier fit le tour du tronc en psalmodiant. Céline le sentit tirer sur la corde pour s'assurer qu'elle était assez serrée. Elle essaya de lui donner un coup de pied quand il passa devant elle. Le jeune esclave jura. Elle réussit à croiser le regard de Gunnie comme la fille rôdait autour de l'arbre et s'efforça de la convaincre de lui apporter son aide.

— Gunnie ! Ne faites pas cela. Je vous promets que vous n'aurez rien à craindre si vous me laissez partir. S'il vous plaît ! Dites-leur que ce n'est pas trop tard. Dites-leur que Timothy risque de les mettre en pièces si quelque chose m'arrive. Je vous en prie, Gunnie !

Gunnie se détourna et s'éloigna. Le sorcier sourit. Céline le fixa d'un air de défi. La pluie ruisselait sur ses joues et dans ses yeux, lui brouillant la vue.

— Vous n'avez pas encore gagné ! cria-t-elle. Je n'ai pas échappé à la corde du bourreau pour mourir ici.

Elle lui cracha au visage et eut la maigre satisfaction de le voir reculer si brutalement qu'il s'en effondra presque dans la boue.

Gunnie et l'esclave avaient disparu, avalés par la forêt. Sans espoir de se libérer, Céline regarda le vieil homme se précipiter à leur suite. La pluie effaçait jusqu'au bruit de leurs pas. Même les singes s'étaient mis à l'abri.

Elle était seule, à la merci des éléments et des prédateurs.

Timothy se redressa et s'écarta de la table qu'il avait réquisitionnée pour s'en faire un bureau dans le petit débarras, derrière la distillerie. Il se massa la nuque et remua les épaules. Son estomac criait famine, et il se rappela soudain l'existence du plateau posé derrière lui.

Il attaqua à belles dents une cuisse de poulet tout en survolant les vieux livres de comptes de son père. On n'avait plus rien noté après sa mort. C'était incroyable ! Tim examina l'élégante signature d'Auguste au bas d'un registre. Tout aurait été si différent sans l'accident qui avait emporté sa mère !

Il posa l'os de poulet et se frotta les yeux. Jamais il ne s'était laissé aller à ce genre de rêverie et ce n'était pas maintenant qu'il commencerait. N'était-ce donc pas suffisant d'avoir une femme qui pouvait puiser à volonté dans les souvenirs des autres ?

Il jeta un coup d'œil par la fenêtre, au-dessus de la table. Céline n'avait pas quitté son esprit de tout l'après-midi et il avait dû réprimer à plusieurs reprises son envie d'aller la rejoindre.

Il pleuvait depuis deux bonnes heures maintenant. Dès que le déluge avait commencé, l'atmosphère s'était allégée. Si seulement la pluie pouvait chasser aussi son inquiétude !

— Maudite sorcière !

Il secoua la tête. Vraiment, Céline ne lui avait pas laissé un moment de tranquillité de toute la journée. Il repoussa sa chaise, se leva et alla jusqu'à la porte ouverte.

Un petit landau qui était remisé à l'écurie depuis son enfance entra en cahotant dans la cour, traîné par une jument gris pommelé. Foster tentait vainement de diriger l'animal. Edward et Ada se faisaient face sur les petits bancs, accrochés l'un à l'autre sous une ombrelle, dont le volant de dentelle partait en lambeaux.

— Qu'est-ce qui vous amène dehors par ce temps ? cria Timothy sans quitter l'abri de son bureau.

— Holà ! Holà ! criait Foster en tirant sur les rênes.

Il n'y avait aucune conviction dans sa voix, et le cheval l'avait bien compris.

Tim traversa en hâte la cour boueuse et attrapa les rênes. Les trois occupants de la voiture se mirent à parler tous ensemble.

— Nous ne nous sommes pas inquiétés tout d'abord… commença Ada.

— Puis il s'est mis à pleuvoir et je suis allé la chercher, poursuivit Foster. Elle était introuvable.

— J'ai insisté pour venir vous trouver parce qu'une chose affreuse a dû se produire, gémit Edward, et un sanglot noua sa gorge.

Tim s'approcha de sa tante et lui tendit la main.

— Venez à l'abri.

— Non, Timothy. Tu dois nous accompagner tout de suite. Il ne faut pas perdre un instant, insista-t-elle.

Avec un sentiment proche de la terreur, il déchiffra la panique et l'angoisse que leurs vêtements mouillés et leurs cheveux plaqués au visage l'avaient empêché de voir.

— Que se passe-t-il ?

Il était maintenant trempé lui-même jusqu'aux os. Ada lui attrapa la main et la serra.

— C'est Céline... bégaya-t-elle avant de fondre en larmes.

— Elle n'est pas rentrée, précisa Foster.

Edward secoua la tête d'un air désespéré.

— Cela fait des heures que nous l'avons vue pour la dernière fois. Nous n'avons pu la trouver nulle part. Madame Céline a disparu.

17

— Mais bon sang, qu'est-ce que cela veut dire : elle a disparu ?

Ray aurait-il emmené Céline de force ? L'aurait-elle suivi de son plein gré ?

— Nous ne l'avons pas revue depuis qu'elle est sortie pour superviser les travaux dans le jardin, répondit Foster.

— Je suis allée moi-même la chercher, gémit Ada, la main crispée sur la poignée de son ombrelle, mais elle n'était nulle part. Je n'ai pas pu trouver Gunnie non plus.

— Qui a vu Céline pour la dernière fois ? demanda Timothy. Et quand était-ce exactement ?

— Après le petit déjeuner, dit Edward.

— Juste avant le déjeuner quand j'ai été voir si

elle venait rejoindre Miss Ada, se rappela Foster. Elle a préféré finir ce qu'elle avait commencé et devait rentrer ensuite. Comme elle ne revenait toujours pas, j'ai cru qu'elle était absorbée par son travail et je lui ai gardé une assiette au chaud.

— Mais elle n'est jamais rentrée, vous comprenez, même après qu'il s'est mis à pleuvoir. Oh, ma pauvre, pauvre Céline ! pleurnicha Ada.

Timothy prit soudain une décision.

— Rentrez tous à la maison. Elle est peut-être de retour. Si vous attendez encore, la route sera impraticable. Je vais chercher Bobo et les chiens pour fouiller le jardin de fond en comble.

Il courut à la distillerie sans attendre qu'ils soient partis. Bobo supervisait une équipe qui enduisait les tonneaux de cire afin que le rhum reste blanc en vieillissant. Il se tourna vers Timothy dès qu'il l'aperçut.

— Ma femme a disparu !

Bobo lâcha immédiatement le soufflet qu'il utilisait pour maintenir le feu à la bonne température et désigna deux hommes d'un signe de la main.

— Ce sont de bons traqueurs, expliqua-t-il. Ils chassent le lièvre.

— Prenez aussi les chiens ! lança Timothy qui était déjà dehors.

Les hommes cessèrent leur travail et se précipitèrent à sa suite.

Il faisait déjà nuit. L'odeur fétide des mangues et des goyaves pourries était écœurante maintenant que la pluie avait cessé. Trempée, Céline était prise de frissons incontrôlables depuis que la brise tourbillonnait entre les branches noueuses au-dessus d'elle.

C'était l'heure où les moustiques pullulaient. Ils la piquaient sans relâche, et ses mains attachées ne lui laissaient aucun moyen de se protéger. A la tombée du jour, un concert de grenouilles s'était élevé, et leur coassement rythmé devint rapidement insupportable.

Afin de ne pas sombrer dans la démence, Céline tenta de faire bouger les liens qui enserraient ses poignets. Elle sentit le sang couler sur ses mains. Persuadée que personne ne la découvrirait dans ce marais du bout du monde, elle essaya de plus belle de se libérer, se jurant de mener le combat jusqu'à sa dernière goutte de sang.

Avait-on seulement remarqué son absence ? Elle n'était pas retournée à la maison pour le déjeuner, Foster et Edward avaient dû s'en apercevoir, tout de même !

Et Tim ? Combien de temps mettrait-il pour découvrir qu'elle avait disparu ? Cela l'inquiéterait-il ?

Elle leva le visage vers le ciel, espérant surprendre au moins une étoile à travers les branches. Elle chercha désespérément un point de lumière en guise d'espoir mais n'en repéra aucun.

C'était donc son châtiment pour avoir tué Jean Perot, pensa-t-elle soudain. Elle avait échappé à la potence et, à présent, Dieu prenait sa revanche. Céline secoua la tête pour chasser cette idée saugrenue. Elle avait tué par légitime défense. Dieu la jugeait-Il coupable ?

Peut-être n'aurait-elle pas dû tenter le sort et rester à La Nouvelle-Orléans... mais dans ces conditions, elle n'aurait pas rencontré Timothy !

Elle songea au regard de Tim, ce regard blessé qui l'avait si souvent sondée avant de se détourner pour ne pas trahir la moindre émotion.

Des tremblements la saisirent. La veste sanglante de Tim traînait quelque part dans la boue, à ses pieds. Était-il déjà mort ? Le sorcier avait-il voulu prendre sa revanche sur eux tous ?

Cela lui démangeait de partout. Les moustiques la harcelaient, et ne pouvoir se gratter la rendait folle. Elle sentit soudain le chatouillement de centaines de pattes sur sa cuisse et se rappela brutalement la soucoupe d'eau sous les pieds des meubles. « *Une précaution nécessaire, ma chère petite, les mille-pattes sont venimeux.* »

Elle se débattit en remuant les jambes, mais les horribles bêtes continuèrent à monter. Elle s'agita de nouveau et une douleur fulgurante à l'aine la força à se plier en deux. Ce mouvement resserra brutalement ses liens, et elle reçut comme une décharge électrique dans les bras. Mais ce n'était rien comparé à la brûlure que provoquaient les mille-pattes venimeux en la piquant.

Un cri s'échappa de sa gorge et il ne s'éteignit que lorsqu'elle perdit conscience.

Couvert de boue, Timothy arpentait le sol en pierre de la cuisine. Trois heures durant, il avait passé au peigne fin les champs et la forêt tout autour de la maison avec Bobo, les traqueurs et une meute inutile. La pluie avait balayé toute trace.

Timothy avait abandonné les recherches le temps d'avoir une conversation avec les autres et d'envoyer Bobo questionner les esclaves.

Ada était au bord de l'évanouissement mais elle tenait le coup bien mieux que Tim ne l'aurait imaginé. Toujours calme, Foster avait conseillé à Ada et à Edward de s'asseoir. Les mets préparés pour le repas étaient restés sur la table de la cuisine.

Howard Wells, témoin silencieux mais attentif du drame, saisit une tranche d'ananas et mordit dedans.

— Enfin, prends un peu sur toi, Edward ! lança Foster.

Edward sanglotait, le visage enfoui dans ses bras.

— Elle est perdue maintenant. Celui qui l'a enlevée a dû en finir avec elle. Pauvre petite Madame ! Ce n'est pas juste. Au moment même où elle et Timothy commençaient à...

Il s'arrêta brusquement et leva la tête pour voir si Timothy l'avait entendu. Il s'attira un regard noir qui mit le comble à son désespoir.

— Ce n'est pas le moment de te laisser aller à ce genre de propos, l'avertit Foster. C'est inutile d'inquiéter tout le monde davantage !

— Mais la situation est terriblement inquiétante ! Que lui est-il donc arrivé ? se lamenta Ada.

— Peut-être que ce puissant personnage qui était là hier n'a pas accepté d'être repoussé ! gémit Edward entre deux hoquets.

— De quoi parle-t-il ? Qu'est-ce qu'il veut dire ? s'enquit Ada en séchant ses larmes avec l'ourlet de sa robe grise.

Foster la réconforta en lui tapotant le dos, puis lança un regard d'avertissement à Edward pour le faire taire.

— Céline a la tête sur les épaules, intervint Wells. Je suis sûr que, où qu'elle soit, même entre les griffes de ce Collin Ray sans scrupules, elle cherchera à s'échapper.

— Taisez-vous ! Pour l'amour du ciel, taisez-vous donc !

Timothy n'arrivait plus à réfléchir.

Des bruits de voix devant la porte ouverte attirèrent son attention.

Forcé de se courber pour passer la porte, Bobo poussait devant lui un jeune garçon efflanqué. Il le propulsa d'une pichenette vers Timothy. Le garçon tremblant gardait les yeux baissés.

— L'*obi* a emmené la maîtresse. Il a disparu depuis quelques heures. Et celui-là, il était avec le sorcier avant qu'il ne s'enfuie.

Tim marcha jusqu'au garçon et s'arrêta si près de lui que le bout de ses bottes frôla les orteils nus et boueux.

— Quel est ton nom ? demanda-t-il.

— Philip, répondit l'esclave en courbant le dos.

— Dis-nous ce que tu sais, Philip. Et je veux la vérité ! Je saurai si tu mens.

Il resta muet.

— Je t'ai dit de parler, tonna Timothy en se retenant de le frapper.

— Je vais le faire parler, promit Bobo.

Le garçon se mit à trembler encore plus violemment. Il lança un coup d'œil vers Timothy, puis vers le géant à côté de lui, et il choisit de dire la vérité.

— L'*obi* a emmené la femme dans les marais. Elle faire mauvaise magie. Il faut l'empêcher. Gunnie et moi, on l'a accompagné. Partis tous les deux dans les collines. Ils m'ont abandonné ici. Eux pas revenir, je crois...

Timothy attrapa le garçon à moitié nu. Ses mains se resserrèrent sur sa peau moite. Tremblant et les yeux élargis par la peur, il se mit à geindre.

— Ne me tuez pas ! supplia-t-il en se contorsionnant pour échapper à Timothy.

— Ce n'est pas l'envie qui m'en manque, je peux te l'assurer ! Mais il faut que tu me conduises à ma femme. Ensuite, nous verrons ce que nous ferons de toi.

— Il fait trop noir.

Sa crainte des marais la nuit était encore plus forte que celle qu'il pouvait avoir de Timothy. Il tenta de se libérer de son étreinte.

Bobo le frappa sur la tête.

— Attrape-le et ne le laisse pas s'échapper. Emmène les traqueurs et les chiens. Nous ne rentrerons pas sans elle, déclara Timothy.

Il aurait voulu boire un café et se changer, mais il opta pour le café seulement. Foster, qui devinait ses moindres désirs avant même qu'il n'ouvre la bouche, lui tendit une tasse fumante. Tim le remercia d'un signe de tête et absorba le liquide brûlant. On y avait rajouté du cognac.

— Merci, Foster, murmura-t-il, touché par la sollicitude du domestique. Tante Ada, veillez à ce que la chambre de Céline soit prête et faites chauffer de l'eau. Je suis sûr qu'elle aura seulement besoin d'un bon bain et de draps propres, ajouta-t-il, se refusant à imaginer un autre dénouement que le retour de Céline saine et sauve.

Ada acquiesça et, forte de ces nouvelles tâches, sortit d'un air affairé de la pièce. Howard Wells lui emboîta le pas. Il marqua une pause sur le seuil, le temps d'annoncer :

— Je vais lui choisir quelques livres.

— Et moi, je vais chercher de la lavande pour ses draps, renifla Edward, les yeux rouges.

Il quitta la pièce à petits pas, les épaules affaissées. Foster, resté seul avec Tim, l'observait tandis qu'il avalait l'ultime gorgée de café.

— Vous la trouverez, Monsieur, affirma-t-il d'une voix assurée. Et vous la ramènerez saine et sauve.

— Qu'est-ce qui vous en rend si sûr ?

— Vous deux, vous êtes faits l'un pour l'autre, sinon Madame Céline ne vous aurait pas été ainsi envoyée. Si fort qu'on le combatte, le destin finit toujours par avoir le dessus !

— Le destin peut bien prendre un autre tour cette nuit, articula Tim, luttant pour chasser la tristesse de son cœur.

Si seulement il n'était pas trop tard !

— Vous la trouverez, Monsieur ! répéta Foster.

Timothy ne pouvait pas se permettre d'envisager un autre dénouement.

Il ravalait sa peur à chaque pas. Un flambeau à la main, il se frayait un chemin avec sa machette derrière Bobo, Philip et les chiens. Les traqueurs avaient refusé d'aller plus loin aussitôt que les recherches les avaient conduits dans le labyrinthe des marécages.

Dès qu'on avait parlé des marais, Timothy s'était

senti sur le qui-vive. Enfant, il s'y était perdu une fois pendant deux heures, et il n'aurait souhaité cette épreuve à personne. Il espérait que la force habituelle de Céline ne l'abandonnerait pas et que la certitude qu'il était à sa recherche affermirait encore son courage.

Puis il réalisa combien son espoir était absurde. Lui avait-il jamais donné une raison de croire en lui ?

L'air lourd et humide exhalait une odeur écœurante de fruits pourris et de décomposition. Dans l'obscurité totale, les insectes étaient impitoyables. N'ayant pas revu Céline depuis qu'il lui avait si froidement dit bonsoir, la nuit précédente, Timothy n'avait aucune idée de ce qu'elle portait sur elle et ignorait ainsi quelle protection pouvaient lui offrir ses vêtements.

Soudain, Bobo poussa un cri et, une seconde plus tard, les chiens se mirent à hurler. Dans sa hâte, Timothy trébucha et faillit s'étaler de tout son long dans la boue. Ils avaient atteint une clairière pratiquement insoupçonnable dans le labyrinthe des marécages. Éclairée par la flamme des torches, ils virent Céline attachée au tronc d'un vieux manguier. Sa tête pendait en avant. Le bout de ses longs cheveux traînait dans la boue.

Bobo hésitait à s'approcher. Tim lui tendit la torche et se précipita vers elle. Ses mains tremblaient quand il la toucha, à la recherche du moindre signe de vie.

Elle était froide comme la mort. Il pressa doucement ses doigts contre l'artère du cou. Elle battait faiblement.

— Détachez-la ! commanda-t-il à Bobo.

Le géant planta sa torche dans la boue, avança vers l'arbre et coupa la corde avec son couteau. Céline tomba en avant dans les bras de Tim et Bobo voulut la relever.

— C'est ma femme. Je vais la porter, décréta Timothy en resserrant son étreinte autour d'elle.

— Dois-je le tuer ? interrogea Bobo un instant plus tard, son couteau pressé contre le cou du jeune garçon qui sanglotait silencieusement, les yeux dilatés par la peur.

Tim lui décocha un regard dur tout en réfléchissant à la suggestion de Bobo. Céline gisait inerte dans ses bras. Ce serait facile de condamner l'esclave, et la plupart des planteurs l'auraient fait. Mais Timothy comprenait qu'arracher sa vie à Philip ne sauverait pas Céline. Seul Dieu pouvait la sauver.

— Emmenez-le ! ordonna-t-il en se mettant en route.

Un immense soulagement envahit le garçon, et il se mit à jacasser comme s'il était ivre. Les longues foulées de Bobo lui firent rapidement prendre la tête de la petite colonne. Il tenait sa torche bien haut pour éclairer le chemin qu'ils avaient ouvert à l'aller.

Céline était en train de mourir et elle le savait. Elle frissonnait des pieds à la tête. Elle essaya de parler, de hurler pour exorciser cette douleur insupportable qui fondait sur elle par vagues successives. Elle accueillerait la mort avec soulagement. Tout était préférable à cet enfer.

Elle rêvait qu'elle s'enfonçait dans le marais ténébreux. Où étaient les étoiles ? Même quand elle avait été malade en mer, les étoiles brillaient au firmament. Maintenant, tout était noir. Ses pensées dérivèrent vers La Nouvelle-Orléans et son lacis de ruelles, la cathédrale Saint-Louis, la place du marché. Le vieux Marcel et ses légumes. Elle le remercia silencieusement pour son sourire.

Persa. Persa était là, dans la petite maison de la rue Sainte-Anne. Souriante. Lui tendant la main en signe de bienvenue. Persa allait s'occuper d'elle comme d'habitude...

— Tenez bon, Céline. Nous sommes presque arrivés.

La voix de Tim l'atteignit à travers sa douleur. Elle voulait le supplier de la laisser partir, tant la douleur était forte.

Timothy avait tout à apprendre sur la vie, l'amour, le rire. Elle aurait voulu avoir le temps de l'aider. Le jardin d'Alyce n'était pas terminé. La vieille maison ne demandait qu'à revivre.

Et il y avait Foster, Edward, Tante Ada...

Elle était entrée dans la vie de Jemma O'Hurley et sortie de la sienne. Tout ce dont elle avait rêvé était à la fois presque à portée de main et en même temps si loin. Avec un peu de temps, elle aurait pu convaincre son mari qu'il y avait dans son cœur de la place pour l'amour. De la place pour elle.

Mais le temps s'était enfui.

Berçant Céline dans ses bras, Tim traversa la véranda à grands pas, poussa la porte d'un coup de pied et monta l'escalier. Ada l'accueillit sur le palier et l'accompagna à la chambre de Céline.

— Nous aurons besoin d'eau chaude, tante Ada! cria-t-il par-dessus son épaule en enfilant le couloir.

— Foster et Edward ont tout préparé. Ils vous ont entendus arriver. Je suis sûre que toute l'île vous a enten...

— Tirez la courtepointe et le drap.

Il passa la porte de la chambre sans s'arrêter, impatient d'installer Céline le mieux possible et de lutter contre la fièvre qui la minait. Comme il l'étendait sur le lit, Foster et Edward arrivèrent avec des brocs d'eau fumante et des linges propres.

Tim se mit au travail, donnant des directives aux domestiques et reprenant sa tante quand ses doigts tremblants n'allaient pas assez vite. Au lieu de s'effondrer, Ada se montra bien plus efficace qu'il ne l'aurait imaginé. Elle renvoya Foster et Edward de la chambre et aida Tim à retirer les vêtements en loques de Céline.

— Mon Dieu ! s'exclama Tim en voyant les marques qui zébraient tout le corps de Céline.

Elle brûlait de fièvre. Avec l'aide de sa tante, il épongea la croûte de boue qui l'enveloppait. Céline resta inconsciente pendant toute l'opération, tandis que Tim ne cessait de jurer tout bas. Il était maudit. Dès que quelqu'un s'intéressait à lui, son compte était bon. Sa mère. Alex. Son père. Et maintenant, voilà que Céline était aux portes de la mort.

— Timothy, mon chéri, il faut vraiment que tu surveilles ton langage. Imagine que Céline se réveille et entende une pareille bordée d'injures !

Il ne se donna même pas la peine de répondre.

Elle ne cessera pas de m'aimer.

Les mots lui étaient venus spontanément à l'esprit. Il continua de laver Céline, notant la multitude de piqûres boursouflées qui la marquaient de la tête aux pieds...

— Nous aurons besoin d'huile de camphre, tante Ada.

— Et aussi de quinine, ajouta la vieille demoiselle. La quinine fait des miracles contre la fièvre des marais. Et de l'ammoniaque. De l'ammoniaque mélangé avec du soufre. Il faut bassiner son cuir chevelu, ajouta-t-elle, et elle recula d'un pas, croisa les bras et secoua la tête. De si beaux cheveux. Il va falloir les couper.

Tim ferma les yeux et prit une profonde inspiration.

— Allez chercher Foster, ma tante. Donnez-lui les remèdes dont vous venez de parler et envoyez-le-moi.

Foster, lui, travaillerait en silence ! songea Tim. Foster n'oserait jamais suggérer de couper les cheveux de Céline.

En entendant son nom, Foster entra dans la pièce.

— Avez-vous pris définitivement vos quartiers

devant la porte de ma femme ? lança Tim sans même se retourner.

— Non, Monsieur ! Juste quand les circonstances l'exigent.

Les deux hommes restèrent silencieux jusqu'au départ d'Ada. Céline était enveloppée dans un drap propre, les cheveux étalés sur l'oreiller.

— Pauvre Madame ! soupira Foster.

— Elle vivra !

Tim s'accrochait à la main de Céline.

— Je n'ai aucun doute là-dessus, Monsieur.

— Vous n'en avez pas l'air, pourtant ! Je ne veux pas de visages défaits à son chevet.

— A propos de chevet, puis-je vous suggérer de l'installer dans votre chambre, Monsieur ? Ce serait plus commode. La ventilation est meilleure et les meubles plus confortables. Et si vous désiriez rester auprès d'elle...

— Je reste auprès d'elle.

— Vous auriez plus de place pour vous étendre à ses côtés et vous reposer de temps en temps.

Tim prit rapidement sa décision. Il nicha Céline au creux de ses bras et la porta dans la pièce voisine.

Il resta à son chevet toute la nuit et une grande partie de la journée suivante, tandis que les autres entraient et sortaient en silence. Ada laissa un plateau qu'elle reprit, intact, un peu plus tard. Elle ferma les rideaux, insistant pour que Céline soit dans la pénombre. Une heure après, Foster les ouvrit ainsi que les fenêtres sous prétexte que Madame Céline avait besoin de sentir la brise de la mer.

Edward, incapable de retenir ses larmes, était interdit de séjour.

Dévoré d'anxiété, Timothy restait assis auprès d'elle. Il n'envisageait pas qu'elle puisse mourir et s'accrochait désespérément à sa main, comme si c'était le seul moyen de la retenir en vie. Les prières qu'il avait apprises enfant lui revenaient spontanément aux lèvres, et il suppliait Dieu dans Sa miséricorde.

Céline ne lui avait rien demandé, et pourtant elle lui avait donné bien davantage qu'une dot, elle lui avait offert son amour pour toute une vie, et il avait été trop entêté pour l'accepter ou seulement reconnaître ce don inestimable.

Dans un murmure étouffé, il se promit de lui rendre son amour, il jura d'apprendre à aimer de nouveau si la chance lui en était donnée.

Céline se remit à s'agiter, arrachant les draps et marmonnant des bribes de phrases. Il quitta sa chaise, repoussa la moustiquaire et s'assit à ses côtés. Il serra ses deux mains dans les siennes, espérant lui insuffler sa propre vie.

— Céline, vous m'entendez ?

— Persa est morte, murmura-t-elle en roulant la tête sur l'oreiller. Désolée. J'aurais dû savoir. J'aurais dû essayer de la sauver... Il faut courir. Courir.

— Chut, souffla Tim en repoussant les mèches humides de son front. Réveillez-vous, Céline. Vous êtes saine et sauve.

— Tim... bredouilla-t-elle en recommençant à trembler de tous ses membres. Il me hait. Il ne veut pas de femme. Pas de femme. J'ai menti... Il croit... que j'ai volé ses souvenirs.

Il ne comprenait que trop bien son discours incohérent et cela lui brisait le cœur. Ce cœur qu'il croyait mort avant l'arrivée de Céline.

— Céline, chut... vous êtes l'unique, la seule. S'il vous plaît, pardonnez-moi. Oubliez ce que j'ai dit. Prenez mes souvenirs. Ils sont à vous. Mais surtout, ne me quittez pas !

Il la prit dans ses bras et s'étendit contre elle. Elle claquait des dents.

— Tim... chuchota-t-elle, et sa voix n'était qu'un souffle.

— Je suis là, articula-t-il avec difficulté.

Une boule se formait dans sa gorge. Elle le quittait comme Alex, comme sa mère, comme son père. Il la serra contre lui, enfouit son visage dans ses cheveux et versa toutes les larmes qu'il retenait depuis si longtemps.

18

L'atmosphère était confinée et étouffante, la lumière parcimonieuse. Céline, désorientée, parcourut la chambre des yeux. Elle croyait se réveiller dans la maisonnette de La Nouvelle-Orléans, mais rien de ce qui était dans la pièce ne lui était familier. Une moustiquaire transparente enveloppait le lit comme un brouillard léger. La pluie tambourinait sur le toit.

Elle fixa le crochet qui retenait la mousseline en essayant de se rappeler comment elle était arrivée jusqu'à cet étrange lit. Elle tenta de s'asseoir et découvrit qu'elle avait juste assez de force pour tourner la tête.

Dès qu'elle posa les yeux sur l'homme à son chevet, son cœur s'emballa et la mémoire lui revint.

Timothy.

Il était toujours en vie et, apparemment, elle aussi.

Son buste reposait sur le lit, la tête posée au creux de son bras. A voir son dos monter et descendre régulièrement, il devait être paisiblement endormi.

Elle arriva à tendre la main pour le toucher. Ses doigts glissèrent le long de la moustiquaire.

Comme s'il avait senti qu'elle avait repris conscience, Tim souleva la tête. Céline le fixait, les yeux immenses dans son visage pâle.

Le soulagement le submergea. Et du plus profond de son cœur jaillit une exclamation. Il avait tant de choses à dire, mais quand il réussit à parler, il parvint tout juste à articuler :

— Vous êtes vivante.

— Et vous aussi ! souffla-t-elle avec un minuscule filet de voix. Où suis-je ?

— Dans ma chambre.

Il sourit, puis il attrapa le bord de la moustiquaire, l'écarta et prit sa main entre les siennes.

— Je croyais que j'étais en train de mourir.

— J'ai cru que vous alliez mourir.

— Vous avez une mine épouvantable, chuchota-t-elle en remarquant sa barbe de plusieurs jours. Vous avez l'air presque aussi malade que moi.

Son visage était amaigri, ses yeux cernés et de fines rides soulignaient les commissures de ses lèvres. Il paraissait affolé à l'idée de la quitter des yeux. Elle en était plutôt heureuse, car une nouvelle chaleur vibrait dans son regard.

Toucher sa main ne lui suffisait pas. Il quitta sa chaise pour s'asseoir à côté d'elle. Les ressorts du sommier grincèrent sous son poids. Réprimant le besoin de la prendre dans ses bras comme il l'avait fait si souvent au cours de ces quatre derniers jours, il se contenta de repousser une mèche sur son front.

— Comment m'avez-vous retrouvée ?

— Ada, Foster et Edward ont déclenché l'alarme. Bobo a forcé le garçon à avouer son forfait.

— Le sorcier…

— … a disparu. Il s'est volatilisé avec Gunnie dans l'intérieur de l'île. Ils ne pourront pas se cacher éternellement, mais soyez persuadée que vous n'avez plus rien à craindre, Céline.

— Gunnie est venue me trouver avec une de vos vestes. Elle était couverte de sang. Je n'aurais pas dû la suivre, mais j'ai cru…

— Vous avez cru exactement ce qu'ils voulaient vous faire croire… que j'étais blessé.

— … que vous étiez en train de mourir.

Il se détourna. Sa mâchoire se durcit et ses sourcils ne formèrent plus qu'une ligne. Son cœur se mit à battre.

— Tim ? interrogea-t-elle en pressant ses mains entre les siennes pour lui communiquer sa force.

Il déglutit avec difficulté. Elle était d'une faiblesse pitoyable, mais il connaissait la force de son étonnante volonté. Elle attendait qu'il dise quelque chose, n'importe quoi. Il avait eu quatre longs jours et quatre interminables nuits pour réfléchir à ce qu'il lui dirait, et maintenant qu'il en avait l'opportunité, les mots s'étranglaient dans sa gorge.

— Il fait lourd, annonça-t-il finalement en lâchant ses mains et en se levant.

Il lut le désappointement dans ses yeux mais il était incapable de parler. Il se leva et tira les rideaux de la fenêtre, poussa les doubles portes qui donnaient sur la véranda, puis fixa la pluie qui ruisselait du toit.

Une carafe d'eau était posée sur la commode près du lit. Il vint remplir un verre et le lui tendit. La main de Céline tremblait tant qu'il s'assit à ses côtés et porta le verre à ses lèvres.

— Vous avez faim ? demanda-t-il en la regardant aspirer tout doucement l'eau.

— Un tout petit peu, acquiesça-t-elle en hochant la tête quand elle eut terminé.

— Je vais demander à Foster de vous apporter quelque chose. Il doit être tapi derrière la porte ou s'occuper d'Edward.

— Il n'est rien arrivé à Edward, au moins ?

— Votre disparition l'a complètement anéanti. Ada s'est lancée dans la formation d'un nouveau cuisinier — occupation qu'elle entrecoupe de longs sanglots sur l'épaule d'Howard Wells. Il y a eu un véritable ballet de plateaux dans cette chambre. Et vous avez une pile de livres prêts pour votre convalescence.

— Vous n'avez pas l'air de vous être beaucoup nourri, vous-même !

Sans faire de commentaire, il alla ouvrir la porte, espérant tomber sur Foster, mais le couloir était désert. C'était rare que personne ne se presse derrière le battant à l'affût des dernières nouvelles.

Il tira sur le cordon de la sonnette, puis gratta sa barbe naissante en retournant près du lit. Céline avait les yeux fermés. Sous le drap, sa poitrine montait et descendait régulièrement. Le sommeil était certainement le meilleur remède dans son cas. Le soulagement qu'il avait éprouvé à son réveil l'avait laissé chancelant. Il ne désirait rien d'autre que se glisser auprès d'elle et dormir.

Au lieu de cela, il ferma soigneusement la moustiquaire, s'assit sur la chaise à côté du lit et ferma les yeux.

Il ignorait combien de temps il avait bien pu somnoler mais quand il se réveilla, Foster se tenait devant lui et la pluie s'était arrêtée.

— A-t-elle... a-t-elle ?... bredouilla Foster en fixant Céline.

— Elle était réveillée il y a quelques minutes encore. Peut-être pourriez-vous demander à ma tante de faire une soupe légère.

— Je vais essayer.

Tim s'attendait que Foster sorte précipitamment, mais il resta près de Céline à tripoter le bouton de sa veste.

— Elle va se remettre, Foster, le rassura Timothy, mais le regard du domestique errait dans la pièce comme un moineau effrayé. Y a-t-il autre chose ?

Foster ouvrit la bouche et la ferma. Il tira sur ses manchettes et regarda la pointe de ses pieds. Puis il s'éclaircit la gorge.

— Vous voulez la laisser mourir d'inanition ? finit par lancer Timothy. Mais enfin, que diable se passe-t-il ?

Foster était blanc comme un linge.

— Je ne sais pas comment vous dire cela, Monsieur, mais...

Foster lança un regard effaré en direction de la porte ouverte. Tim suivit son regard et sursauta en apercevant la silhouette de son père s'encadrant dans l'embrasure. Pendant un quart de seconde, il crut avoir la berlue. Était-il devenu comme Ada et voyait-il des fantômes à tout bout de champ ? Pourtant, quand Auguste Moreau entra dans la pièce, Timothy comprit qu'il était bien là, en chair et en os, bien qu'il l'eût cru mort depuis plus de quinze ans.

La fureur saisit Tim tout entier.

— Sortez !

Il aurait reconnu son père n'importe où. En dehors des quelques cheveux blancs qui striaient sa chevelure d'ébène et des multiples rides autour de ses yeux, il n'avait pas changé. Toujours grand et droit, vêtu élégamment, il remplissait la pièce de sa présence. Le bandeau de cuir qu'il portait sur l'œil n'enlevait rien à son charme, au contraire, et lui donnait une note romantique.

— Je ne partirai pas sans t'avoir parlé.

Auguste jeta un coup d'œil vers le lit. Son visage s'adoucit, et il se dirigea vers Céline. Tim reçut un choc en remarquant que Céline lui souriait. Auguste s'empara de sa main et l'embrassa.

— Je suis si soulagé de vous voir presque remise !

— Merci, murmura doucement Céline.

— Écartez-vous de ma femme. Sortez ! explosa Tim.

— Tim... chuchota Céline, mais il refusa d'écouter. Découvrir que son père était en vie constituait un choc assez rude. S'apercevoir qu'il avait déjà fait la connaissance de sa femme lui fut insupportable.

— Je n'ai rien à vous dire. Avant que vous ne passiez cette porte, vous étiez mort pour moi. Je désire que les choses en restent là, martela-t-il à son père.

— Je comprends tes sentiments. Cela n'a pas été facile pour moi de venir aujourd'hui, mais mon inquiétude pour la santé de ton épouse et la nécessité de dire enfin ce qui aurait dû être exprimé depuis longtemps m'ont forcé à franchir le pas.

— Vous vous imaginez peut-être que je vais perdre mon temps à vous écouter ? Je ne veux rien entendre de ce que vous avez à dire...

— Tim, je vous en prie ! Écoutez-le !

On entendit à peine Céline au milieu de tout le bruit qu'ils faisaient.

— Messieurs, intervint Foster, puis-je vous suggérer de sortir ? Madame Céline n'est pas en état de supporter cela.

— Je vais t'attendre en bas, Timothy.

Auguste s'inclina une nouvelle fois devant Céline, fit un signe de tête à son fils, puis quitta la pièce, Foster sur ses talons.

Quant à Tim, son inquiétude pour la santé de la jeune femme l'emporta sur sa colère. Aussi pâle que la dentelle de son oreiller, elle avait fermé les yeux. Quand il s'approcha d'elle, elle les ouvrit lentement et le fixa.

— Depuis combien de temps le connaissez-vous ?

— Depuis combien de temps suis-je malade ?

— Quatre jours.

— Je l'ai rencontré le jour où j'ai été enlevée. Il est venu me trouver dans le jardin.

— Je croyais qu'il ne devait pas y avoir de secrets entre nous...

— J'ai essayé de le convaincre d'aller vous trouver directement. Il a refusé et quand je lui ai annoncé que j'allais tout vous dire, il m'a fait promettre d'attendre trois jours. Tim, je lui ai donné ma parole, mais je vous jure que je vous aurais tout dit.

— Nous ne le saurons jamais maintenant, n'est-ce pas ?

Elle était exténuée. La longue bataille qu'elle avait livrée contre la mort n'avait pas été facile. Ce n'était pas le moment de discuter avec elle et de remettre sa vie en danger.

— Foster va vous apporter quelque chose à manger. Ce ne devrait plus être long.

Il rapprocha sa chaise du lit tout en espérant que sa tante n'était pas en train de tester un nouveau bouillon.

— Allez voir votre père, Timothy. Il vous attend. Ada va rester près de moi. J'adorerais me laver la figure et me donner un coup de peigne. Elle me sera plus utile que vous dans ce domaine.

Il ne bougea pas.

— Allez-y, je vous en prie ! Et écoutez-le jusqu'au bout.

— Pourquoi voulez-vous que je l'écoute ?

— Parce que votre cœur ne guérira pas sans cela.

Timothy la fixa longuement tout en pesant la justesse de ses propos. Il avait combattu ses démons au cours de ces quatre derniers jours, espérant avoir laissé le vieil homme loin derrière lui, mais quand il avait trouvé le courage d'admettre qu'il était amoureux, les mots lui avaient manqué. Et sa réaction devant son père prouvait bien que les vieux démons n'étaient pas morts. « *Votre cœur ne guérira pas sans cela.* »

— Allez-y, Tim ! le pressa-t-elle. Et écoutez-le jusqu'au bout.

Il le fit pour elle.

Timothy laissa Céline entre les mains d'Ada, bien que, sa tante ayant été choquée par l'apparition d'Auguste, il se demandât laquelle prendrait soin de l'autre.

Son père l'attendait dans le salon, assis sur un canapé recouvert d'un brocart usé jusqu'à la corde.

Quand Tim le rejoignit, Auguste, un verre de cognac à la main, était perdu dans ses pensées. Foster se tenait derrière une table à thé couverte de carafes de liqueur. Il versa à Tim une bonne dose de cognac.

— Rien pour moi, merci, Foster. Vous pouvez vous retirer.

Tim avait fait beaucoup de promesses la nuit où il avait cru perdre Céline, et ce n'était pas le moment de revenir dessus. D'autant plus qu'il n'avait jamais bu par nécessité mais parce qu'il le voulait.

Il marcha jusqu'au portrait de sa mère pendu au-dessus de la cheminée. La toile immortalisait les traits de la ravissante jeune femme. Quand Tim eut enfin le courage d'affronter son père, il le trouva en train d'observer lui aussi le tableau.

— Elle était vraiment très belle, dit Auguste.

Timothy resta silencieux. C'était son père qui avait voulu cette rencontre, songeait-il en son for intérieur, qu'il se débrouille !

Auguste se resservit un verre.

— Aussi belle que ta femme. Mais elle était blonde au lieu d'être brune. Comment va Céline ?

— Elle se repose. De toute façon, cela ne vous regarde pas !

— C'est à cause d'elle que je suis ici. Quand nous nous sommes rencontrés, elle m'a supplié de venir te voir, de rompre mon silence.

— C'est une mégère !

Timothy sourit presque à cette vieille plaisanterie, content de pouvoir encore la faire. Mais l'heure était trop grave pour badiner.

— Comment va ton grand-père ? s'enquit Auguste.

— Toujours sans cœur quand je l'ai vu pour la dernière fois.

— Il avait un cœur autrefois, quand j'étais petit. Je pense que je l'ai brisé en trompant ses espérances.

— Et c'est moi qui en ai souffert.

Tim appuya son coude sur le manteau de la cheminée.

— C'est ce que Céline m'a dit. Timothy, si j'avais un instant imaginé qu'il reporterait sa haine sur toi, je ne t'aurais jamais envoyé en Louisiane.

— Il a essayé de s'assurer que je ne tournerais pas comme vous — en garnement, en bon à rien... en ivrogne. Il avait honte de vous qui n'aviez d'autre ambition que de vivre sur un misérable lopin de terre dont vous aviez hérité par mariage.

Il entendait encore la voix de son grand-père accusant Auguste de tous les méfaits de la terre dans une interminable litanie.

— Il ne m'aurait jamais donné la responsabilité de la plantation familiale tant qu'il était en vie. Je savais que pour survivre il fallait que je parte. J'ai abouti ici à St. Stephen et je suis tombé amoureux de ta mère.

— Et vous l'avez tuée à cause de votre alcoolisme.

— Crois-moi, après l'accident, je me détestais autant que tu me détestais toi.

Tim marcha jusqu'au canapé. Il resta là à dévisager Auguste, les poings fermés, la gorge serrée, incapable d'articuler un mot. Finalement, tout ce qui s'était accumulé pendant des années au fond de son cœur jaillit comme une lame de fond. Les mots se bousculaient dans sa bouche. Il avait l'impression qu'il allait se briser en mille morceaux, mais il ne pouvait plus s'arrêter.

— Je ne vous détestais pas alors. J'avais besoin de vous. Je venais de perdre ma mère, sapristi ! Et j'avais besoin d'un père... cela m'était bien égal que vous soyez un ivrogne. J'avais besoin de vous et vous m'avez envoyé au loin. Vous m'avez confié à un salaud sans cœur qui me battait avec une cravache pour la moindre peccadille et tentait de m'humilier en confiant à un esclave la tâche que...

— Timothy, si j'avais su...

— Vous n'avez rien fait pour savoir. Vous m'avez mis sur un bateau et vous ne vous êtes plus jamais inquiété de moi.

— Je ne t'ai jamais oublié. Pas un moment, plaida Auguste. Quand ta mère m'a été enlevée, j'ai voulu mourir. J'ai essayé de me tuer...

— Peut-être auriez-vous dû y mettre plus d'énergie.

— J'ai attendu que tu sois parti. J'ai quitté l'île sur ce petit voilier que vous aimiez tant, ta mère et toi. Une fois en mer, j'ai déchiré les voiles, prêt à mourir, mais par un coup du sort, j'ai été recueilli par un vieux pirate. J'ai pris le nom de Roger Reynolds et je suis devenu corsaire. Auguste Moreau avait cessé d'exister. J'ai risqué ma vie jour après jour. Pendant la guerre, j'ai travaillé pour les deux camps. J'espérais être coulé sur un de mes navires, mais j'ai survécu.

— Même à moi qui suis votre fils vous avez voulu faire croire que vous étiez mort !

— Je voulais que tu hérites de ma part de la plantation Moreau. Avec les possessions de ta mère, ici, cela aurait fait de toi un homme riche.

— Le prix à payer était trop élevé ! déclara Timothy en riant. J'ai peur d'avoir trompé moi aussi les espérances de Grand-Père. J'ai renoncé à l'héritage Moreau.

— C'est le fils de mon frère qui héritera du tout ?

— Alex est mort.

— Mort ? Il n'était pas tellement plus vieux que toi ?

Auguste était stupéfait. Il posa son verre et se leva.

— Alex est mort pour moi. A ma place.

Timothy se détourna pour que son père ne voie pas le coup de poignard qui lui avait traversé le cœur.

— J'étais avide de soutenir votre réputation. Une nuit, j'étais trop saoul pour me battre en duel comme je m'y étais engagé. Alex a pris ma place. C'était devenu un frère. Et il est mort pour moi.

— Je voulais juste ce qu'il y avait de mieux pour toi.

— Mais vous ne me vouliez pas, *moi !*

La voix de Tim tremblait.

Le silence régnait dans la pièce, seulement troublé par le crépitement de la pluie et le bruissement du vent dans les palmes. Tim tournait le dos à son père, le regard fixé au-delà de la fenêtre, aspirant à se rendre auprès de Céline mais incapable de bouger.

— Timothy...

Il n'y avait ni ordre ni revendication dans le ton d'Auguste, et pourtant Tim se sentit forcé de se tourner vers lui. Et ce qu'il vit le bouleversa : Auguste avait les bras ouverts, prêt à le serrer sur son cœur comme autrefois.

Tim regarda son père à l'autre bout de la pièce. Il ne voulait pas lui pardonner mais quelque chose de plus fort que la haine, de plus grand que l'injustice dont il avait souffert, l'obligea à faire le premier pas. Et ce qu'il avait appris auprès de Céline le poussa à combler la distance entre eux.

Auguste le retrouva à mi-chemin. Tim se jeta dans les bras de son père. Il resta là, raide, les poings serrés, les bras ballants, mal à l'aise et se demandant comment il était arrivé jusque-là. Auguste le tenait étroitement serré.

Tim ouvrit lentement ses mains, leva les bras et étreignit son père à son tour.

19

— Il descend trop bas.

Céline se balançait d'un pied sur l'autre au milieu de la grande chambre. La robe de bal aigue-marine qu'elle portait avait un décolleté vertigineux qu'elle trouvait trop prononcé mais que Foster déclarait parfait. Sa poitrine était encore mise en valeur par la taille haute soulignée d'un ruban de satin assorti.

— C'est absolument parfait, remarqua Edward. Elle est encore un peu maigre, mais elle a repris des couleurs, tu ne crois pas, Fos ?

— Tout à fait, répondit Foster. Elle a perdu cet affreux teint jaune.

— Ne parlons plus de ça, veux-tu ! Cela me rend malade.

Edward posa le doigt sur l'arête de son nez et fit promettre à Foster de ne plus jamais mentionner la maladie de Céline.

— Est-ce que tout est prêt en bas ? s'enquit celle-ci pour détourner la conversation.

— Fin prêt, acquiesça Foster. Miss Ada a vérifié que le nouveau cuisinier avait bien tout en main dans la cuisine.

— Je me demande comment Miss Ada trouve le temps de tout faire avec M. Wells accroché à ses jupes comme un chiot esseulé, grommela Edward.

— C'est la maladie d'amour, remarqua Foster en faisant bouffer les manches en soie de Céline. Je continue à penser que nous devrions reprendre très légèrement ici.

— Fais-moi confiance, insista Edward.

— Quand pourrai-je descendre ? Ce n'est pas juste de me faire attendre plus longtemps, protesta Céline qui sautillait sur place, bouillant d'impatience.

En l'honneur de sa guérison et pour fêter la fin de la saison, Ada avait insisté pour qu'on donne une soirée de gala. A la grande surprise de Céline, Timothy avait accepté les festivités — un dîner et un bal —, à condition que Céline ne participe pas aux préparatifs.

Son pensum avait été d'écouter Ada lui réciter toutes les recettes pour le menu et de se prêter aux essayages qui avaient permis d'ajuster la robe de Jemma O'Hurley à ses mesures.

Et voilà qu'environ quatre semaines après son enlèvement, le grand jour était enfin arrivé !

— Nous n'en avons plus que pour quelques instants, n'est-ce pas, Edward ?

Foster donna un coup de coude à son compagnon et ils échangèrent un regard de connivence.

— Qu'est-ce que vous mijotez ? s'enquit Céline.

Foster considéra Edward, et les deux hommes haussèrent les épaules.

— Vous avez l'air d'une princesse, annonça Edward. C'est tout ce que vous avez besoin de savoir pour le moment, Madame Céline.

Céline les remercia et les regarda sortir sans pouvoir cacher son sourire. Une fois la porte fermée, la curiosité la poussa devant la psyché qui occupait un coin de la pièce. Elle eut du mal à se reconnaître dans cette élégante robe de la couleur des mers du Sud.

Les dernières semaines s'étaient envolées comme dans un rêve. Timothy s'était montré le mari le plus attentionné qui soit. Lui laissant la grande chambre, il s'était installé dans la petite pièce adjacente « pour qu'elle puisse se rétablir sans qu'il l'incommode », avait-il expliqué avec un sourire. Mais il venait quand même s'asseoir chaque matin à son chevet pour lui exposer ses plans. Le soir, ils partageaient leur dîner en tête à tête pendant qu'il lui racontait par le menu toutes les péripéties de la journée.

Il parlait de jachère, de canne à sucre, des nouveaux champs qu'il envisageait de labourer. Il lui racontait les pitreries des enfants du village et louait les talents variés de Bobo. Il comprenait maintenant le rôle qu'il avait joué dans la gestion de Dunstain Place et admirait sa loyauté sans faille vis-à-vis d'Auguste Moreau.

Tim lui donna même quelques détails sur sa tentative de réconciliation avec son père. Il buvait peu, juste deux verres au dîner. Il parlait de tout et de rien pour la distraire. Il souriait. A l'occasion, il riait même. Mais il ne l'avait plus touchée depuis leur promenade sur la plage.

Céline soupira et se détourna de l'image que lui renvoyait le miroir. Ce soir, elle était déterminée à jouer plus que son rôle d'hôtesse auprès des planteurs. Elle était décidée à reprendre la vie conjugale avec Tim.

Un léger coup à la porte la tira de sa rêverie. Elle lissa le drapé de sa jupe.

— Entrez ! jeta-t-elle, s'attendant à voir apparaître Ada, mais ce fut Tim qui pénétra dans la pièce.

Il était grand, beau, élégamment vêtu d'une veste et d'un pantalon noirs. Son jabot de dentelle était immaculé. La tête lui tourna.

— Vous ne vous sentez pas bien ? Vous voulez vous asseoir ?

Elle n'avait pas eu le temps de le convaincre que tout allait bien qu'il l'avait déjà entraînée vers un fauteuil près de la fenêtre.

— Que se passe-t-il alors ? s'inquiéta-t-il, le front soucieux.

— Vous êtes... étourdissant.

— Étourdissant ?

A court de mots, il cligna des yeux.

— Oui, absolument étourdissant.

Elle arrangea son jabot et surprit un sourire sur ses lèvres.

Étourdissant ! Il avait l'air de trouver cette idée absurde.

— Voudriez-vous que je le répète ?

— Non, à moins que vous ne vouliez que je me sente obligé de vous faire un compliment.

Il plaisantait, elle le savait. Et cette nouvelle facette de son mari lui plaisait infiniment.

— Je ne cherche pas les compliments, et vous le savez.

— C'est vrai. J'ai oublié que vous étiez une mégère.

— Dans ce cas, dites-moi comment vous me trouvez ?

Elle tourbillonna sur elle-même pour lui faire admirer sa robe.

— Cela ira ! dit-il en mettant la main dans sa poche.

— Cela ira seulement ?

— Vous serez parfaite !

Il retira lentement un magnifique rang de perles de sa poche et l'agita devant ses yeux.

— En fait, vous n'en avez aucun besoin pour rehausser votre beauté, mais on m'a demandé de vous le donner.

— D'où le tenez-vous ?

Jamais elle n'avait imaginé posséder un bijou aussi élégant.

— Mon père me l'a envoyé. Il a repris les bijoux de ma mère qu'il avait confiés à son avoué. Comme il ne peut pas être là ce soir, il vous envoie ces perles avec tous ses vœux pour la soirée et ses excuses pour son absence. Jouer les morts a des inconvénients !

Il s'approcha derrière elle et passa les perles autour de son cou. Céline ferma les yeux tandis qu'il poussait le fermoir. Quand il eut fini, il posa ses mains sur ses épaules nues un bref instant avant de s'écarter.

Elle caressa les perles. Quand leurs regards se croisèrent, elle lut tout de suite le désir dans le sien. Elle se laissa aller contre lui, sûre qu'il allait l'embrasser.

La porte s'ouvrit soudain avec une telle force qu'elle rebondit contre le mur. Edward et Foster atterrirent par terre dans un fouillis de bras et de jambes.

— Je t'avais prévenu de ne pas t'appuyer ainsi sur moi, déclara Foster en se relevant et en tendant une main à Edward.

— J'espérais que tu avais eu le bon sens de vérifier que la porte était bien fermée, se plaignit Edward.

Tim se racla la gorge et les deux hommes se rappelèrent soudain où ils étaient.

— Nous sommes désolés, Monsieur. Nous voulions juste voir si elle aimait les perles.

Foster eut la bonne grâce de prendre un air penaud.

— La prochaine fois, frappez, conseilla Tim avant de se tourner vers Céline. Ce serait tout de même agréable d'avoir un peu d'intimité dans notre chambre.

Dans leur hâte de filer, les deux hommes se bousculèrent pour passer la porte et aucun d'eux ne pensa à la fermer.

— Il est temps de descendre. Les invités vont arriver d'un moment à l'autre.

Tim offrit son bras à Céline.

— Il faudra que je remercie votre père pour les perles, fit-elle en glissant son bras sous le sien.

Devant le visage radieux de sa femme, Tim fut tenté de refermer la porte. Le seul fait de la regarder le rendait fou de désir. Sous le rang laiteux de perles qui formait comme un croissant de lune, sa poitrine montait et descendait à chaque respiration. Il aurait voulu la couvrir de baisers mais s'il commençait, jamais il ne descendrait au salon.

Il décida qu'il retournerait dormir dans la grande chambre. Et si elle était encore trop faible pour reprendre leur vie commune, il se contenterait de la tenir dans ses bras.

Tim l'entraîna hors de la pièce et s'engagea rapidement dans le couloir. En haut de l'escalier, il se pencha sur Céline et caressa son oreille de ses lèvres.

— Je vous aime, Céline.

Les mots jaillirent avant même qu'il s'en rendît compte.

Elle fut si stupéfaite qu'elle rata une marche et aurait roulé dans l'escalier s'il ne l'avait retenue.

— Répétez-le, murmura-t-elle contre les lèvres qui erraient si près des siennes.

— Mégère ! jeta-t-il. Je vous aime.

— Embrassez-moi ! chuchota-t-elle en se balançant sur une marche.

Elle avait complètement oublié que l'escalier était ouvert à tous les regards.

— Vous êtes une mégère, Madame ma femme.

— Alors, qu'attendez-vous pour vous exécuter, Monsieur mon mari ?

Il s'exécuta avec tout l'enthousiasme d'un homme fou d'amour. Il s'enivra de son odeur, de sa chaleur, du parfum de jasmin de ses cheveux. Il l'embrassa sans craindre un instant qu'elle ne lui vole ses souvenirs. Elle lui rendit son baiser, le cœur léger à l'idée que, finalement, il acceptait d'être aimé.

Un tonnerre d'applaudissements et de rires éclata. Céline blottit son visage contre la chemise de Tim. Il passa son bras autour de ses épaules et salua les invités groupés au pied de l'escalier. Ces derniers ne semblaient pas du tout choqués par la démonstration de leurs hôtes.

Ada et Howard Wells ne se quittaient plus.

Chargés de plateaux couverts de flûtes de champagne, Foster et Edward paraissaient très heureux.

— Allons tenir tête à l'orage, suggéra Tim.

— Vous êtes le seul responsable dans cette affaire ! se plaignit-elle à voix haute.

— Manifestement, vous avez réussi à me faire tout oublier sauf l'essentiel, Céline.

— Alors, je suis heureuse.

D'après Persa, ouvrir un cœur à l'amour était le plus grand des dons.

Tout le monde s'était rassemblé au pied de l'escalier. Tim tendit une flûte à Céline et en prit une pour lui.

— A ma femme ! annonça-t-il en levant son verre.

— A mon mari ! répondit-elle en écho en le fixant par-dessus le bord de son verre.

— A nous tous ! cria Ada, le champagne aidant, et elle leva son verre si haut que son emmanchure se déchira.

Personne n'avait fini sa coupe quand Bobo entra à grands pas par la porte de devant. Timothy tendit son verre à Foster et passa devant Céline. A l'expression du régisseur, il devina que les nouvelles n'étaient pas bonnes. Il le suivit dehors.

Céline l'imita. Elle s'excusa auprès des invités, releva sa jupe et se précipita à la suite des deux hommes. Quand elle atteignit l'angle de la véranda, la voix étouffée de Tim lui parvint.

— Où sont-ils ? demandait-il à Bobo.

— Que se passe-t-il ?

Céline s'approcha derrière lui et lui prit la main.

— Rien qui vous concerne. Pourquoi ne retournez-vous pas auprès de nos invités ? Je ne serai pas long.

Il essaya de libérer sa main, mais elle tint bon.

— Je ne rentrerai pas tant que vous ne m'aurez rien dit, Timothy.

Il se raidit, et elle eut peur qu'il ne refuse.

— C'est sérieux ! Si vous m'expliquiez tout de suite, vous m'épargneriez la peine de vous houspiller toute la soirée. Vous savez quelle mégère je peux être !

— On a attrapé le sorcier et Gunnie, annonça-t-il, la mâchoire crispée. Ils ont été amenés ici. Bobo les a laissés sous bonne garde au moulin.

— Qu'allez-vous faire d'eux ?

Tim prononça sa sentence sans hésiter :

— Il n'existe qu'un châtiment pour ce qu'ils ont fait : la mort.

— Mais... bégaya-t-elle, stupéfaite.

Tim et Bobo s'écartèrent avant qu'elle puisse poursuivre. Elle lança un coup d'œil vers la porte ouverte du salon. Des flots de lumière en jaillissaient. Elle entendit un éclat de rire et reconnut la voix d'Ada. Personne n'avait besoin d'elle.

Elle ramassa sa jupe et quitta la véranda, suivant Tim et Bobo dans le crépuscule jusqu'au village noir.

Bobo emmena Tim sur la place où les prisonniers étaient attachés à des piliers, devant l'appentis du potier. La nuit était tombée et on avait allumé un feu. La lueur des flammes dessinait des ombres mouvantes sur leurs visages.

Tim se retint de sauter sur le vieil homme pour l'étrangler. La haine qui brûlait dans les yeux du sorcier ne s'éteindrait qu'avec sa mort. Gunnie sanglotait. Tim l'ignora. Il savait lequel des deux avait organisé l'enlèvement et la tentative de meurtre sur sa femme. Il se planta devant l'*obi*, les poings sur les hanches.

L'atmosphère était tendue. Tim sentait une multitude d'yeux braqués sur eux dans l'ombre.

Échevelée et hors d'haleine, Céline apparut dans le halo de lumière et s'arrêta auprès de Tim. Il jura tout bas.

— Je ne veux pas de vous ici. Bobo, ramène-la à la maison.

— Excusez-moi, Madame, murmura Bobo, attendant qu'elle obéisse elle-même à l'ordre.

— Vous ne pouvez pas faire cela, Tim. Je vous en prie. Pour l'amour du ciel ! Dire que c'est à cause de moi que vous...

— Ils doivent payer, Céline.

— Mais vous n'avez pas le droit de vous substituer à Dieu. Vous ne pouvez pas jouer avec la vie de ces gens. Je ne vous le permettrai pas.

— Je ne peux pas risquer qu'une chose pareille se reproduise. Et tant que cet homme sera...

— Il y a sûrement un autre moyen.

Quelque part dans la forêt, un singe lança un cri aigu. Les grenouilles entretenaient un concert discordant. L'air sentait la pourriture et le parfum sucré du jasmin.

Les yeux de Tim scrutèrent l'obscurité autour du feu. Son père faisait de nouveau partie de sa vie. Tout semblait en ordre, et cependant il n'arrivait pas à chasser le sentiment qu'une catastrophe imminente le menaçait.

Il reporta son attention sur le sorcier, et une solution lui vint soudain à l'esprit. Il se tourna vers Bobo.

— N'attends pas le jour. Prends autant d'hommes qu'il le faudra. Garde ces deux-là attachés et bâillonnés et emmène-les à Baytowne. Je veux qu'ils soient vendus et embarqués sur le prochain bateau qui quitte le port.

Bobo acquiesça d'un signe de tête.

— Vous les vendez ?

Le regard de Céline se porta sur Gunnie. La fille refusa de croiser ses yeux.

— N'importe qui d'autre les aurait exécutés sur-le-champ. Ne discutez pas là-dessus, Céline ! Il doit être puni. Et c'est un terrible châtiment pour un sorcier d'être écarté de ses morts.

— Que voulez-vous dire ?

— Les coutumes liées aux superstitions se développent par l'intermédiaire des parents qui sont enterrés ici. Même à l'époque où j'étais juste assez grand pour comprendre, c'était devenu sans profit d'acheter des esclaves arrachés à d'autres plantations.

— Pourquoi ? C'est une pratique courante en Louisiane.

— Ici dans les îles, les esclaves déracinés perdent l'envie de vivre. Ils dépérissent et meurent sans raison médicale apparente. Peut-être que les vieilles croyances sont plus fortes ici qu'en Louisiane, qui sait ?

— La mémoire a quelque chose de magique, constata Céline qui se sentait sur un terrain familier.

— Vous devez le comprendre mieux que personne, déclara Tim en la regardant intensément. La force du sorcier réside en sa faculté de faire croire aux autres qu'il est tout-puissant. Le fait qu'il soit convaincu que vos pouvoirs surpassent les siens signe votre arrêt de mort. Aussi doit-il partir. Je sais que cela paraît dur, mais c'est ainsi.

Il remarqua soudain combien elle paraissait fatiguée. Le joyeux sourire qu'elle arborait au début de la soirée s'était envolé, remplacé par une expression d'inquiétude. Le sort de l'homme qui avait voulu sa mort la minait. Tim doutait d'être jamais capable d'une telle miséricorde.

— Allons rejoindre nos invités, proposa-t-il en glissant son bras autour de ses épaules.

Comme ils s'apprêtaient à remonter la colline, Tim se tourna vers Bobo. Le géant inclina la tête. Tim savait qu'il exécuterait ses ordres.

Céline s'efforçait de chasser la morosité qu'elle ressentait depuis qu'ils avaient quitté le village. Elle jeta un coup d'œil autour du salon où ils s'étaient réunis après le dîner et aperçut Tim près de la fenêtre, en conversation avec trois hommes. Comme s'il avait senti son regard, il se tourna à moitié et lui sourit. Une soudaine rougeur colora ses joues. Elle ouvrit précipitamment le délicat éventail d'ivoire qu'Ada lui avait prêté, espérant que personne n'avait remarqué sa réaction.

Les femmes des planteurs se connaissaient toutes entre elles et bavardaient, confortablement installées dans un coin. Céline aurait aimé être mieux armée pour engager une conversation mondaine. Elle s'y était essayée pendant le dîner et avait été incapable de partager les discussions sur la mode. Que savait-elle sur ce sujet ? L'argent étant rare, Persa et elle se débrouillaient avec un minimum de tenues.

— Quand vos nouveaux meubles arriveront-ils ?

Céline sursauta et faillit laisser tomber son éventail. La jeune femme aux lèvres rouges et au teint poudré installée de l'autre côté du canapé s'appelait Cassandra Smythe-Whipple et venait d'épouser un homme qui avait deux fois son âge.

— Mes nouveaux meubles ?

Si de nouveaux meubles devaient arriver, Céline n'était pas au courant.

— C'est très courageux de votre part de vous être installée avant que tout ne soit en ordre. Cela ne me regarde pas, mais à votre place j'aurais envoyé mon mari à l'avance pour tout préparer.

— Nous sommes partis juste après...

— J'imagine que ce décor déprimant explique pourquoi vous avez contracté ces fièvres. Cela arrive souvent aux nouveaux venus — c'est pour cette raison qu'il vaut mieux sortir le moins possible, l'avertit la nouvelle Mme Smythe-Whipple.

— Je n'avais encore jamais été malade de ma vie...

— Je suis sûre que la ville vous manque. N'importe où vaudrait mieux qu'ici. J'ai averti Harry : s'il ne m'emmène pas bientôt visiter l'Angleterre, je vais dépérir.

Cassandra marqua une pause pour reprendre haleine et roula des yeux.

— La Nouvelle-Orléans ne me manque pas vraiment. En fait, j'aime cet endroit...

— Ce n'est pas étonnant que vous dépérissiez. Tout le monde dit que ce lieu est hanté par le fantôme d'une femme qui s'est jetée d'un balcon, ou d'une colline, ou du haut des escaliers. Enfin, je ne sais plus. Elle traversait une crise, paraît-il. C'est affreux, mais on comprend comment les suicides arrivent — la chaleur, ce climat, enfin tout y contribue. Et la pluie pendant cette période de l'année !

Céline se demandait si l'esprit d'Alyce errait dans le jardin cette nuit. Si oui, songea-t-elle avec amusement, peut-être se laisserait-elle persuader de hanter la trop loquace Cassandra. Non seulement Céline ne fit plus aucun effort pour répondre à son interlocutrice, mais elle cessa totalement de l'écouter.

Dix minutes plus tard, Céline était persuadée que personne ne remarquerait son absence si elle montait discrètement faire un somme.

— Céline ?

Elle leva les yeux en reconnaissant la voix de Tim.

— Les musiciens s'apprêtent à jouer, annonça-t-il en se penchant vers elle. Voulez-vous ouvrir le bal avec moi ?

— Cela me plairait beaucoup, bien que je ne sois pas experte.

— Je vais vous apprendre, promit Timothy en lui tendant la main.

Ils traversèrent ensemble la véranda. Des torches avaient été disséminées au hasard dans le jardin et encerclaient la terrasse d'un ruban de feu. La lumière tremblotante des flammes donnait au parc une atmosphère féerique. Les invités s'étaient rassemblés le long de la véranda et au bout de la terrasse, prêts à se joindre à la danse dès que Tim et Céline auraient donné le signal.

Timothy glissa son bras autour de sa taille et se pencha vers elle.

— Vous paraissez morte de fatigue. Si vous n'êtes pas en état de danser, tante Ada prendra volontiers votre place.

Céline secoua la tête.

— J'étais juste fatiguée d'être assise. Si vous me montrez ce qu'il faut faire, j'essaierai de mon mieux.

Sur un signe de Tim, le trio de musiciens installés dans un coin de la terrasse se mit à jouer. Il entraîna Céline sur la piste et lui fit découvrir les pas de la valse en danseur accompli.

Quand elle fut plus à l'aise, elle inclina la tête en arrière pour le regarder. Ses cils étaient assez épais pour rendre une femme jalouse. Il la fixait intensément, avec un tel désir dans le regard qu'elle frissonna et étreignit sa main.

Ada et Howard se joignirent à eux. Le jovial libraire semblait ravi de faire tourner la silhouette volumineuse d'Ada sur la piste de danse. Tim regarda l'assistance d'un air courroucé.

— Qui a eu cette idée stupide de réunir autant de monde ?

— Vous ne pouvez pas m'en blâmer. On m'a sommée de ne m'occuper de rien.

— C'est vrai ! reconnut-il. Ce n'est pas votre faute.

— Non, sans aucun doute !

— Je n'ai pas hérité du goût de mon père pour ces sauteries. Vous ennuyez-vous autant que moi ?

— Je m'ennuyais jusqu'à présent.

— J'imagine que ce serait mal élevé de disparaître.

Ils lancèrent des regards indécis autour d'eux. Cassandra accaparait un de ses voisins. Un groupe de femmes observait Ada et Howard Wells qui tourbillonnaient sur la piste en échangeant des commentaires derrière leurs éventails. Deux hommes discutaient de leurs affaires. Foster et Edward allaient et venaient, portant des plateaux de petits-fours et de champagne.

Tim ébaucha une série de pas qui les menèrent de l'autre côté de la terrasse.

Il se pencha vers Céline et chuchota :

— J'aimerais vous emmener à la petite baie.

— Je l'ai déjà vue, répondit-elle.

— Pas au clair de lune.

— Non, pas au clair de lune.

Elle lui prit la main, prête à le suivre dans la pénombre jusqu'au croissant de sable doré qui reflétait maintenant les rayons argentés de la lune.

Au lieu de s'engager dans le chemin, Tim l'attira dans ses bras et la serra contre lui.

— Je vous veux, Céline, murmura-t-il contre ses lèvres.

La jeune femme sentit à travers la fine soie de sa robe ses mains chaudes et indiscrètes glisser le long de ses hanches. Sa langue fouillait sa bouche, se faisait possessive, la taquinait et l'excitait.

Il tourna le dos aux autres danseurs pour protéger Céline de leurs regards. Elle fut incapable de retenir un gémissement quand il saisit sa poitrine, la moula dans sa paume, en agaça la pointe avec son pouce sous le tissu léger.

Enfin, quand il la sentit abandonnée, Tim leva la tête.

— Et vous, Céline ?

Elle posa sa main sur son ventre et la laissa glisser lentement, plus bas, jusqu'à ce qu'elle lui arrache un râle.

— Je vous veux moi aussi !

— Je ne peux rien refuser aux femmes !

Tim commença à descendre le sentier vers la plage.

— Je n'irais pas plus loin si j'étais vous ! cria soudain une voix d'homme, les clouant sur place.

Les musiciens s'arrêtèrent l'un après l'autre. La plainte du violon résonna encore un moment dans la nuit tropicale. Tim et Céline se retournèrent d'un seul mouvement. Il avait un bras passé autour de ses épaules et elle était pressée contre lui tandis qu'ils faisaient face à la foule.

Collin Ray se tenait de l'autre côté de la terrasse, un homme à ses côtés, plus petit mais solidement bâti.

— Que voulez-vous, Ray ? Je croyais que nous avions réglé la question il y a longtemps, le défia Tim.

L'échange attira sur eux l'attention générale. Foster et Edward posèrent leurs plateaux et se frayèrent un chemin vers Ray et l'étranger.

— Vous n'étiez pas invité, Ray, remarqua Timothy.

Il lâcha Céline et commença à traverser la terrasse.

— Je suis mandaté par mon frère, cette fois-ci.

— De quoi s'agit-il ? demanda Tim.

Céline retint sa respiration. Elle concentrait son attention sur le visiteur silencieux près de Ray. Elle s'aperçut alors qu'il tenait une feuille de papier à la main. Elle comprit immédiatement le but de sa visite. Elle courut derrière Tim, espérant le rattraper avant que Ray ne puisse lui parler.

— Je crois que nous devrions rentrer, Moreau, suggéra Ray.

— Quoi que vous ayez à me dire, vous pouvez le faire tout de suite.

— Tim, non !

Céline se précipita à côté de son mari et lui prit la main. Elle s'y accrocha si fort qu'elle s'attira un regard interrogateur. Il se retourna vers Ray.

— Vous bouleversez ma femme. Je voudrais que vous sortiez d'ici.

Tim gardait assez de contrôle pour baisser la voix, mais il était visiblement à bout.

— Je risque de la bouleverser encore davantage.

— Sapristi, de quoi parlez-vous ?

— Tim !

Elle ne pouvait plus empêcher l'inévitable.

— Votre femme est recherchée pour meurtre.

Un murmure stupéfait parcourut l'assistance réunie sur la terrasse.

— Qu'a-t-il dit ? Que veut Céline ?

Howard Wells fit immédiatement taire Ada.

Céline sentit ses genoux se dérober sous elle.

— Je vous jure que si vous ne fichez pas le camp sur-le-champ, je vous tue, Ray.

Tim avança d'un air menaçant vers Ray qui se contenta de lui rire à la figure et attrapa le papier que tenait son compagnon.

— Parfait ! Comme cela vous avez une chance de vous balancer ensemble à la potence, ironisa-t-il en agitant la feuille devant le nez de Timothy. Ce document que vous apporte M. Jonathan Hargraves, représentant les intérêts de la famille Perot, de La Nouvelle-Orléans, déclare que votre femme, Céline Winters, est recherchée non pas pour un mais pour deux meurtres. Je viens, en lieu et place de mon frère, pour la convaincre qu'il est de son intérêt de retourner à La Nouvelle-Orléans pour y être jugée.

Quand Timothy la repoussa pour arracher la feuille des mains de Ray, Céline sentit sa tête lui tourner et ses jambes se dérober sous elle. Si Foster et Edward ne l'avaient retenue, elle se serait effondrée.

Tim inclinait le document pour le déchiffrer à la lumière vacillante des torches. Le sens des mots faisait son chemin dans son cerveau. A mesure qu'il avançait dans sa lecture, son cœur devenait aussi dur et froid qu'une pierre. C'était une farce. Tout cela n'avait été que mensonge et duperie.

« Avez-vous encore autre chose à me dire ? »

« Possédez-vous encore quelques secrets et talents cachés que je devrais connaître ? »

Il avait exigé toute la vérité ce jour-là, sur la plage. Elle l'avait persuadé de lui faire confiance.

Il fourra le mandat dans les mains de Ray. Il était si en colère que son regard en était brouillé. Foster et Edward soutenaient Céline et lui offraient l'appui que Tim n'était plus capable de lui apporter. Ada se mit à sangloter.

Il aurait voulu prendre Céline dans ses bras et lui dire de ne pas s'inquiéter, qu'ils prouveraient ensemble l'erreur. Mais ce n'était pas une erreur. Il comprit soudain que c'était la plus intolérable des vérités.

20

Engourdi par la rage, Timothy fixa ses invités. Certains le dévisageaient avec horreur, d'autres s'étaient détournés. Les femmes chuchotaient derrière leurs éventails. Il ne pouvait se résoudre à regarder Céline. Il n'osait pas. Il trouva la force d'annoncer :

— Les réjouissances sont terminées pour ce soir !

Puis il se tourna vers Edward en lui ordonnant de faire avancer les équipages devant la porte et, juste avant de quitter la terrasse, il cria en direction de Collin Ray :

— Emmenez-la dans la bibliothèque !

— Tim, attendez ! cria Céline, tentant frénétiquement de le rattraper, mais il ne ralentit pas son allure.

Comme le frère du gouverneur venait à sa rencontre, elle réunit toutes ses forces et repoussa Edward et Foster. Elle marcherait sur ses deux jambes et ne se laisserait pas mener comme un agneau à l'abattoir. Elle devait convaincre Tim qu'elle l'aimait vraiment et que cet amour durerait, s'il le fallait, même après sa mort.

Elle avait peur de ne pas arriver jusqu'à la maison, mais elle y parvint. Comme s'ils craignaient qu'elle ne leur échappe, Ray et Hargraves étaient sur ses talons. Quelle idée ridicule alors qu'elle arrivait à peine à avancer !

L'enfilade des pièces, sous la flamme des chandelles, baignait dans une lumière dorée. Cette maison était devenue son foyer, songea-t-elle le cœur serré, et elle allait lui manquer. Quand elle atteignit la bibliothèque, elle frissonnait de tous ses membres et était près de s'évanouir. Elle entra dans la petite pièce aux murs couverts de rayonnages. Des piles de livres devant les étagères attestaient le travail d'Howard Wells.

Elle s'écarta de la porte pour laisser passer Ray et Hargraves et s'appuya contre le mur, redoutant le moment où Tim, debout devant son bureau, leur ferait face.

Il leur tournait le dos, les mains serrées sur un verre de rhum comme si c'était une bouée de sauvetage. Elle le regarda en avaler le contenu et s'en verser rapidement un autre.

— Fermez la porte, demanda-t-il sans se retourner.

Hargraves repoussa le battant.

Après trois longues rasades, il se sentit assez calme pour leur faire face. Son regard s'arrêta brièvement sur Hargraves, un petit homme quelconque, légèrement voûté, avec un nez aquilin. Mais pourquoi s'en prendrait-il au messager ?

Collin Ray le fixait avec un sourire satisfait et pervers. Après tout, il avait gagné. Il allait emmener Céline.

Enfin, il osa regarder sa femme, qui l'avait trompé depuis le premier jour. Elle avait perdu toute couleur et était aussi blanche que les fleurs délicates des frangipaniers. Il la vit trembler et l'aurait prise pour une comédienne s'il n'avait su que son regard brillant était un effet de la fièvre.

Pour se retenir de lui venir en aide, il se détourna et se versa un autre verre. La carafe heurta le bord du verre dans un bruit sec.

— Je vous offrirais bien un verre, Messieurs, mais je crains qu'il n'en reste plus assez pour vous. J'ai bien peur d'être obligé d'en envoyer chercher avant l'aube...

— Non, Tim...

La voix de Céline s'était brisée.

Il marcha jusqu'à elle et baissa le ton.

— Cela aurait été si simple pour vous de me parler avant cette nuit, Céline. Vous avez eu toutes les occasions de le faire. Dans mon stupide emballement, j'aurais peut-être même tenté de vous protéger, de mentir pour vous, de mentir *comme* vous.

— J'ai essayé...

— Quand ? Quand avez-vous essayé, Céline ? Quand avez-vous jamais essayé de me dire quelque chose avant ce soir ? Vous m'avez supplié de vous faire confiance, et j'ai été assez stupide pour accepter. J'ai même été assez stupide pour tomber amoureux de vous.

— Je vous aime, Tim. Malgré tout ce que...

— C'est tout à fait charmant, mais nous devons retourner à Baytowne avant que le bateau de M. Hargraves ne lève l'ancre avec la marée du matin, dit Ray.

Tim s'approcha du bureau pour se verser un autre verre.

— J'ai tué Jean Perot par légitime défense, déclara Céline. Il a cherché à m'étrangler parce que j'avais la certitude qu'il était le meurtrier de Persa. Dès lors que je connaissais son forfait, j'étais une menace pour lui. Il fallait qu'il se débarrasse de moi. Il a cherché à m'étrangler dans sa cour. Je l'ai poignardé pour ne pas qu'il me tue.

Tim éclata de rire.

— Elle est parfaite, n'est-ce pas ?

— Si c'est vrai, pourquoi vous êtes-vous enfuie ? demanda Ray.

— Et pourquoi avoir rendu son visage méconnaissable ? fit Hargraves qui n'arrivait pas à cacher son dégoût.

— Je n'ai rien fait de tel ! Je l'ai poignardé. Quand il est tombé par terre, je me suis enfuie. Je suis retournée à la maison et j'ai trouvé Persa étendue sur le sol. La scène était exactement celle que j'avais vue quand j'ai eu un contact physique avec Jean Perot.

Ray fronça les sourcils.

— Que voulez-vous dire par : « la scène que j'avais vue » ?

— Elle est très douée : elle a des visions ! Ma petite meurtrière est aussi une voleuse ! explosa Tim en marchant jusqu'à Ray et en le fixant droit dans les yeux. Prenez garde qu'elle ne se faufile dans votre esprit, si ce n'est déjà fait.

— En quoi la mort de cette malheureuse femme pouvait-elle servir Perot ? insista Hargraves.

— Persa était une chiromancienne. Jean l'a tuée parce qu'elle devait savoir quelque chose sur lui. J'étais prête à me rendre à la police quand je les ai entendus entrer dans la cour de la maison. J'étais sûre qu'ils me cherchaient, déjà convaincus de ma culpabilité. Je savais que les Perot étaient riches et qu'ils avaient les moyens de me faire emprisonner. Ils n'auraient jamais voulu croire que leur fils était un meurtrier. J'ai été prise de panique et me suis enfuie.

— Vous aviez raison au sujet des Perot, remarqua Hargraves. Ils n'ont reculé devant aucune dépense pour vous retrouver. Pendant deux mois, nous n'avons pas pu découvrir comment vous vous étiez échappée, jusqu'à ce qu'un dénommé Thomas O'Hurley demande à la police de rechercher sa fille. Il avait manqué son mariage pour une raison quelconque et avait décidé de lui rendre visite à la plantation Moreau. Une fois là-bas, il avait découvert que la personne qui avait épousé Timothy Moreau ne ressemblait en rien à sa fille. Toutes les descriptions de la mystérieuse mariée concordaient avec celle de Céline Winters.

Tim posa son verre sur le bureau à côté de lui.

— Légalement, elle est en dehors de votre juridiction, n'est-ce pas ?

Une lueur d'espoir traversa Céline.

— J'espérais qu'elle se rendrait de plein gré, mais vous êtes son mari et en tant que tel, vous pouvez la remettre entre nos mains. J'ose imaginer que vous ne voudriez pas héberger une meurtrière sous votre toit.

Céline retint sa respiration. Tim était son unique planche de salut. Un seul regard lui ôta toutes ses illusions.

— Emmenez-la si vous voulez. Cela m'est égal.

Le cœur de Céline se brisa. Rien n'aurait pu la blesser davantage.

Hargraves avait repris la parole. Céline essaya de se concentrer sur ce qu'il disait.

— Si vous nous accompagnez de plein gré, ce sera plus simple pour vous. Vous pourrez plaider la légitime défense.

Collin Ray croisa les bras avec un sourire satisfait.

— Pensez donc, ils ne pourront vous pendre que pour deux meurtres, puisque le troisième cadavre n'a pas encore été retrouvé !

— Quel autre corps ?

Céline était persuadée que la fièvre lui jouait des tours.

— Vous êtes soupçonnée de meurtre dans l'affaire de la disparition de Jemma O'Hurley.

— Comment ? interrogea Céline, hébétée. La dernière fois que je l'ai vue, elle se cachait dans la cathédrale Saint-Louis.

Hargraves se tourna vers Tim.

— Je n'arrive pas à croire que vous ne vous soyez pas aperçu de votre méprise.

— Personne n'avait jamais vu Jemma O'Hurley. On avait prévenu mon grand-père qu'elle ne voulait pas de ce mariage et ferait tout pour l'éviter.

Il marqua une pause et jeta un regard vers Céline.

— Elle ne s'est pas donné beaucoup de mal pour nous convaincre et ne m'a avoué son nom que lorsqu'il était trop tard.

Elle tendit la main d'un air suppliant.

— J'ai répété inlassablement à tout le monde que j'étais là pour chercher un emploi. Je vous ai donné mon nom dès que nous sommes montés à bord de *l'Adélaïde*.

— Mais pas avant que nous soyons à bonne distance des côtes de Louisiane, si je me souviens bien...

— Nous ne pouvons argumenter toute la nuit, les interrompit Ray, et il attrapa Céline par le bras. Consentez-vous à nous accompagner ou devons-nous vous mettre des fers ?

Quand Ray toucha Céline, Tim faillit lui sauter à la gorge, mais il se ravisa : tout cela ne le concernait plus.

— Laissez-la, Ray. Elle doit venir de son plein gré, précisa Hargraves, et Collin la relâcha.

Céline se mordit la lèvre pour l'empêcher de trembler. Tim refusait de rencontrer son regard et consacra toute son attention à se verser un autre verre. Elle tremblait comme une feuille.

— Je vous accompagne, murmura-t-elle à Hargraves.

Sa vie était terminée de toute façon. Alors, que lui importait comment cela finirait ?

— Un instant, s'il vous plaît ! dit-elle soudain.

Elle se débattit avec le fermoir de son collier qui finit par s'ouvrir, le retira de son cou et le tendit à Tim. Il effleura des yeux le bijou dans la paume de sa main avant de regarder Céline. Son expression distante la glaça jusqu'au tréfonds de l'âme.

— Mettez-le sur le bureau, répondit-il en lui tournant le dos.

Elle obéit comme un automate et accompagna Hargraves et Collin Ray hors de la pièce.

Les croyant partis, Tim se retourna à temps pour apercevoir Céline coincée entre les deux hommes. Elle s'éloignait, aussi hautaine qu'une reine, le dos droit, les mains serrées de chaque côté d'elle.

Groupés dans l'entrée, Edward et Foster, Ada et Howard Wells contemplaient le drame, impuissants.

— Timothy ! Alyce veut que tu les arrêtes. Elle est dans... dans tous ses états, implora Ada en pleurnichant.

Tim la foudroya du regard.

— Quand perdrez-vous donc cette habitude de parler au nom de ma mère, tante Ada ?

Ada se détourna et se mit à sangloter sur l'épaule du libraire. Timothy lança une série de jurons en traversant la pièce et leur claqua la porte au nez. Puis il saisit un verre de cristal et le lança avec violence contre la porte, où il explosa en mille morceaux chatoyants mais dangereux.

Comme Céline.

Il ne devait pas penser à elle. Elle était partie, et il était de nouveau seul — seul avec une demi-carafe de rhum qui ne calmerait pas sa douleur.

Sur l'île, les nouvelles allaient bon train. Tous les habitants de Baytowne se rendirent sur les quais pour assister à l'embarquement de l'épouse de ce planteur qu'on accusait d'être une sorcière. En Amérique, elle serait jugée non pas pour un, mais pour deux meurtres. Le bruit circulait qu'ils brûlaient encore les sorcières en Louisiane.

Céline n'avait pas dormi de la nuit. Quand ses geôliers vinrent la chercher, il lui était égal de vivre ou de mourir. A quoi cela servirait-il maintenant si, par quelque miracle, elle arrivait à prouver son innocence ? Plus rien n'importait !

En voyant le monde rassemblé sur les docks, Collin Ray insista pour qu'on lui mette des fers aux pieds afin de déjouer toute tentative d'évasion. Mais Hargraves refusa qu'on lui entrave les chevilles, de peur qu'elle ne puisse gravir la passerelle.

Céline resta muette. Elle concentrait toute son énergie à lutter contre les accès de fièvre qui revenaient à intervalles réguliers. Elle essayait d'imaginer le monde de l'autre côté des barreaux : le sable blanc qui étincelait au soleil et les vagues qui s'écrasaient sur la plage dans une pluie de gouttelettes. Sa pensée dériva bientôt vers Timothy. Elle se rappela la première fois qu'elle l'avait vu, ivre mort, à leur mariage, puis embrassant les enfants d'Alex. Et la nuit de la tempête, quand il l'avait serrée contre lui. Plus récemment encore, elle se souvint de lui, nageant nu dans la mer turquoise.

Timothy ! Elle ferma les yeux et plaqua les mains sur ses oreilles comme pour en chasser l'écho de son nom.

— Allons, cessez vos simagrées, ordonna Collin Ray en refermant les lourds fers sur ses poignets. Hargraves, vous êtes prêt ?

L'homme engagé par les Perot inclina la tête et ouvrit la porte de la prison.

Parcourue de frissons, la bouche sèche, les jointures douloureuses, Céline sortit dans la rue. Le poids des chaînes qui entravaient ses mains rendait sa progression encore plus difficile. Bien qu'elle gardât les yeux baissés, elle sentait tous les regards peser sur elle tandis qu'elle traversait le quai pavé. Son humiliation était totale.

On poussait un groupe d'esclaves enchaînés vers un bateau qui jouxtait le sien. Le cliquetis de leurs fers attira son attention. Elle leva les yeux vers les visages fermés. Quand une femme dans la file se tourna vers elle, elle reconnut Gunnie. Le sorcier ne devait pas être loin. Elle le repéra rapidement au bout de la file.

Leurs yeux se rencontrèrent. Contrairement à ses compagnons, le vieil homme ne semblait nullement abattu. Il était courbé par l'âge mais non pas brisé. Elle aurait voulu se détourner, mais en fut incapable. Le regard acéré du sorcier ne laissait passer aucun détail, ni ses vêtements chiffonnés, ni les fers à ses poignets, ni les gardes qui l'encadraient. Un sourire triomphant plissa sa bouche édentée. Il souriait encore en montant à bord du navire en partance pour la Jamaïque.

Les fers avaient entaillé la peau fragile de ses poignets quand elle arriva à la passerelle. Elle l'escalada avec peine et allait atteindre le pont quand le talon de sa chaussure se prit dans son ourlet. Elle bascula en avant et serait passée par-dessus bord si Hargraves ne l'avait rattrapée par le bras et remise brutalement sur pied.

— Les Perot me payent une petite fortune pour vous ramener, alors ne croyez surtout pas que vous pourrez vous noyer dès que j'aurai le dos tourné. Je ne vous lâcherai pas un instant des yeux.

— Merci de la suggestion ! Mais je n'en ai aucune intention. Je suis innocente.

Bien qu'elle attendît avec impatience d'être débarrassée de lui, Collin Ray les avait accompagnés. Il profita des quelques instants pendant lesquels Hargraves donnait ses instructions au sujet de la prisonnière pour lui parler.

Ray emprisonna le menton de la jeune femme dans sa main, l'obligeant à le regarder.

— Vous auriez dû accepter mon offre, Céline. Si vous aviez été à moi, je ne vous aurais pas dénoncée quand Hargraves s'est présenté, murmura-t-il, et il lâcha son menton, puis haussa les épaules et s'essuya les mains comme s'il venait de se salir. Mais puisque vous avez préféré votre bâtard de mari, je ne pouvais rien faire d'autre.

— Je ne voudrais pas de vous même si vous me proposiez de couper la corde qui doit me pendre, lui cracha-t-elle à la figure.

Il la frappa si fort sur la joue qu'elle fut projetée en arrière contre la rambarde. Une violente douleur lui traversa les reins.

Jonathan Hargraves se précipita à côté d'elle.

— Ne la touchez pas, Ray. Je ne veux pas ramener de la marchandise avariée. Vous pouvez partir, maintenant que nous sommes à bord.

Ray les quitta sans ajouter un mot.

Quand le bateau leva l'ancre, l'idée de voir les champs de canne à sucre s'estomper à l'horizon fut insupportable à Céline. Elle n'osa pas non plus jeter un dernier regard vers Dunstain Place, là-bas dans les collines, loin au-dessus de la mer.

Elle tourna le dos à St. Stephen et à ses rêves brisés.

Foster préparait le thé dans l'office pendant qu'Edward, perché sur un tabouret, frottait ses mains sur son tablier.

— Jamais cela n'a été pire ! se lamenta Foster en déposant des tranches de citron en éventail sur une soucoupe.

Quand il fut satisfait de la présentation, il plaça l'assiette sur un plateau à côté de la théière, des tasses assorties et du gâteau à l'ananas.

— Saoul comme un Polonais depuis deux jours et demi ! gémit Edward en secouant la tête dans son désarroi. Que va-t-il devenir ? C'est pire qu'à la mort d'Alex.

— C'est normal. Il n'avait pas épousé Alex, répondit Foster qui s'appliquait à plier les serviettes en forme de fleurs. Peux-tu porter ce plateau dans le salon ? Miss Ada et M. Wells attendent leur thé.

— Je n'y arriverai jamais, soupira Edward. Je suis

incapable de faire autre chose que de penser à cette horrible histoire. D'ailleurs, si je vois Miss Ada pleurer, je vais éclater en sanglots. Tu sais ce que c'est, Foster. Je ne peux pas.

Foster prit les serviettes et attrapa le plateau. Il le souleva puis le reposa. L'idée qu'ils s'étaient efforcés tous les deux de faire du mariage de Tim une réussite le hantait!

— Nous aurions dû croire Madame Céline cette première nuit, quand elle déclarait ne pas être Jemma O'Hurley. Rien de tout cela ne serait arrivé si Tim avait épousé la femme qui lui était destinée.

— Nous aurions dû deviner que quelque chose clochait en remarquant que ni ses chaussures ni ses robes ne lui allaient!

— Jamais je ne croirai que c'est une meurtrière. Madame Céline est la gentillesse même, remarqua Foster.

— J'aimerais bien que nous puissions faire quelque chose. Si seulement Tim arrivait à se reprendre!

— Avec des si, on mettrait Londres en bouteille, Eddie!

Foster reprit le plateau. Edward se leva d'un air inquiet et lui tint la porte, puis il le suivit dans le salon.

Foster déposa le plateau sur une table.

— Un peu de thé vous fera du bien, Miss Ada, proposa-t-il en lui versant une tasse sans attendre son accord.

Elle avait pris ses quartiers à l'extrême bout du canapé, et personne n'arrivait à la dérider. Ses yeux étaient rouges et gonflés, son visage marbré.

Ada saisit la tasse de thé. Ses mains tremblaient si fort qu'elle l'aurait renversée si Foster ne l'avait aidée. La patience du domestique était à bout.

— Qu'allons-nous faire, Foster? demanda Ada en le regardant d'un air pitoyable. Même Alyce est bouleversée.

— Puisque vous me le demandez, Miss Ada, je crois

que nous devrions tous nous reprendre, déclara-t-il d'une voix ferme, puis il jeta un coup d'œil à Edward. Nous ne sommes bons à rien dans l'état où nous sommes.

Wells ajouta une larme de lait dans sa tasse.

— Quand je pense à cette pauvre Céline, toute seule, enfermée dans les entrailles d'un bateau. Mon Dieu, qu'arrivera-t-il si elle est reconnue...

Ada poussa un cri plaintif. Foster plongea pour attraper sa tasse juste avant qu'elle ne tombe.

— Il y a toujours de l'espoir, rétorqua-t-il.

— Nous ne la reverrons jamais vivante !

Comme Edward se précipitait hors de la pièce, il entra en collision avec Auguste Moreau.

— Sapristi, Lang ! Un peu de tenue ! lança Auguste en le saisissant par les épaules avant de l'écarter et de pénétrer à grandes enjambées dans la pièce.

Son regard survola Ada et Howard Wells avant de se poser sur Foster.

— Où est mon fils ?

Un immense soulagement étreignit le domestique.

— Il est dans la bibliothèque. Une chose affreuse...

— Je sais. On ne parle que de cela sur l'île, le coupa Auguste qui déjà quittait le salon. Je suis venu aussitôt. Qu'est-ce que Tim a l'intention de faire ?

— Rien, j'en ai peur, déclara Foster en lui emboîtant le pas.

Auguste s'arrêta brutalement et fit demi-tour.

— Que voulez-vous dire par « rien » ?

Foster recula d'un pas.

— Timothy n'a pas dessaoulé depuis qu'on a emmené Madame Céline.

La mort était certainement plus clémente qu'une trop forte dose de rhum.

La tête de Timothy lui faisait si mal qu'il pouvait à peine ouvrir les yeux. Sa langue était enflée, sa bouche pâteuse. Il était affalé dans un fauteuil et refusait de bouger car, à chaque tentative, son cœur se mettait à battre comme le marteau d'un forgeron.

Il aurait voulu injurier celui qui s'acharnait à frapper à la porte. Il l'avait fermée à clef depuis la dernière tentative de Foster pour le forcer à s'alimenter.

— Allez-vous-en ! réussit-il tout juste à murmurer quelques secondes avant que la porte ne cède, dans un fracas assourdissant.

Timothy ouvrit un œil. Son père était sur le seuil, le prototype même du corsaire avec sa chemise blanche, ses pantalons noirs et son bandeau sur l'œil.

— J'ai dit : sortez ! articula Timothy avec difficulté.

Sans se laisser décontenancer, Auguste traversa la pièce et attrapa le vase de fleurs qui trônait sur le bureau.

— Que faites-vous ?

Quand Tim essaya de se redresser, la pièce se mit à tourner. Il ferma les yeux et pressa les mains sur ses tempes.

— Je fais ce que quelqu'un aurait dû faire pour moi il y a des années. Cela m'aurait peut-être empêché de t'envoyer en Louisiane et de commettre la plus grosse erreur de ma vie.

Tim reçut alors sur la tête une giclée d'eau nauséabonde avec des tiges en putréfaction.

— Sapristi !

Il se frotta les yeux et se précipita sur son père. Auguste n'eut aucun mal à l'éviter, ce qui décupla sa colère.

— Vous n'avez aucun droit d'intervenir !

— Oh, que si ! Surtout quand il s'agit de t'empêcher de gâcher ta vie à tout jamais. Qu'as-tu décidé pour sauver ta femme ?

— Rien !

Des gouttes d'eau verdâtre coulaient le long des cheveux de Timothy.

Auguste frappa le bureau du plat de la main.

— Mais, bon sang, Timothy ! Tu as perdu la tête ?

— Pourquoi voudriez-vous que je m'en mêle ?

— Parce que tu l'aimes.

— Elle m'a menti dès le premier jour et n'a pas cessé depuis !

— Tu es furieux contre le sort, n'est-ce pas ? Mais ce n'est pas à Céline que tu songes, Timothy, c'est à toi !

— Je croyais enfin pouvoir faire confiance à quelqu'un.

Tim ne désirait qu'une chose : plonger de nouveau dans l'inconscience. Cette torture que lui infligeait son père était insupportable.

— Faire confiance à quelqu'un qui, enfin, ne t'abandonnerait pas ?

— Qui surtout n'hésiterait pas à me dire toute la vérité, mais elle n'a pas...

— Tu t'attendais qu'elle se dénonce et prenne le risque de te perdre ? Écoute, si tu ne l'aimais pas, tu ne serais pas dans cet état ! Tu t'occuperais de tes affaires comme si rien ne s'était passé. Mais une chose affreuse est arrivée, et tu es incapable de faire face. Je le sais. J'en suis passé par là. Reconnais-le ! Tu l'aimes tellement que cela te tue.

Tim se laissa tomber sur son siège, les coudes appuyés sur ses genoux et la tête enfouie dans ses mains.

— J'ai fait l'impossible pour que cela n'arrive pas, chuchota-t-il. Je jure que je n'aimerai plus jamais personne.

La voix d'Auguste sonna à travers la pièce.

— Pourquoi ?

Timothy avait la gorge si serrée qu'aucun mot ne venait. Il déglutit, se mordit les lèvres et fixa le plancher.

— Parce que cela fait trop mal quand ils s'en vont ! reconnut-il.

Auguste s'agenouilla auprès de son fils et passa son bras autour de ses épaules. Timothy pressa les mains sur ses yeux, luttant pour ne pas s'effondrer. Seul l'alcool avait pu chasser Céline de son esprit. Et maintenant, il était obligé d'affronter les faits : elle voguait sur un bateau, malade, seule et misérable. Et tout cela à cause de sa rage aveugle et de son refus de lui faire confiance.

Les faits ne lui laissèrent plus de repos. Céline aimait la vieille femme qui l'avait élevée, et il était hors de question qu'elle l'ait assassinée. Quant à Perot, l'avait-elle vraiment tué par légitime défense comme elle le soutenait? Et Jemma O'Hurley? Où donc avait-elle disparu?

Sans preuves de son innocence, Céline serait pendue. Mais comment obtiendrait-elle ces preuves, enfermée derrière des barreaux? Elle n'avait ni famille ni argent pour l'aider. Personne pour la défendre — sauf son mari qui lui avait tourné le dos.

— J'ai été un imbécile, chuchota-t-il.

— Je t'ai fait un tort immense en t'envoyant loin d'ici. Je ne pensais qu'à moi et à ma peine, murmura Auguste. Dieu te vienne en aide si tu fais la même erreur et perds Céline.

— Quand ont-ils appareillé?

Tim passa la main dans ses cheveux en se demandant combien de temps il avait perdu à se lamenter sur lui-même.

— Il y a deux jours, Timothy. Je ferai tout ce que je peux pour t'aider. Mon bateau est dans une crique, à quelques lieues d'ici. Nous partirons à la tombée de la nuit.

— Allons-y tout de suite! Voulez-vous bien demander à Foster de préparer du café et à Edward de m'emballer quelques vêtements de rechange?

Foster apparut instantanément.

— Le café sera prêt d'ici une minute, et Edward s'occupe déjà de faire votre valise.

21

Le Cabildo, qui abritait la lie de la société de La Nouvelle-Orléans, se trouvait en face de la cathédrale Saint-Louis. Là même où elle avait changé de vie en montant dans la voiture de Jemma O'Hurley.

Sur la paillasse de sa cellule, Céline, enveloppée d'une couverture crasseuse, réfléchissait à l'ironie du sort qui l'avait fait revenir à l'endroit d'où elle était partie. La couverture offrait une bien faible protection contre le froid et l'humidité, mais les gardiens avaient pris ses vêtements pour décourager toute tentative d'évasion.

Elle sourit dans la faible lumière qui filtrait de la fenêtre, tout en haut du mur. Quelle stupidité! Personne ne l'accueillerait, même si elle arrivait à s'échapper. Elle était seule. Tragiquement seule. Elle avait dû affronter cette triste vérité dès l'instant où elle avait tourné le dos à St. Stephen.

Tout au long du voyage, elle avait dû lutter à la fois contre le mal de mer et les violentes attaques de la fièvre des marais. Elle avait fait toute la traversée enfermée dans la cale, enchaînée au sol et entièrement à la merci de Jonathan Hargraves qui la forçait à s'alimenter. Elle était trop faible pour aller prendre l'air sur l'entrepont.

«*Les Perot ne me paient pas pour leur livrer un cadavre. Ils vous veulent vivante et en bonne santé pour vous faire pendre.*»

Dès qu'elle avait débarqué, on l'avait conduite au Cabildo et enfermée avec les autres prévenus qui attendaient d'être jugés. Présidé par un juge américain nouvellement arrivé, son procès fut le plus court de l'histoire de La Nouvelle-Orléans. Les Durel, le jeune couple qu'elle avait croisé la nuit du meurtre, déclarèrent l'avoir vue avec Jean Perot deux heures avant qu'on ne retrouve son corps.

La servante de Perot certifia lui avoir servi du chocolat chaud le soir du meurtre. Et tous les domestiques racontèrent avec force détails comment ils avaient découvert le corps mutilé de leur maître dans la cour.

Les voisins de Céline ne purent apporter de lumière sur ses allées et venues l'après-midi et le soir du crime. Ils ne l'avaient pas aperçue de la journée, ni Persa non plus, d'ailleurs.

Durant tout le procès, les parents de Jean Perot restèrent assis au premier rang à la dévisager d'un regard haineux.

Un monsieur corpulent, qui se présenta comme étant Thomas O'Hurley, vint la trouver avant le procès. Il la supplia de lui confier ce qu'elle avait fait à sa fille et où elle avait enterré le corps.

— Tout ce que je désire, c'est donner une tombe décente à ma petite princesse ! gémit-il.

Céline lui raconta ce qui s'était passé durant cette nuit pluvieuse dans la cathédrale. Elle jura qu'elle ignorait tout de cette disparition. Il assista au procès, dans l'espoir qu'elle s'effondrerait et confesserait son crime.

Comme elle n'avait aucun défenseur, elle fut reconnue coupable des deux meurtres après une journée et demie de témoignages. Quand la sentence de pendaison tomba, elle n'en fut même pas étonnée.

Aussitôt qu'il eut prononcé le jugement, le magistrat lui donna la possibilité de s'exprimer. Encore maintenant, alors qu'elle dépérissait dans sa cellule, elle songeait au spectacle pitoyable qu'elle avait offert à la cour. Elle avait perdu tant de poids que sa robe de bal tombait sur ses épaules. Ses cheveux étaient emmêlés et sales, son teint jaune, ses yeux cernés. Elle n'avait plus qu'un filet de voix :

« J'ai poignardé Jean Perot en état de légitime défense... ce n'est pas moi qui l'ai défiguré ainsi qu'on

l'a retrouvé... Je n'ai pas pu tuer Persa... Elle était comme une mère pour moi... Je l'aimais trop... Je n'ai pas peur de la mort car je suis innocente. »

— Debout, jeune fille. Vous avez un visiteur.

La voix du geôlier la tira de ses rêveries. Céline se souleva sur un bras et attendit que la tête cesse de lui tourner pour regarder le visage derrière le guichet grillagé. Aujourd'hui, c'était le tour du gros gardien qui empestait le vin. Ses joues rouges étaient striées d'un épais réseau de veinules.

Elle humidifia ses lèvres desséchées.

— C'est à moi que vous parlez ?

— Réveillez-vous ! Il y a un monsieur qui veut vous parler. Ne faites pas d'histoires et je le fais entrer.

Elle serra la couverture autour d'elle et se tourna vers le côté pour poser ses pieds par terre. Elle se raidit en sentant le contact du sol glacial et peu ragoûtant.

Tout en repoussant les cheveux de son visage, Céline s'interrogeait sur l'identité de son visiteur. Le bruit des pas dans le couloir se rapprochait, et ses mains se mirent à trembler. Quelqu'un poussa un cri dans une cellule voisine, rapidement noyé par les clameurs et les jurons qui faisaient habituellement écho aux rappels à l'ordre des gardiens. La prison avait déjà été le théâtre de plusieurs émeutes, et les geôliers étaient particulièrement zélés. Des meurtriers, des criminels et des esclaves, quelques fous et de nombreux malades étaient enfermés ensemble dans un espace réduit. L'ambiance s'en ressentait. Elle avait de la chance : les condamnés à mort bénéficiaient de cellules individuelles.

Céline ferma les yeux et se balança d'avant en arrière en empoignant le bord de la couchette. Le souvenir de Tim l'assaillit soudain. Il galopait le long de la plage devant une mer turquoise. Elle ressentit un pincement au cœur. Pensait-il jamais à elle ?

Le visage du geôlier apparut derrière le judas grillagé. Les clefs cliquetèrent avant que l'une d'elles tourne dans la serrure, et la lourde porte de cyprès pivota.

Céline serra les deux bouts de la couverture et resta assise sur sa paillasse tandis qu'on introduisait Thomas O'Hurley dans la cellule. La redingote de serge grise parfaitement coupée du marchand paraissait déplacée dans cet endroit crasseux. Son visiteur s'éclaircit la voix à deux reprises en jetant un coup d'œil circulaire autour de lui.

Céline ne fit rien pour le mettre à l'aise. Elle se contenta d'attendre. Il était sans doute venu la supplier une dernière fois au sujet de sa fille.

Quand O'Hurley parla, c'est au geôlier qu'il s'adressa :

— Pouvez-vous nous laisser seuls ? demanda-t-il.

Le gardien fixa Céline un moment.

— Ne lui faites pas d'ennuis ! lui conseilla-t-il.

La mise en garde ne méritait pas de réponse. Elle n'aurait même pas eu la force d'écraser une mouche. Il quitta la cellule, mais elle devina qu'il restait derrière la porte.

Céline reporta son attention sur Thomas O'Hurley. Quelque chose avait changé dans son allure. Il avait un air assuré et respirait la confiance. Il sortit un papier de sa poche et l'ouvrit avec précaution.

— J'ai eu des nouvelles de Jemma, annonça-t-il d'une voix douce. Elle est en vie.

Céline ressentit un immense soulagement, non seulement parce que la lettre la lavait de tout soupçon, mais aussi pour Jemma.

— Elle est au couvent ?

— Bien sûr que non, répondit O'Hurley en riant.

— Pourtant, elle m'avait affirmé qu'elle voulait être religieuse !

Céline avait déjà répété à O'Hurley les propos de Jemma mais il ne l'avait pas crue.

— Elle ne dit pas exactement où elle est, seulement qu'elle est en bonne forme et heureuse. Elle reviendra quand elle se sentira prête à m'affronter. Elle veut me faire attendre suffisamment de temps pour que j'aie perdu toute idée de la marier contre son gré.

Il sourit à Céline.

— Vous pouvez me croire, on ne m'y reprendra plus !

Il continua à fixer les lignes tracées par sa fille.

— Elle confirme tout ce que vous avez expliqué. J'ai montré la lettre aux autorités et ils ont cessé leurs recherches. Je voulais vous l'annoncer moi-même et m'excuser de ne pas vous avoir fait confiance. J'étais sous le coup...

— Je comprends. J'ai peur qu'il ne reste pas grand-chose de sa dot. Une bonne partie est allée aux enfants illégitimes d'Alexandre. Je suis désolée...

Il repoussa ses excuses d'un geste de la main.

— J'ai plus d'argent qu'il ne m'en faut. Je suis juste heureux de savoir Jemma en vie. Céline, y a-t-il quelque chose que je puisse faire pour vous ?

— Personne ne peut rien faire sinon fournir les preuves que je n'ai pas tué les autres, mais il ne reste plus assez de temps maintenant.

Il marcha jusqu'à la fenêtre et regarda le rayon de soleil contre le mur.

— Aurez-vous quelqu'un auprès de vous quand... quand... ?

— Quand ils me pendront ? Non. Personne.

— Comment pouvez-vous rester assise si calmement quand vous savez que vous allez mourir dans deux jours ?

— Je n'ai rien à me reprocher. Je peux avoir peur de mourir, Monsieur O'Hurley, mais croyez-moi, je n'ai pas peur du jugement de Dieu.

Il déglutit avec difficulté et se passa la main sur le visage.

— Je n'aimerais pas savoir ma Jemma seule à un moment pareil.

O'Hurley parlait pour lui-même comme s'il ruminait une idée. Il se retourna brusquement vers Céline.

— Je serai là vendredi prochain, Céline. Je vous accompagnerai au gibet.

Céline poussa un soupir de soulagement. Même si cet homme n'était qu'un étranger pour elle, il lui éviterait d'affronter seule la mort. Des larmes lui brûlèrent les yeux.

Elle baissa la tête pour cacher son trouble.

— Merci, Monsieur O'Hurley, murmura-t-elle quand elle se fut reprise. Que puis-je demander de plus ?

— Où diable sommes-nous ? maugréa Timothy.

Il se tenait derrière son père sur le pont du *Lady Fair* et fixait le labyrinthe de voies d'eau qui sillonnaient les marais de Louisiane. L'air sentait l'humus. Des cyprès moussus se dressaient, tels les gardiens muets de noirs secrets. Cet univers fantasmagorique avait toujours existé à la limite de la plantation Moreau, mais Timothy n'avait jamais eu l'occasion de s'y aventurer.

Auguste sourit. Il ne manifestait aucune hésitation en dirigeant l'homme à la barre.

— Voici Barataria Bay. Crois-le ou non, à vol d'oiseau, nous sommes seulement à quelques kilomètres de La Nouvelle-Orléans. Tu n'imagines pas le nombre de fois où j'ai sillonné ces eaux sous le pavillon de Cartagène ! J'ai même dû donner une partie de mon butin à Jean Lafitte pour pouvoir m'y cacher.

Timothy regarda son père avec surprise. Auguste observait attentivement le dédale de canaux devant lui. Une trêve s'était installée entre les deux hommes, le temps du voyage. Au cours de l'ouragan qui avait sévi pendant quelques heures, Tim avait bien cru que son père allait enfin être exaucé et mourir en mer en l'entraînant avec lui.

— Vous passiez donc tout près de la plantation sans jamais venir me voir ?

Timothy sentait la vieille amertume se réveiller.

Auguste haussa les épaules.

— Et pour te dire quoi ? Que j'étais devenu un pirate ? Pour t'avouer avoir tiré un trait sur mon passé en même temps que sur toi ? A propos, as-tu l'intention de contacter Henry pendant que tu seras là-bas ?

— Je comprends ce que vous voulez dire. Non, je ne verrai pas Henry si je peux l'éviter, répondit Tim.

La haine de son grand-père était trop profondément enracinée en lui. Il attrapa le bastingage et le serra si fort que ses jointures blanchirent. Ce n'était pas le moment de se laisser emporter par le passé. Ce qui était important maintenant, c'était l'avenir et Céline.

— Je croyais que nous allions directement à La Nouvelle-Orléans. Si nous n'arrivons pas à temps...

— Ne t'inquiète pas ! le rassura Auguste en faisant signe à l'homme qui tenait le gouvernail. Les seuls à connaître ces eaux sont les pêcheurs de crevettes et les pirates. Ici, nous n'aurions aucun mal à échapper aux autorités si cela était nécessaire.

— Votre tête est mise à prix ?

— Celle de Roger Reynolds, oui ! Mais pas celle d'Auguste. Pourtant ce n'est pas uniquement pour cette raison que j'ai choisi de cacher le bateau dans ce bayou et de me glisser subrepticement en ville.

Tim plissa les yeux quand le soleil fit son apparition.

— Je suis prêt à tout pour sauver ma femme. Pensez-vous que nous devrons fuir rapidement ?

— Ce n'est pas exclu, reconnut Auguste en se détournant du bastingage. Je suis heureux de constater que nous voyons les choses de la même façon. Mais ta tête n'est pas mise à prix et n'a aucune raison de l'être, Timothy. Avec mon équipage, nous avons toute l'expérience nécessaire et nous pourrons très bien maîtriser la situation.

— Pendant que je me tournerai les pouces? protesta Tim en secouant énergiquement la tête. Céline est ma femme. Je la mérite déjà bien peu. Alors, c'est moi qui la tirerai de là!

— Es-tu prêt à passer le reste de ta vie à fuir? A avoir sans cesse les yeux fixés derrière ton dos? A renoncer à te fixer quelque part?

— Pour sauver Céline? Certainement.

— Très bien! Nous arriverons à la tombée de la nuit, assura Auguste.

L'odeur fétide des corps malpropres et des déjections prenait Timothy à la gorge tandis qu'il suivait le geôlier le long d'un étroit couloir bordé de portes identiques. A l'idée que Céline était enfermée entre ces murs, il avait envie de vomir. La pluie tombait à verse sur La Nouvelle-Orléans et transformait les rues en chemins de boue. Des nuages noirs plombaient le ciel.

Le garde s'arrêta brutalement devant une porte identique aux autres et la déverrouilla. Pas un bruit ne filtrait de l'intérieur.

— Elle est là, annonça-t-il, et il jeta un regard dédaigneux sur Tim avant de lui faire signe d'entrer.

Quand il pénétra dans la cellule chichement éclairée, Timothy crut un instant que le geôlier s'était trompé. La pièce paraissait vide. Un seau d'eaux sales avait été abandonné dans un coin. Il se retourna, prêt à sortir, quand la porte se referma avec un bruit sec, puis la clef grinça dans la serrure.

Une forme bougea sur la paillasse. Tim vit avec stupéfaction la tête et les épaules de Céline apparaître sous la couverture crasseuse. Ses cheveux étaient emmêlés et sales, ses joues creuses et son teint jaunâtre. Quand elle le fixa sans paraître le reconnaître, une peur panique l'étreignit.

— Céline ?

Quel enfer elle avait dû souffrir ! Un enfer qu'il aurait pu lui épargner d'un mot !

La couverture glissa, découvrant le renflement de sa poitrine. Elle frissonna sans prononcer un mot.

Il s'approcha et, s'agenouillant sur le sol, la prit dans ses bras et la berça doucement.

— Je suis désolé, Céline. Si désolé. Pardonnez-moi, je vous en prie, répétait-il sans fin.

Il la reposa doucement sur l'étroite paillasse et tenta de repousser ses cheveux de son visage. Il remarqua immédiatement les sillons laissés par les larmes sur ses joues maculées de boue. Il prit ses mains et les frotta entre les siennes, espérant qu'elle allait enfin se réveiller de sa léthargie.

— Céline, parlez-moi ! implora-t-il.

Ses yeux firent le tour de la pièce avant de se poser de nouveau sur elle.

— S'il vous plaît, chuchota-t-il.

— Est-ce que je rêve ? souffla-t-elle, si bas qu'il dut se pencher pour l'entendre. Je vous ai imaginé tant de fois ici...

— Nous avons appareillé deux jours après votre départ. Cela m'a pris tout ce temps pour dessaouler. Et je me bats depuis deux jours pour obtenir l'autorisation de vous voir.

Le léger frémissement de ses lèvres le traversa comme un coup de poignard. Il suivit du doigt le contour de sa bouche. Son sourire s'envola.

— Pardonnez-moi, Céline !

— C'est trop tard, balbutia-t-elle avant de fermer les yeux, et un terrible poids lesta le cœur de Timothy.

— Je ne vous blâme pas de me haïr, Céline. Pas après ce que je vous ai fait. Je n'aurais jamais dû laisser Hargraves vous emmener. J'aurais dû vous défendre. Je vous en prie, ne me dites pas qu'il est trop tard pour nous.

— Je ne vous hais pas, Timothy. Comment le pourrais-je ? Notre amour était tout neuf et trop fragile.

Vous aviez déjà pris un tel risque en m'avouant que vous m'aimiez, cette nuit-là... A peine aviez-vous franchi le pas que des inconnus vous jetaient la vérité en pleine face.

Les yeux de Céline reflétèrent une grande misère.

— C'est trop tard pour moi, Tim, soupira-t-elle. Je dois être pendue demain.

— Nous allons vous faire sortir d'ici.

— J'ai déjà tenté de m'enfuir une fois. Cela n'a pas marché. Je vais être pendue demain pour le meurtre de Jean...

— Écoutez-moi !

Effrayé par son ton résigné, il saisit ses deux mains et les serra entre les siennes.

— Je ne vous ai pas arrachée au marais pour vous laisser pendre ! Mon père et ses hommes sont ici. Foster et Edward aussi. Ils ont sillonné toutes les rues et fouillé tous les cafés, tous les bouges, toutes les tavernes, à la recherche de la moindre preuve en votre faveur. Nous avons déjà appris que Perot jouait et qu'il devait de grosses sommes à un cousin qui a disparu le jour même où il a été tué. Ce cousin a fort bien pu tomber par hasard sur le corps de Perot et lui écraser la tête pour s'assurer qu'il était bien mort. Et d'ailleurs, qui sait s'il n'était pas encore vivant ? Ce qui voudrait dire que vous ne l'avez pas tué.

Le regard de Céline erra sur le mur.

— Je ne veux pas que vous veniez demain, chuchota-t-elle. S'il vous plaît, laissez-moi un peu de dignité.

— Céline...

— C'est moi qu'on pend, et vous n'êtes pas invité, Tim.

— Je ne vous laisserai pas pendre, Céline.

Elle se souleva sur un coude et posa un doigt sur la poitrine de Timothy.

— Je suis heureuse que vous soyez réconcilié avec votre père, mais je ne peux pas vous laisser agir d'une manière stupide, Timothy. Il n'est pas question de vous mettre en danger, ni vous ni Auguste ou les autres.

— Mégère !

Il se pencha pour l'embrasser mais elle se détourna.

— Je suis dégoûtante. Ne m'humiliez pas !

— Propre ou sale, vous m'appartenez et je vous aime. Vous êtes à moi depuis cette nuit d'orage où le destin vous a envoyée auprès de moi...

Il prit son menton et la força à le regarder.

— S'il vous plaît, Timothy ! Non !

Elle n'avait aucune force pour le repousser. Timothy lui vola un long baiser. Quand il releva la tête, elle poussa un soupir et se laissa tomber sur la paillasse.

— Dites-moi que vous croyez en moi et que vous me permettrez de vous le prouver pendant toute notre vie.

Une larme glissa le long de sa joue. Tim la chassa d'un baiser.

— Si j'avais toute une vie devant moi, elle serait à vous. Demain à l'aube, ils m'apporteront des habits propres et je serai autorisée à prendre un bain. J'ai commandé un gombo avec des crevettes.

La peur lui noua la gorge. Il caressa la joue de Céline avec le dos de ses doigts.

— Il paraît qu'ils vous apporteront une bouteille de whisky pour vous détendre. Surtout, n'en buvez pas, Céline !

— Vous ne voulez pas que j'en boive ?

— Je veux que vous ayez toute votre tête demain.

Il reprit sa main.

— Si je connaissais le moyen de garder toute ma tête, je ne serais pas ici.

Elle sourit, et cela lui brisa le cœur.

— Promettez-le-moi ! supplia-t-il.

— Vous me faites mal à la main.

— Dites-le.

— Je le promets, chuchota-t-elle. Pour vous, j'irai sur le lieu de pendaison aussi sobre qu'un juge.

22

Les exécutions avaient lieu à midi.

La foule s'était amassée sur la place d'Armes pour ne rien perdre du spectacle. Dès qu'elle quitta la prison, Céline dut affronter la bruyante cohue. Revigorée par un bain chaud et un bon repas, habillée d'une chemise et d'un pantalon blancs, coiffée d'un bonnet amidonné, elle se sentait mieux que les semaines passées.

Thomas O'Hurley, fidèle à sa parole, s'était présenté un peu plus tôt, mais le brave homme était dans un tel état qu'elle préféra le renvoyer chez lui. Elle l'assura qu'il lui serait plus utile en priant pour elle. Et puisqu'elle avait donné sa parole à Timothy, elle ne toucha pas à la bouteille de whisky.

Elle regrettait bien à présent de ne pas l'avoir bue jusqu'à la dernière goutte.

Ses gardiens étaient mal à l'aise. Aucun d'eux n'osait croiser son regard, même le gros qui empestait le vin et s'occupait habituellement d'elle. Ils restaient groupés autour de la condamnée sans réussir à lui faire accélérer l'allure à cause de ses chevilles entravées.

Elle scruta le chemin qu'ils devaient prendre et aperçut le gibet dressé au milieu de la place. Elle le fixa pour ne pas voir les visages des gens qui se pressaient autour d'elle. La lie de la populace, mal lavée, mal peignée, livrée à elle-même, était aussi la plus cruelle. Ils se gaussaient, se bousculaient, lui lançaient des regards mauvais et la menaçaient du poing. Les autres restaient silencieux.

— Céline !

Elle n'avait fait que quelques pas quand Timothy, qui s'était faufilé au milieu des curieux, l'appela. Il était aussi proche que les gardes pouvaient le permettre. Dès qu'elle le vit, elle oublia que ses poignets étaient enchaînés et tendit les mains vers lui. Elle songea qu'elle ne le toucherait plus jamais, et le froid la saisit.

Elle fixa le gibet.

En la voyant sortir du Cabildo entourée d'une phalange de gardes, le cœur de Tim s'était accéléré. Le doute l'avait assailli, et il avait éprouvé un instant de panique malgré la présence au milieu de la foule de son père et de ses hommes. Ces derniers se tenaient prêts à détourner l'attention dès qu'il passerait à l'action avec Bobo et les deux meilleurs éléments d'Auguste.

La veille, Auguste avait réussi à soutirer les détails de l'exécution à un garde du Cabildo et les hommes étaient assez sûrs d'eux. Mais c'était une chose de préparer une évasion sur le papier et une tout autre de voir Céline enchaînée à quelques mètres du gibet.

Timothy promena son regard sur la horde pressée autour de la place et s'émerveilla de l'habileté avec laquelle les hommes de son père s'étaient fondus dans la foule. Ils étaient tous là sauf Edward, dont les nerfs avaient craqué et qui les attendait hors de la ville avec Foster.

Tremblant de peur, Tim regardait les gardes frayer un chemin à sa femme au milieu de la cohue.

Un échec signifierait leur mort à tous.

— Céline ! répéta-t-il, réclamant son attention.

Il l'apercevait à peine entre les solides gaillards qui l'escortaient. Elle tourna les yeux vers lui. Des yeux pleins d'amour. Elle l'aimait encore, même maintenant.

— Faites-moi confiance ! cria-t-il.

Elle le regarda écarter un homme pour se maintenir à sa hauteur. Soudain elle vit les pupilles de Tim se dilater et tous les traits de son visage se durcir. Elle chercha autour d'elle ce qui pouvait motiver sa colère.

C'est alors qu'elle aperçut Henry Moreau devant

eux, flanqué de deux esclaves qui l'escortaient comme deux chiens de garde. Il avait vu Timothy, et tous deux échangeaient des regards haineux.

Puis elle repéra Auguste. Son bandeau le rendait facilement reconnaissable malgré le chapeau qui cachait en partie son visage. A la faveur d'un mouvement de foule, Henry et Auguste s'aperçurent l'un l'autre.

Henry blêmit. Le vieil homme fixa un moment son fils, puis il dit quelques mots à l'un des esclaves. Quelques instants plus tard, il s'était détourné et rebroussait chemin derrière son escorte. Il disparut bientôt, englouti par la foule.

Timothy ne quittait pas Céline des yeux. Plus on se rapprochait du gibet, moins il devait se laisser distraire. Il la vit s'arrêter, puis secouer la tête et trébucher. Un garde la retint pour l'empêcher de tomber. Quand elle se redressa, elle avait une expression désorientée. Elle remua les lèvres, et il fut presque sûr qu'elle prononçait le mot « Perot ».

Elle s'arrêta brutalement et, avant que les gardes ne l'obligent à se remettre en marche, elle chercha son regard.

— Que se passe-t-il ? vociféra-t-il.

Ils approchaient de l'endroit où se tenait Auguste. Dans quelques secondes devait commencer l'exécution de leur plan. Ce n'était pas le moment qu'elle flanche !

— Je crois que j'ai vu Jean Perot ! s'égosilla-t-elle en indiquant de la tête la partie de la place au bord du Mississippi.

— Continuez à avancer ! lui ordonna le garde en la secouant.

Céline crut une seconde à une hallucination, puis elle le repéra de nouveau. A sa vue, elle perdit contenance. Sa respiration se fit haletante. Elle venait de voir Perot ou son fantôme. Là-dessus, il n'y avait aucun doute.

— C'est lui ! Il est là ! Timothy ! Perot est là !

La foule sentit son affolement. Les plus proches comprirent ce qu'elle avait dit, et un murmure s'éleva, d'abord hésitant, puis de plus en plus fort. Tout le monde se mit bientôt à scander le nom de Perot.

Timothy hésitait à s'éloigner d'elle. Troublé, il scrutait les visages les plus proches. Auguste avait pris position de l'autre côté de Céline et rien ne lui avait échappé.

— Vas-y! hurla-t-il sans que personne leur prête attention dans le tumulte. Attrape-le! Si tu échoues, nous nous retrouverons comme prévu!

Timothy fixa Céline, hésitant à remettre cette vie qui lui était si chère entre les mains de ce père qui l'avait autrefois abandonné. Leurs regards se croisèrent au-dessus des gardes.

La foule empêchait Auguste d'atteindre la rivière. Il n'avait aucune possibilité de suivre Perot. Si l'un des deux devait y aller, ce ne pouvait être que Timothy.

— Là! cria de nouveau Céline, tentant d'indiquer la direction. Avec la barbe et la veste marron!

L'homme qu'elle montrait était pressé de toute part par le flot des badauds. Il était penché sur le côté gauche, ses yeux étaient brillants mais vitreux, comme s'il était drogué. Cerné comme il l'était par la foule, il n'avait aucune chance de s'échapper.

Les gardes avaient presque atteint le gibet. Tim se précipita devant eux. Il faillit faire tomber une vieille femme édentée et perdit un temps précieux à la remettre sur pied. Après avoir évité de justesse d'en venir aux mains avec un voyou, il finit par atteindre l'homme que Céline désignait.

A un mètre, il exhalait déjà une odeur nauséabonde, ce qui n'empêcha pas Timothy de l'attraper par l'épaule. Le mince créole aux yeux noirs essaya de se libérer mais réussit juste à reculer d'un pas.

— Qui êtes-vous? s'enquit Timothy en le secouant brutalement.

— Lâchez-moi! Lâchez-moi! Qu'est-ce qui vous prend?

De près, Tim s'aperçut que l'homme était encore plus dépenaillé et dégoûtant qu'il ne l'avait d'abord cru. Il était aussi très jeune. C'est seulement quand sa veste s'ouvrit, révélant une tache sombre sur le devant de sa chemise, que Timothy ne douta plus de son identité.

Il lui mit une main au collet. Son prisonnier grimaça en gémissant mais n'arriva pas à s'enfuir.

— Laissez-moi partir, je vous en prie ! Je n'ai rien fait de mal...

— Ah, c'est ce que vous pensez ! s'emporta Tim en le traînant vers le gibet. C'est ma femme qu'ils sont sur le point de pendre !

— C'est Perot ! se mit à crier un jeune homme à côté de Tim. Il a Perot ! Arrêtez la pendaison !

Timothy mit un instant à reconnaître celui qui s'était exclamé. C'était un mousse du *Lady Fair*. Comme les autres membres de l'équipage, il portait une tenue hétéroclite avec un panama à large bord.

— Continue, Raymond ! souffla Timothy. C'est une bien meilleure diversion que tout ce que nous aurions pu imaginer.

Tim poussa Perot vers le gibet, se frayant un chemin au milieu des curieux. Il atteignit le bas de l'estrade en même temps que les gardes. Auguste se tenait devant les marches, à quelques pas de Céline. Elle scrutait la foule à sa recherche. Quand Tim l'appela et qu'elle le vit avec Perot, un timide sourire d'espoir illumina son visage.

Les dignitaires du Cabildo étaient groupés sur un espace délimité par une corde devant la potence. Tim fit avancer Perot contre la plate-forme.

— Gouverneur ! Arrêtez la pendaison ! cria-t-il en traînant Perot.

— Jean ! Ô mon Dieu, mon fils ! Mon fils...

Une femme jaillit du périmètre officiel, les bras tendus vers l'individu que Tim tenait par le collet.

Céline fut entraînée sur les marches jusqu'au gibet. On la fit s'arrêter juste sous le nœud de la corde. Une silhouette sinistre se tenait sur le côté de la plate-forme. Avec ses bras croisés sur la poitrine, l'homme était aussi silencieux que la mort. Une cagoule noire percée de deux trous pour les yeux cachait son visage. Céline frissonna en croisant le regard froid qui la dévisageait à travers l'étoffe.

De sa position élevée, elle vit Tim repousser les parents de Jean Perot. Tandis que les officiels regardaient autour d'eux d'un air hébété, la foule, poussée par l'équipage d'Auguste, scandait à l'unisson le même cri : « Arrêtez la pendaison ! Arrêtez la pendaison ! »

Le gouverneur lui-même leva les mains pour appeler au calme. Le silence se propagea de proche en proche. Puis, d'un seul mouvement, tout le monde se serra autour du gibet pour ne rien perdre de la suite des événements.

Céline reconnut la mère de Jean qui serrait son fils sur son cœur. Sans ce même regard fou qui l'avait tant frappée la nuit où il avait tenté de la tuer, elle se demandait si elle l'aurait reconnu, tant il avait changé.

Le gouverneur et ses adjoints avaient fini par persuader Tim de leur remettre l'homme et ils l'entraînaient maintenant avec sa famille vers le Cabildo. Timothy se détacha du groupe et escalada les marches.

Derrière lui, mais à une allure plus calme, se présenta le juge Bennett qui avait présidé les audiences.

— Timothy !

Céline voulut tendre les mains mais, une fois encore, les fers l'en empêchèrent. Elle remarqua alors Auguste, derrière Tim.

— Auguste, partez ! chuchota-t-elle. Quelqu'un risque de vous reconnaître.

Les gardes jetèrent à Auguste un regard distrait. Comme le reste de son équipage, il portait un panama à large bord qui cachait en partie son visage.

— La seule personne qui aurait pu m'identifier est partie, répliqua-t-il tout bas.

— Vous parlez d'Henry ?
— Quelle personne perspicace vous faites, chère Céline !
Timothy attrapa ses poignets enchaînés.
— Ôtez-lui ces fers ! demanda-t-il au garde le plus proche, qui l'ignora.
Il interpella alors le juge Bennett au moment où celui-ci donnait des ordres pour que Céline soit reconduite au Cabildo.
— Je veux que l'on retire ces fers à ma femme.
— Jeune homme, ce ton n'arrangera rien à vos affaires, je vous préviens ! l'avertit Bennett en l'observant par-dessus ses lunettes cerclées d'or.
— Mais enfin, on a retrouvé Perot ! Cela devient tout à fait ridicule !
— Aussi ridicule que cela puisse paraître, elle a été reconnue coupable de deux meurtres. Il y en a un qui tient toujours. Je lui ferai enlever ses chaînes quand elle sera lavée de tout soupçon. Maintenant, puis-je vous suggérer d'accompagner votre femme et ces messieurs pendant que j'annonce à cette foule qu'ils n'auront pas le spectacle attendu ? La pendaison est annulée.

Jean Perot sentait encore plus mauvais dans l'atmosphère confinée de la salle d'audience. Il aurait pu empester deux fois plus, Tim n'en aurait eu cure. Maintenant qu'il était assis auprès de sa femme, plus rien ne lui importait. On lui avait retiré ses fers dès que tout le monde avait été réuni dans la salle. Il y avait là le juge Bennett, les Perot avec leur fils et quatre gardes. Sur les injonctions de Céline, Auguste les avait quittés devant le Cabildo et il avait disparu dans la foule après l'avoir rapidement embrassée sur la joue.
Céline, Tim et la famille Perot attendaient que le juge prenne la parole. Timothy retira sa veste et la

posa sur les épaules de Céline. Elle lui sourit en croisant les larges revers sur elle.

— Madame Moreau, il est évident que vous n'avez pas tué Jean Perot puisqu'il est ici, annonça Bennett qui fronça le nez en inspectant Perot des pieds à la tête. Mais il reste à découvrir qui vous avez tué.

— Personne, Monsieur! répondit-elle doucement.

— C'est à lui qu'il faut le demander! intervint Timothy en se levant comme un diable de sa boîte.

Il avait toute les peines du monde à se retenir d'étrangler Perot.

— Nous y arrivons, annonça le juge. Asseyez-vous, Moreau!

Timothy reprit son siège près de Céline. Quand elle glissa sa main au creux de son bras, il la couvrit de la sienne.

Le juge Bennett se tourna vers Jean qui était assis entre ses parents, voûté comme un vieillard.

— Jeune homme, il vaudrait mieux me dire la vérité, et toute la vérité. Tout de suite. Si je dois vous l'arracher par bribes au cours d'un pénible procès, cela ne vous vaudra rien, je vous préviens!

Avant qu'il ne puisse ouvrir la bouche, son père se leva et déclara:

— J'ai de l'argent. Je veux les meilleurs avocats pour mon fils. Je veux...

— Je vous demande de vous asseoir! tonna Bennett.

Jean Perot se mit alors à parler sur un ton monocorde et si bas que tout le monde dut tendre l'oreille. Il leva une main sale et pointa Céline du doigt.

— Elle a tenté de me tuer. J'ai dû disparaître. Je savais qu'elle ne renoncerait pas tant que je serais en vie. Elle m'a maudit comme la vieille femme. Je suis malade, fit-il, implorant le juge de ses bras tendus.

Sa veste s'ouvrit, découvrant la trace sanglante à la hauteur de son diaphragme.

— Je suis malade depuis cette nuit où elle m'a poignardé, poursuivit-il avec un regard fuyant qui glissait d'une personne à l'autre. Je... délirais, j'ai... erré dans... la ville. J'... ignore ce qui est arrivé. J'ai... perdu... toute notion du temps... jusqu'à aujourd'hui, quand j'ai vu la foule. C'est tout ce que je sais...

Il laissa sa phrase en suspens. Sans quitter Perot des yeux, le juge Bennett se pencha par-dessus son bureau.

— Il reste le problème du corps retrouvé dans votre cour, Perot, celui que tout le monde prenait pour vous. Quelqu'un de la même taille, de la même corpulence que vous et portant vos habits. Comment expliquez-vous cela ?

— C'est elle, attaqua immédiatement Perot en désignant Céline du doigt. Elle a aussi tué la vieille femme.

— Il va falloir que vous fassiez mieux que cela, intervint Bennett.

— Moi, je peux faire mieux !

Tim était près de se lever.

— Votre Honneur ? intervint Céline en forçant Tim à se rasseoir.

Elle ferma une seconde les yeux pour se concentrer.

Désireux de l'entendre, le juge attendit qu'elle poursuive. Un silence impressionnant accueillit ses premiers mots.

— Mon mari a appris récemment que le cousin de Jean avait disparu depuis le meurtre de Persa. Je l'avais rencontré une fois dans l'échoppe de Persa. Avec les vêtements de Jean, on l'aurait facilement pris pour son cousin. Avec son visage...

En revoyant le jeune homme souriant qui avait encouragé Jean à se faire dire la bonne aventure, sa voix se brisa.

— Vous voulez dire que, défiguré, ce cousin aurait très bien pu passer pour Jean ?

— Oui, Monsieur. Je crois que Jean a tué Persa, puis s'est mis à ma recherche, persuadé que je devinerais la vérité. Quand il a essayé de me tuer pour me faire taire, je l'ai poignardé et me suis enfuie, le croyant mort. Je ne sais ni quand ni comment il a tué son cousin, mais c'est pourtant ce qui a dû se passer.

— C'est un mensonge ! cria Jean.

— Mon fils a besoin de soins, intercéda Mme Perot auprès de Bennett. Sa blessure, la blessure faite par cette femme il y a quelques mois, est infectée. Vous vous êtes sûrement aperçu qu'il brûle de fièvre et...

Timothy se leva brusquement sans que Céline puisse l'en empêcher.

— Votre Honneur, je sais comment nous pourrions obtenir la vérité une fois pour toutes. C'est peu conforme...

— Rien n'est conforme ici, le coupa Bennett. Si j'avais su ce qui m'attendait en m'installant à La Nouvelle-Orléans, je serais resté à Boston ! soupira-t-il. Qu'avez-vous en tête, Monsieur Moreau ?

— Comme vous le savez, ma femme a été élevée par une chiromancienne. C'est peut-être pour cela qu'elle possède un don tout à fait spécial.

Timothy regarda Céline. Elle secoua la tête, essayant de l'empêcher sans succès de poursuivre.

— Laissez-la poser sa main sur Perot et vous aurez votre réponse.

— Non ! glapit Jean, et il commença à trembler en fixant Céline avec des yeux fous. Ne la laissez pas me toucher, ni même m'approcher. J'ai vécu un enfer depuis cette nuit où elle a pris ma main !

Mme Perot commença à gémir et à se signer pour chasser les mauvais esprits. Tim tendit la main à Céline, impatient de la voir se lever et marcher avec lui jusqu'à Perot.

Bennett fronça les sourcils.

— Est-ce une démonstration de ce vaudou dont les gens sont si entichés ici ?

— Mais non, vous allez voir, cela n'a rien à voir avec la magie, protesta Tim en entraînant Céline vers Jean Perot et sa mère. Avec votre permission, Votre Honneur ?

— Je ne manquerais cela pour rien au monde !

Le juge se leva, appuya ses paumes sur son bureau et se pencha en avant pour ne rien perdre du spectacle.

— Non ! N'approchez pas ! hurla Jean en se contorsionnant au moment où Céline allait le toucher.

Elle faillit reculer, puis ferma les yeux et lui toucha la main.

— Ça y est, je le vois. Je vois ce qui s'est passé, murmura-t-elle presque immédiatement avant de le relâcher.

Elle se tourna vers le juge Bennett.

— Cela s'est passé exactement comme nous le soupçonnions.

Céline savait que c'était sa parole contre celle de Perot mais ce dernier passa brutalement aux aveux.

— Elle a vu juste. Je l'ai tué ! J'ai tué mon cousin Renard et j'ai caché son corps dans l'écurie. Puis je suis passé chez la vieille femme parce que j'avais besoin de savoir quel allait être mon sort. Elle a tout de suite compris et m'a dit que le mal était sur moi, que je mourrais bientôt à cause de ce que j'avais fait.

Il ne cessait de gratter son pantalon avec ses ongles tout en avouant ses crimes, les yeux dans le vague. Sa mère sanglotait, le visage enfoui dans ses mains.

— Il fallait que je tue Persa aussi, vous comprenez ? Elle en savait trop. Comme je quittais l'échoppe, je me suis souvenu de Céline. Tout comme l'autre, elle devinerait que j'avais tué Renard et la vieille Persa. Elle devait mourir elle aussi, poursuivit-il, et il leva un regard fou vers le juge. Je devais beaucoup d'argent à Renard. Il était sur le point de le dire à papa, vous comprenez ?

— J'ai peur de comprendre parfaitement, déclara lentement le juge. Messieurs, fit-il en se tournant vers les gardes, veillez à ce que le jeune M. Perot soit installé dans nos meilleurs locaux.

Après que Jean fut sorti en sanglotant, suivi de ses parents encore sous le choc, le juge Bennett contourna son bureau. Il vint se placer devant Céline, lui prit la main et la serra entre les siennes.

— Madame Moreau, je n'ai encore jamais vu personne frôler de si près la pendaison. Je suis heureux que votre mari ait trouvé bon d'arriver à temps.

Céline leva les yeux vers Tim. Il était visiblement désespéré d'avoir pu l'abandonner ainsi. Elle glissa son bras autour de sa taille et s'appuya contre lui.

— Moi aussi, Votre Honneur, mais ceux qui connaissent Timothy aussi bien que moi savent qu'il finit toujours par se conduire de manière honorable.

23

Dunstain Place, St. Stephen Island

— Un mariage dans une vie suffit à combler la plupart des hommes, remarqua Auguste, et il rit en tendant un veston noir croisé à Timothy. Si je ne connaissais pas Céline, je croirais que tu cherches à te punir, mais si elle était ma femme, je n'hésiterais pas à lui offrir plusieurs lunes de miel.

Installés dans une des chambres d'amis de Dunstain Place, tous les deux bavardaient pendant que Tim se changeait.

— Disons juste que notre premier mariage n'était pas de ceux dont les jeunes filles rêvent, déclara Timothy, incapable de cacher son embarras. J'étais même ivre.

— Crois-tu qu'il soit bien prudent de lui faire la surprise ? Et si elle ne voulait pas te réépouser ?

— Après la nuit dernière, je crois que c'est peu probable, remarqua Tim en se concentrant sur l'image que lui renvoyait la glace au-dessus de la table de toilette.

— Alors, les choses vont au mieux entre vous ? Si je comprends bien, j'aurai bientôt un petit-fils ?

— Oui, tout va bien. Et j'espère qu'avant longtemps nous aurons comblé vos vœux. Je fais tout mon possible dans ce sens, en tout cas.

Timothy garda un instant la main posée sur son col dur après s'être assuré qu'il était impeccablement mis. Il voulait que tout soit parfait pour la cérémonie prévue au coucher du soleil.

— Vous rendez-vous compte que je suis nerveux ? jeta-t-il à son père après s'être aperçu que sa main tremblait.

— Aussi nerveux que lorsque nous escortions Céline à la potence ?

Le sourire de Tim s'envola.

— Je préférerais qu'on ne me rappelle plus cette journée.

— Je suis désolé. Comme tout s'est fini pour le mieux, je n'ai aucun scrupule à plaisanter là-dessus, dit Auguste en époussetant sa manchette. Que puis-je faire pour toi ? Dois-je accompagner la mariée à l'autel ?

— J'ai déjà demandé à Howard Wells. Puisqu'il semble installé ici à demeure, qu'il gagne au moins sa pitance !

Quand il vit la déception se peindre sur le visage d'Auguste, il ajouta rapidement :

— Je pensais vous proposer d'être mon témoin.

Auguste resta sans voix, puis un sourire illumina son visage et il serra la main de Tim entre les siennes en murmurant :

— Rien ne pourrait me faire plus plaisir !

— Je vous retrouve dans un quart d'heure alors, déclara Tim en attrapant son chapeau sur le lit. Je vais chercher la mariée.

— Au moins, tu n'as pas à aller loin.

— Non, elle est juste au bout du couloir.

Céline venait de sortir de son bain quand on frappa à sa porte. Après plus d'un épisode embarrassant,

Timothy avait réussi à convaincre Foster et Edward qu'ils pourraient au moins frapper avant d'entrer dans la grande chambre.

— Entrez ! cria-t-elle en secouant ses cheveux mouillés.

Quand elle vit son mari pénétrer dans la pièce, elle ne put contenir sa joie. Elle courut se jeter dans ses bras sans se soucier du tissu de soie fleurie qu'il tenait à la main.

— Timothy ! Que faites-vous à la maison si tôt ?

— Voulez-vous que je retourne dans les champs ?

Elle joignit ses mains derrière son cou et plaqua un long baiser sur ses lèvres. Il n'eut pas besoin de beaucoup d'encouragements pour le lui rendre avec entrain. Elle finit par s'écarter légèrement, le cœur battant.

— Vous êtes extrêmement élégant. Je n'avais jamais vu ce veston auparavant.

Un pli barra son front. La vie coulait comme un long fleuve tranquille depuis qu'ils avaient laissé derrière eux le cauchemar de La Nouvelle-Orléans.

— Vous ne partez pas, au moins ?

— C'est mon père qui l'a fait faire à son dernier passage à la Jamaïque. Pour répondre à votre deuxième question : non, je ne pars pas. Et voilà enfin une petite surprise.

Il réussit à s'extraire de son étreinte pour lui montrer la robe de soie fleurie.

— Qu'est-ce que c'est ?

— Une robe. Je voudrais que vous la mettiez tout de suite. Parce que si vous ne le faites pas, nous serons en retard.

Étonnée, elle fronça les sourcils, incapable de se souvenir d'un quelconque rendez-vous. Elle repoussa une mèche sur le front de Tim.

— En retard pour quoi ?

— Pour la seconde surprise, dit-il.

— De quoi s'agit-il ?

— Si je vous le dis, ce n'en sera plus une. Habillez-vous et vous verrez.

Il alla jusqu'au lit, repoussa la moustiquaire et s'étendit, le dos appuyé contre le montant, les pieds croisés, ses bottes pendant dans le vide.

— Voulez-vous m'aider ?

D'humeur taquine, Céline jeta la robe en travers du panneau au pied du lit et resta là à fixer Tim. Elle dénoua sa ceinture d'une manière provocante et ouvrit lentement sa robe de chambre. Ensuite, elle laissa glisser le vêtement sur ses épaules jusqu'à sa taille, puis par terre où il forma un petit tas autour de ses pieds. Effleurant sa taille puis ses hanches, elle capta son regard brûlant.

— Vous jouez avec le feu, Céline, la prévint-il d'une voix enrouée.

— Je le sais. C'est bien cela qui rend les choses excitantes, répondit-elle en faisant le tour du lit.

Elle se pencha pour décroiser ses bottes, fit remonter ses mains le long de ses jambes et se lova contre lui. Une main s'arrêta en chemin pour taquiner le renflement sous la fine serge tandis que l'autre se faufilait dans ses cheveux et attirait la bouche de Tim contre ses seins.

Quand ses lèvres se refermèrent sur le mamelon gonflé comme un bourgeon, elle se cambra contre lui, savourant l'onde de feu qui la traversait. Puis les doigts de Timothy s'aventurèrent dans les zones les plus secrètes de son corps, et elle crut défaillir.

— Vous me désirez, je le sens bien ! chuchota-t-il contre sa poitrine.

— C'est vrai, reconnut-elle en se pressant contre sa main pour l'encourager à continuer sa progression.

— Il va falloir nous dépêcher ! murmura-t-il en intensifiant ses caresses.

— C'est exactement ce que je pensais ! soupira-t-elle en ramenant ses lèvres à la hauteur de la bouche de Tim et ses mains sur les boutons de son veston. Dépêchez-vous !

Sa veste atterrit par terre une seconde plus tard. Vibrante, anéantie, au bord de l'extase, elle criait grâce en bataillant avec les pans de sa chemise qu'elle n'arrivait pas à extraire de son pantalon.

— Aidez-moi ! le pressa-t-elle. Retirez-les !

— Vous avez envie de moi, Céline ?

— Oui, et je vous veux nu.

Sans la lâcher, il se débattit avec ses vêtements, se démenant, poussant, tirant, jusqu'à ce qu'il ait réussi à se débarrasser de sa chemise, de son pantalon, de ses bottes et même de ses chaussettes, et il fut bientôt aussi nu qu'elle.

Elle fit courir ses doigts sur son torse tanné, ses côtes, les muscles de ses avant-bras. Il l'attira contre lui et l'embrassa avec violence, la taquinant avec ses dents jusqu'à ce qu'elle demande grâce.

Alors, d'un mouvement rapide, il la fit rouler sous lui. Ils étaient tous les deux en travers du lit, emmêlés dans les vêtements, la moustiquaire et les cheveux encore humides de Céline. Il ne pouvait plus attendre. Il la pénétra avec toute la violence de son désir et se mit à bouger lentement en elle. Elle ne tarda pas à se contorsionner sous lui, agrippant le dessus-de-lit, la tête rejetée en arrière dans une douce agonie.

— Oh, pour l'amour du ciel, maintenant, Timothy ! cria-t-elle. Maintenant.

— Céline !

C'était une prière sur ses lèvres, et il s'effondra sur elle en poussant une plainte rauque.

— Vous auriez dû m'avertir que cette surprise était sérieuse. Je n'aurais pas détourné votre attention, murmura Céline en enfilant sa nouvelle robe légèrement chiffonnée et en attachant le ruban vert sous le corsage.

— C'est exactement pour cela que je ne l'ai pas

fait, répondit Tim en enfonçant les pans de sa chemise dans son pantalon.

— Où sont mes chaussures ? jeta-t-elle, accroupie par terre pour regarder sous le lit. Les vert foncé.

— Dans le cabinet de toilette, peut-être ?

— Je crois que je les ai retirées juste avant de prendre mon bain.

Il s'accroupit à côté d'elle pour l'aider dans ses recherches.

— N'en auriez-vous pas une autre paire ?

— Elles sont assorties à ma robe.

— C'est important ?

— Cela dépend de la surprise. Est-ce quelque chose d'extraordinaire, ou juste une de ces soirées où Ada nous fait goûter ses nouvelles recettes en nous demandant de nous habiller pour le dîner ?

Il l'attira contre lui.

— C'est quelque chose d'extraordinaire, murmura Tim en noyant son regard dans le sien.

— De quoi s'agit-il, Tim ?

— Céline, est-ce que vous voulez m'épouser ?

Elle rit, et son rire cristallin submergea de joie le cœur de Timothy.

— C'est un peu tard, vous ne pensez pas ? Seriez-vous resté trop longtemps au soleil sans chapeau aujourd'hui ?

— Je suis sérieux, insista-t-il, et il lâcha ses bras pour emprisonner ses mains entre les siennes. M'épouseriez-vous de nouveau si vous aviez le choix ?

— Oh... Tim ! bredouilla-t-elle en s'accrochant à ses mains. Je vous épouserais plusieurs fois s'il le fallait. Je ne changerais rien de...

Elle s'arrêta et inclina la tête comme si elle réfléchissait.

— Enfin, je préférerais peut-être oublier l'épisode du procès et le jour de la pendaison, mais... je ne ferais aucune autre modification.

Il se leva et la remit sur ses pieds.

— Nous nous marions au coucher du soleil. Si du moins ce petit intermède ne nous l'a pas fait manquer.

— De quoi parlez-vous ?

— De la surprise. Nous nous marions de nouveau. Cette fois-ci en grande pompe, avec des fleurs et des invités, comme cela aurait dû se passer la première fois. Seulement, aujourd'hui, nous nous marierons par amour.

— Où ? Quand ?

Elle était stupéfaite d'être arrivée à articuler deux mots cohérents.

— Dans le jardin. Dès que nous aurons trouvé ces damnées chaussures.

La maison était silencieuse et vide, ce qui était tout à fait inhabituel à cette heure-là. Un flot de tendresse envahit Céline à l'idée que Timothy avait réussi à tout organiser à son insu. Il la conduisit cérémonieusement jusqu'au bas de l'escalier, insistant pour qu'elle glisse sa main dans le creux de son bras et garde la tête haute. Quand ils atteignirent le rez-de-chaussée, il s'arrêta pour repousser une mèche de cheveux derrière l'oreille de Céline et lui adresser un sourire éblouissant. Puis il alla chercher un bouquet d'hibiscus sur une table à côté de la porte d'entrée.

— Vous êtes rayonnante, Céline. Vous êtes la plus jolie mariée que j'aie jamais vue.

Il lui tendit le bouquet et effleura ses lèvres d'un rapide baiser pour ne pas être tenté d'aller plus avant.

Elle serra les fleurs dans une main et suivit de l'autre le rang de perles à son cou.

— J'aimerais tant qu'Auguste soit là.

Tim se contenta de sourire de nouveau en l'entraînant sur la véranda. Elle ne put retenir une exclamation de surprise quand une ovation salua leur arrivée. Ada et Howard Wells se tenaient au premier rang avec Foster et Edward. Auguste, plus séduisant que jamais, était là aussi, en compagnie d'Edgar Tinsdale, son avoué, qui venait de rentrer d'Angleterre. Derrière eux étaient rassemblés tous les esclaves récemment libérés de Dunstain Place, des plus vieux aux nourrissons dans les bras de leur mère, ainsi que l'équipage de la *Lady Fair* au complet.

— Rien que les proches, vous voyez !

Tim serra tendrement la main de Céline pour la rassurer et fit un signe à Howard Wells qui se porta à leur rencontre.

— Howard va vous accompagner à l'autel, Céline, annonça Tim en lui prenant la main et en la glissant sous le bras du libraire.

Auguste arriva à la suite d'Howard et se plaça à côté de Timothy. Céline se demandait qui allait présider cette cérémonie un peu particulière. Elle jeta un regard circulaire sur l'assemblée mais ne repéra aucun visage inconnu. Edward et Ada, côte à côte, souriaient à travers leurs larmes en pressant un mouchoir de dentelle contre leur nez.

Foster se rengorgeait en les contemplant, comme s'il était le seul et unique responsable du succès de leur union. Bobo avait aussi avec sa femme une place d'honneur devant les invités, son fils juché sur ses épaules.

La mer d'un bleu chatoyant miroitait en arrière-plan, baignée par les derniers rayons du soleil sur le point de plonger à l'horizon. Les alizés répandaient l'odeur des frangipaniers à travers le jardin et les flammes des torches tremblotaient contre le ciel embrasé.

Sur un signe imperceptible, Howard Wells tourna sur lui-même en entraînant Céline jusqu'à ce qu'ils se trouvent en face de Tim et d'Auguste. Le libraire se racla alors la gorge et annonça :

— Je suis ici pour donner la mariée à son époux et lui servir de témoin. Auparavant, je voudrais ajouter que si j'avais une fille, Céline, je serais fier qu'elle vous ressemble.

Il lui sourit et se tourna légèrement pour saluer l'assemblée.

— Comme c'est émouvant! murmura Ada en sanglotant sur l'épaule d'Edward.

Céline se demanda s'ils arriveraient à rester jusqu'à la fin de la cérémonie. Elle se retourna vers Tim pour voir ce qu'il lui réservait.

— Je me porte témoin pour cet homme, mon fils, Timothy Moreau, annonça Auguste d'une voix qui portait jusqu'aux derniers rangs de la foule. Il aimerait maintenant jurer un amour éternel à cette femme ici présente, devant vous tous.

Un silence quasi religieux s'installa. Quand Timothy prit sa main, Céline oublia les deux cents personnes groupées autour de la terrasse. Elle n'avait d'yeux que pour son mari tandis qu'il tendait son bouquet à Howard Wells.

Seule la façon dont Tim serrait fort ses mains, quand il commença à parler, trahissait sa nervosité.

— Moi, Timothy Moreau, je vous prends, Céline Winters Moreau, comme épouse. Je jure de ne jamais trahir votre confiance. Je vous défendrai, vous protégerai et vous chérirai aussi longtemps que nous vivrons. Recevez cette bague comme gage de mon amour.

Il mit la main dans sa poche, en retira une améthyste qui brillait de mille feux et la glissa à son doigt. Puis il chassa lentement les larmes de ses joues, prit son visage entre ses mains et l'embrassa. Les applaudissements crépitèrent.

Quand le calme fut revenu, Howard Wells se pencha vers Céline et lui chuchota à l'oreille:

— Si vous voulez dire quelques mots à Timothy, c'est votre tour.

Céline prit une profonde inspiration en serrant fort la main de son mari. Contrairement à lui, elle n'avait pas pu préparer un petit discours. Elle décida de se laisser inspirer par son amour pour trouver les mots justes.

— Moi, Céline Winters Moreau, je vous prends, Timothy Moreau, comme époux. J'accepte votre amour et vous donne le mien en échange. Je vous confie ma vie et je jure de ne jamais trahir la confiance et l'amour que vous m'avez donnés. Je remets mon cœur entre vos mains comme vous m'avez remis le vôtre — un cadeau sans prix et une responsabilité que je ne prendrai jamais à la légère.

Elle marqua une pause pour rassembler ses pensées.

— Je n'ai pas de bague à vous offrir comme signe de mon amour...

— Cela n'a aucune importance, Céline, chuchota-t-il.

Elle secoua la tête et ajouta :

— Mais si vous voulez bien attendre quelques mois, je vous ferai cadeau de votre premier enfant. Vous voyez, je vous réservais quand même une surprise, très cher époux, se moqua-t-elle avec une moue triomphante.

— Je vous aime, Céline, lui souffla-t-il à l'oreille.

Elle fixa ses yeux aussi bleus que la mer des Caraïbes.

— Je remercie Dieu chaque jour d'avoir pu prendre la place de Jemma O'Hurley. J'espère seulement qu'elle est aussi heureuse que moi.

Un sourire se dessina sur les lèvres de Tim.

— Pour vous avoir envoyée à moi, je l'espère aussi.

Il l'embrassa pour sceller leur serment, puis se tourna vers leurs invités.

— Je veux tous vous remercier d'être là et je vous invite à fêter dignement ce remariage. Comme vous avez participé à la préparation, je ne vous apprendrai rien en vous invitant à suivre le chemin qui traverse le jardin jusqu'au moulin où vous attendent un buffet et un orchestre.

Timothy passa son bras autour des épaules de Céline et ils regardèrent les invités se diriger vers le sentier. Maintenant que la nuit était presque tombée, les flambeaux formaient comme un ruban de feu. Il ne resta bientôt plus que Foster et Edward, Ada, Howard et Auguste. Tout le monde voulait parler en même temps.

— Céline, un bébé! s'exclama Ada, les yeux brillants. Pensez donc! Il va falloir préparer la nursery, et ce petit ange aura besoin de soins. Mon Dieu, nous allons avoir tant de choses à préparer... des purées, des jus de fruits...

— Félicitations, Timothy! Céline, vous avez rendu un vieil homme très heureux.

Auguste l'embrassa sur la joue. Quand il se recula, elle remarqua qu'il avait une larme au coin de l'œil.

— Vous n'êtes pas si vieux que cela! remarqua-t-elle. Vous pourriez encore vous marier et donner au bébé un oncle ou une tante de son âge.

— Je vous laisse à tous les deux la fabrication des bébés, jeta-t-il en riant. Voulez-vous que nous prenions ensemble une longueur d'avance sur le buffet, Howard?

Auguste et Howard s'éclipsèrent avec Ada.

— C'est vraiment une fin parfaite! murmura Foster en s'immobilisant sur une des marches de la véranda. Je n'ai jamais douté que cela se terminerait ainsi, même si nous avons dû mettre la main à la pâte...

— Oui, c'est une fin heureuse comme cela se devait! conclut Edward avec un reniflement sonore. La plus heureuse de toutes!

— Avant que tu te transformes en fontaine, je suggère que nous descendions au moulin pour vérifier que rien ne manque avant que les mariés n'arrivent.

Foster prit Edward par le bras et l'entraîna vers le moulin.

Tim se tourna vers Céline juste au moment où le soleil basculait derrière l'horizon, laissant dans le ciel un sillage pourpre et or.

— C'est vraiment une fin heureuse, n'est-ce pas?

Il ne se demandait même pas comment ni pourquoi il avait pu s'attirer son amour mais se contentait de savourer le bonheur que cette idée lui procurait.

— Quand je serai vieux et que vous voudrez vous glisser dans mes souvenirs, vous trouverez celui-ci bien en sécurité dans un coin de mon cœur.

Elle détourna les yeux vers la mer, incapable de lui avouer une chose qu'elle retournait dans sa tête depuis La Nouvelle-Orléans.

— Qu'y a-t-il, Céline ? Pourquoi ce regard voilé en un moment si heureux ?

Il l'attira contre lui et, pour la dérider, frotta son nez contre le sien.

— Elle s'est envolée, souffla-t-elle.

— Qu'est-ce qui s'est envolé ?

— Cette capacité. Je ne peux plus entrer dans la mémoire des autres — ni la vôtre, ni celle de personne. J'ignore ce qui s'est produit.

— Croyez-vous que ce soit à cause du bébé ? Peut-être n'est-ce que temporaire ?

Elle secoua la tête. Elle avait gardé son secret assez longtemps pour savoir que ce don ne lui serait jamais rendu.

— Non, c'est arrivé avant le bébé, peut-être longtemps avant. Je crois que la fièvre y a sans doute eu sa part. En tout cas, le jour où j'ai touché Perot devant le juge Bennett, je n'ai rien vu du tout. Je n'ai rien senti non plus. Dieu merci, Perot s'est écroulé et a tout confessé !

— Je me demandais justement pourquoi vous aviez parlé si rapidement après l'avoir à peine touché, et vous n'aviez pas cette attitude étrange qui m'avait tant effrayé les autres fois.

— Cela vous fait plaisir, alors ? s'enquit-elle.

— D'une certaine manière. J'aurais toujours eu peur pour vous, peur que vous ne vous sentiez obligée d'utiliser ce don pour venir en aide aux autres. J'ai remarqué comme cela vous épuisait physiquement, Céline ! dit-il, et son regard se noya à l'horizon. Non, je ne peux pas dire que cela m'ennuie. Et vous ?

— J'aurais pu en souffrir si je n'étais pas si heureuse de vivre auprès de vous et d'attendre ce bébé qui va bientôt arriver.

— Qui sait ? Peut-être héritera-t-elle de votre aptitude à lire dans le passé, remarqua-t-il d'un air songeur. A moins que ce ne soit qu'une petite mégère de plus !

— Il sera peut-être extrêmement beau et aussi incorrigible que vous !

— Nous pourrions en avoir un de chaque sexe pour ne pas faire de jaloux.

Il plongea un regard rieur dans le sien, prit sa main et passa doucement son pouce sur la surface de l'améthyste.

Elle l'embrassa et murmura :

— La maison est vide, pourquoi ne pas en profiter pour nous mettre tout de suite à...

Avant qu'elle puisse terminer sa phrase, Tim lui attrapa la main et l'entraîna à l'intérieur.

4760

Composition Interligne B-Liège
Achevé d'imprimer en Europe (France)
par Brodard et Taupin à La Flèche (Sarthe)
le 21 décembre 1998. 1769V
Dépôt légal déc. 1998. ISBN 2-290-04760-0
1er dépôt légal dans la collection : janv. 1998
Éditions J'ai lu
84, rue de Grenelle, 75007 Paris
Diffusion France et étranger : Flammarion